分身事件

FRACTION

駕籠真太郎

SHINTAROU KAGO

黃鴻硯／譯

fraction

SHINTAROU KAGO

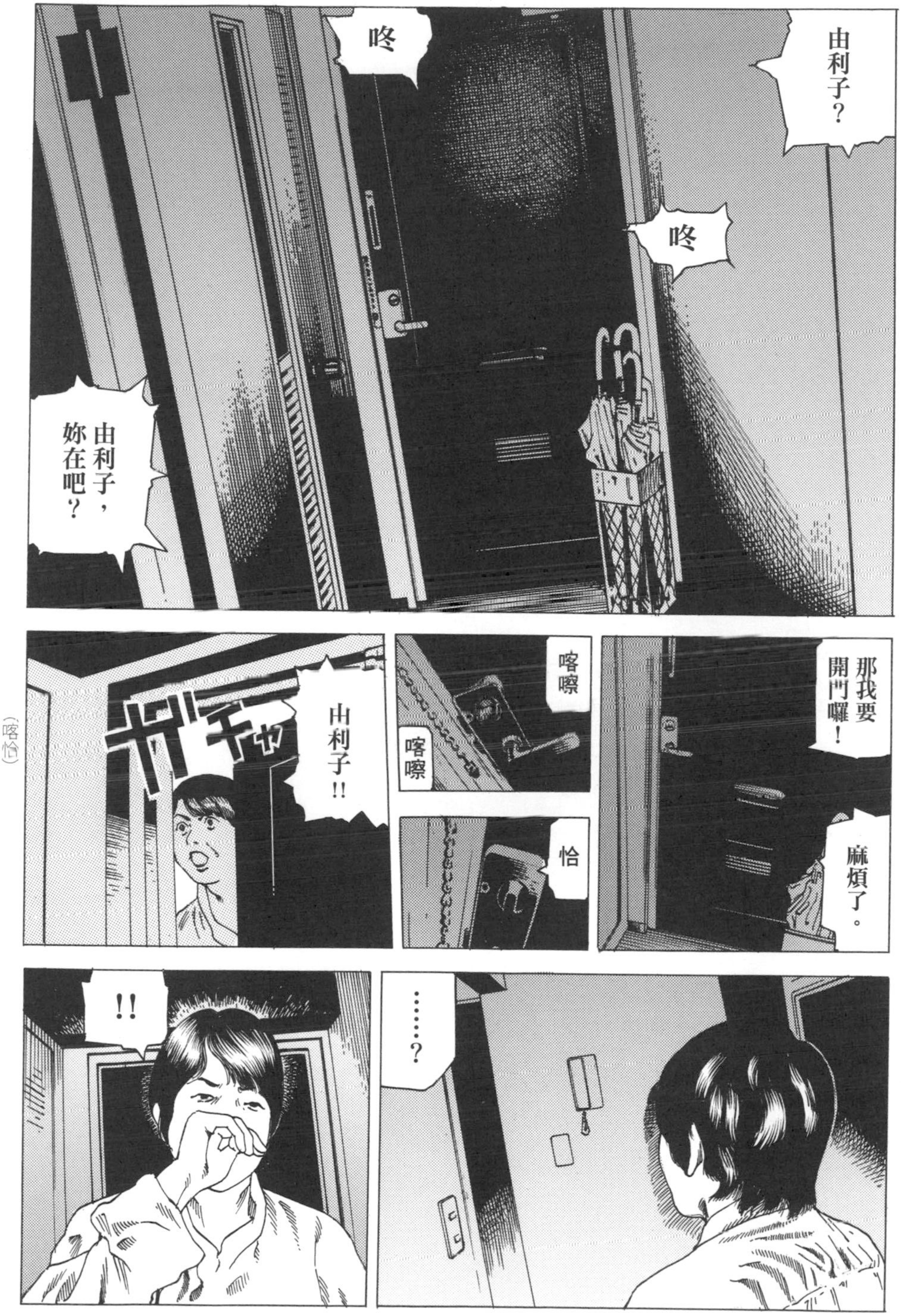
由利子？
咚
咚
由利子，妳在吧？
那我要開門囉！
麻煩了。
喀嚓
喀嚓
恰
ガチャ
（喀恰）
由利子!!
……？
!!

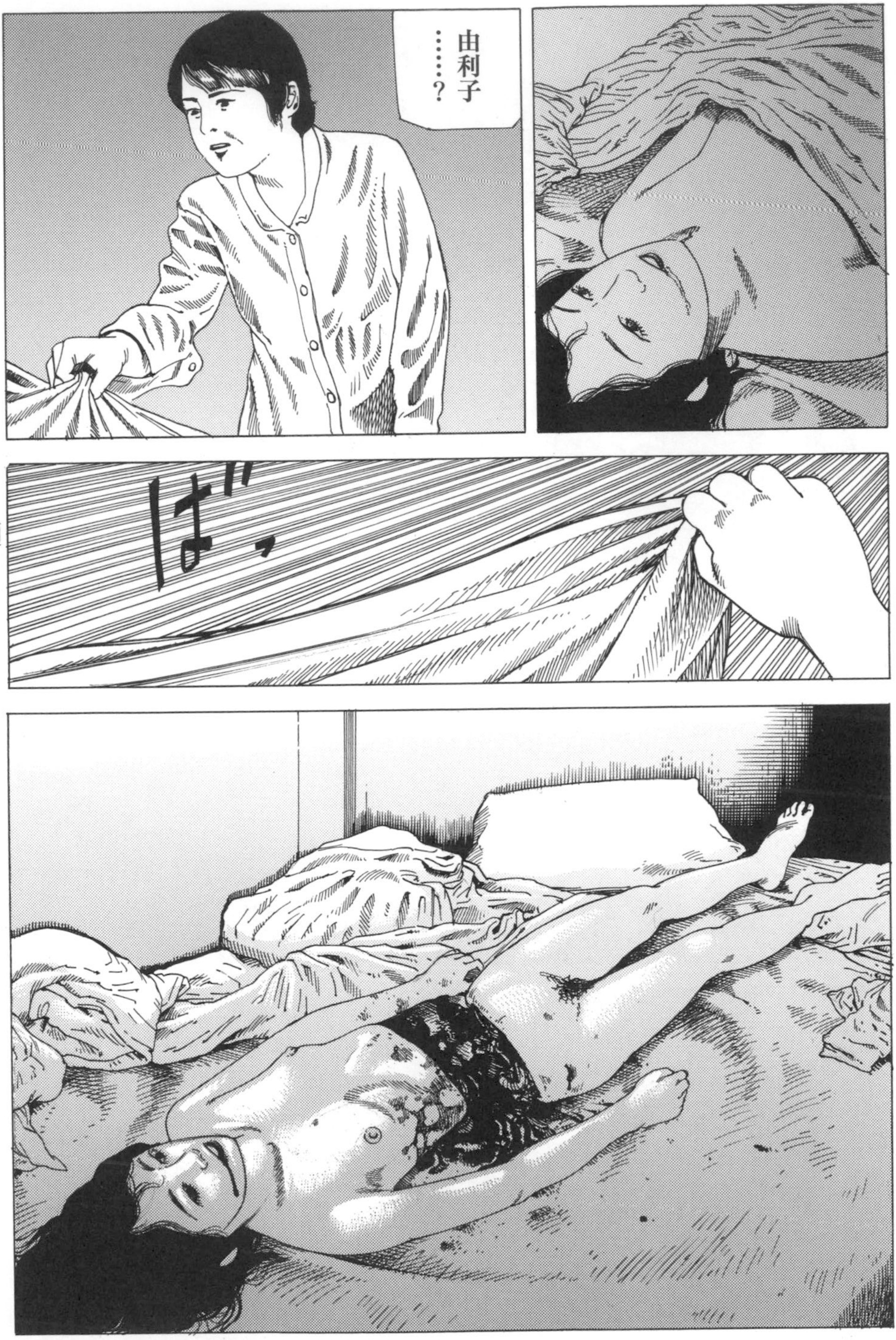
由利子……？
ばっ

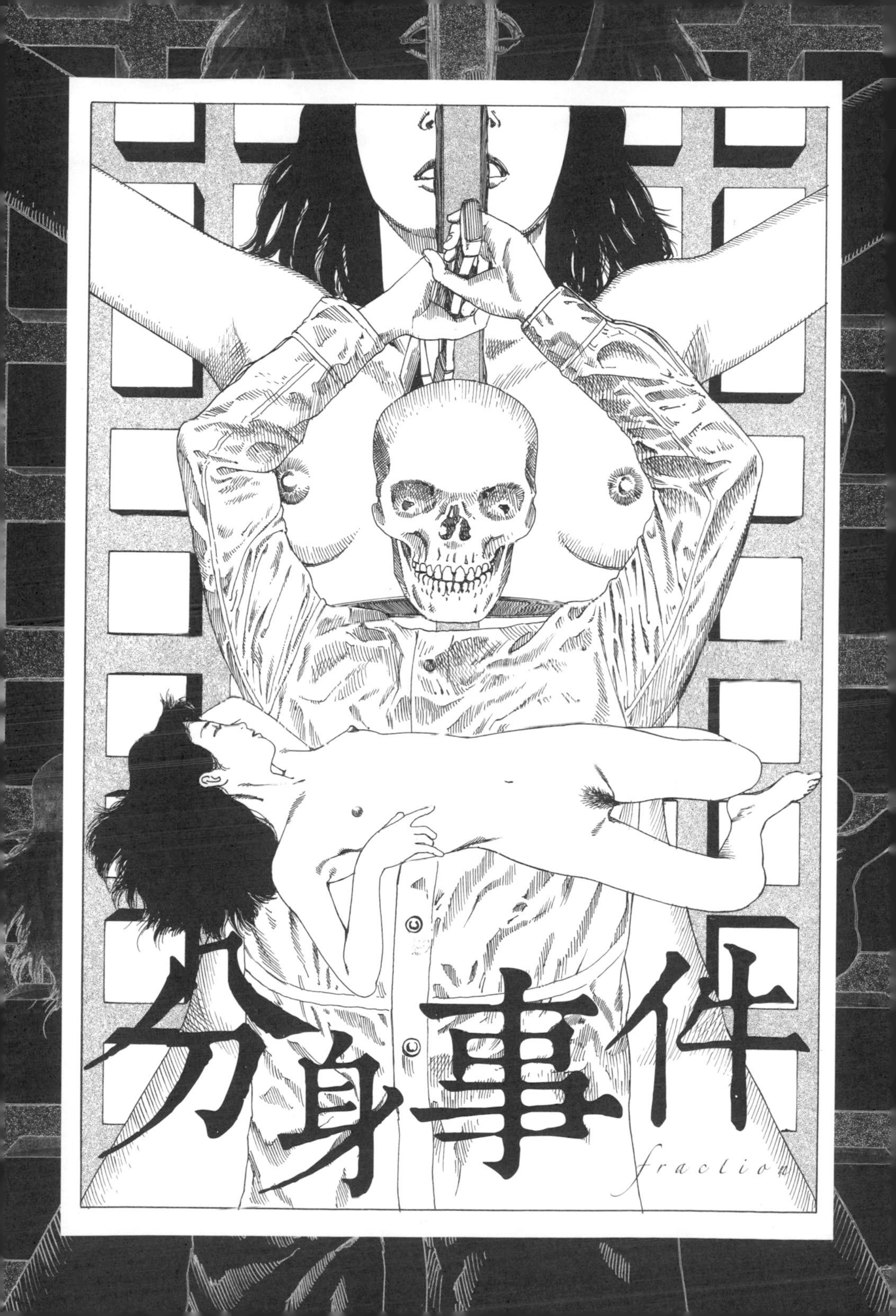
分身事件
fraction

Contents

Characters

藤岡 弘子
喫茶店服務生

東野 光太郎
喫茶店服務生

曾田 町子
喫茶店服務生

大山 真琴
喫茶店服務生

速水 亮
喫茶店服務生

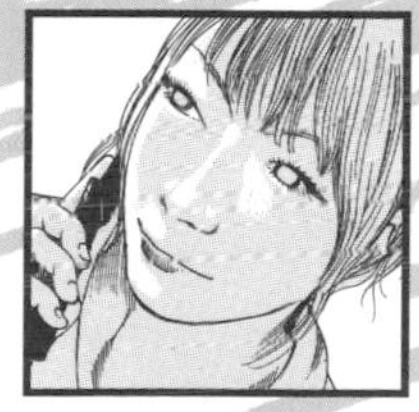

結城 丈子
編輯

駕籠 真太郎
漫畫家

Map

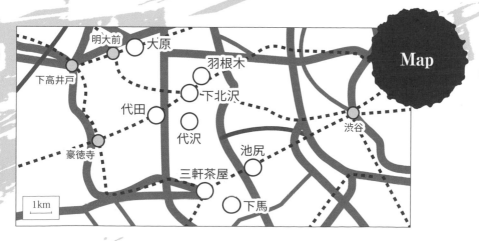

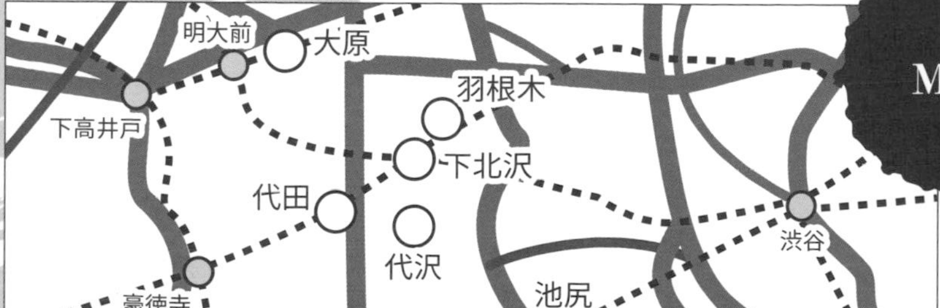

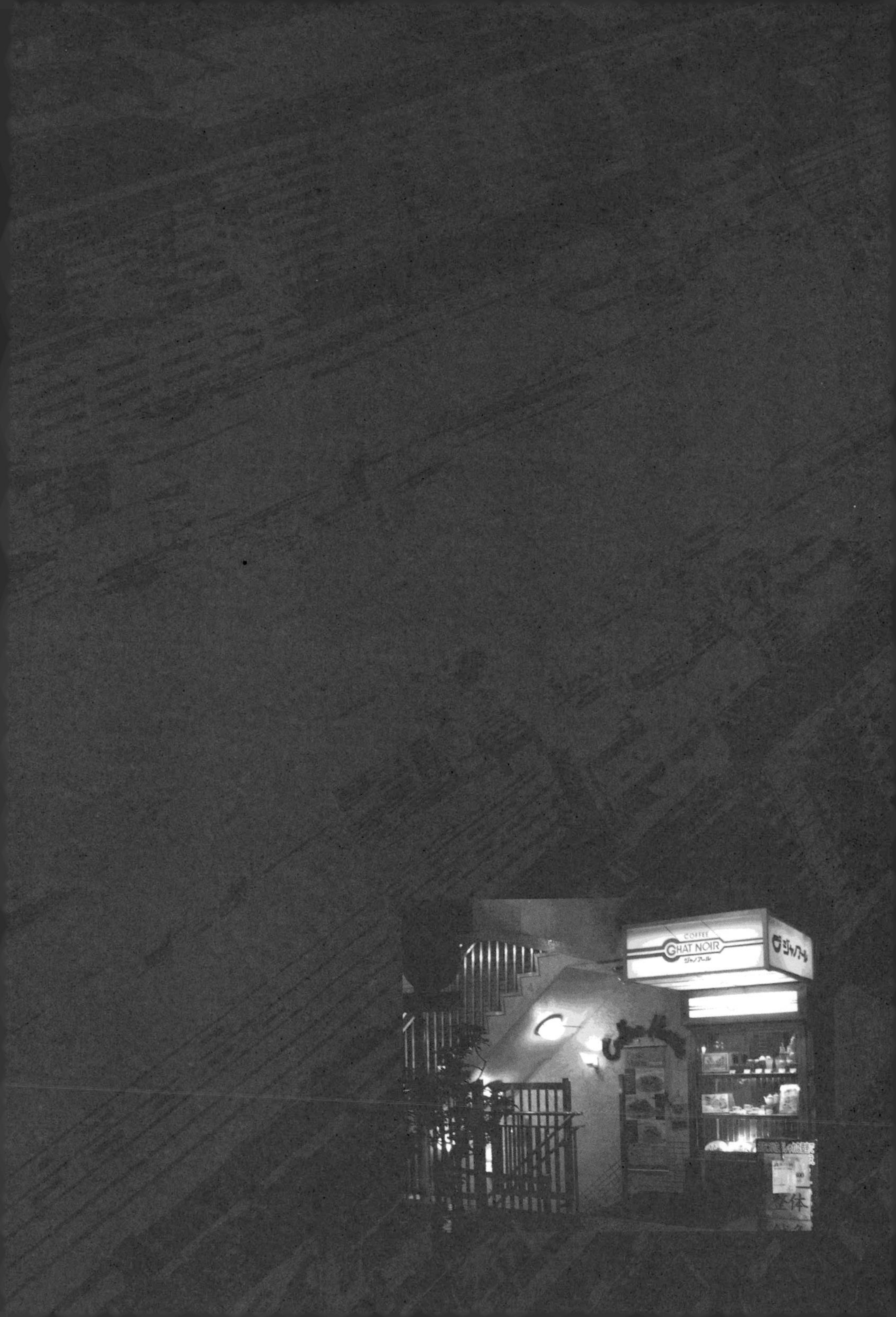
COFFEE
CHAT NOIR
ジャノアール
ジャノアール

WAGIRI-MA
剖人魔

1

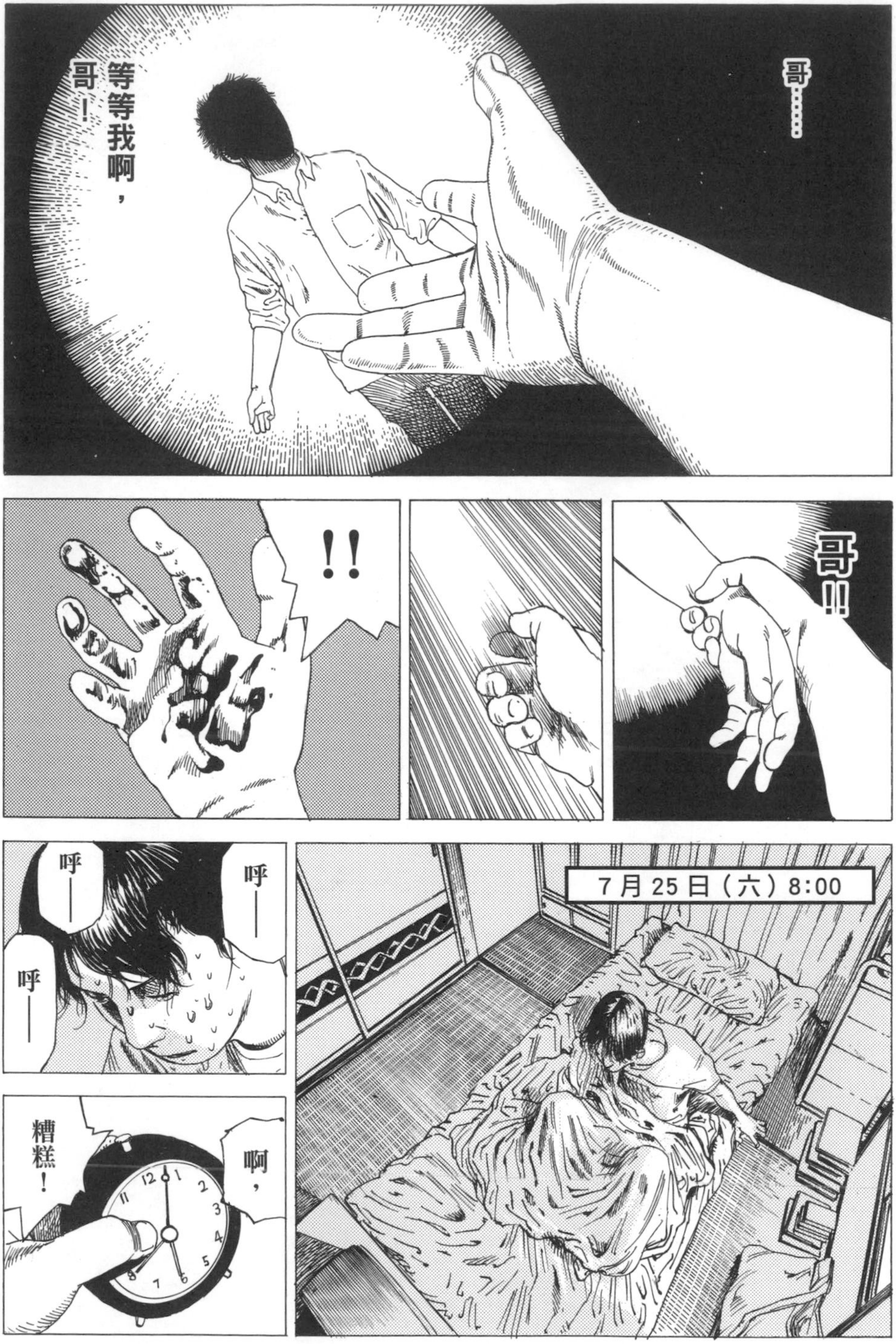

哥……
等等我啊，哥！
哥!!
!!
7月25日（六）8:00
呼——
呼——
呼——
啊，
糟糕！

7月25日（六）10:00
喫茶嘿貓[1]
COFFEE CHAY NOIR
歡迎光臨！
要點餐了嗎？
コト
(叩)

1 譯註：不是錯字。駕籠 parody 實際存在的連鎖喫茶店嘿貓。

啊，糟糕——根本還沒決定好！
妳要點什麼啊？
哎呀～點什麼好呢？
我看我點拿鐵吧——啊，等一下。
啊，不要拿鐵，改成冰巧克力吧——
啊——等一下等一下。
我點普通的冰咖啡就好。
一個冰咖啡！
啥啊～～～不要比我先決定好啦～
我看我還是點果汁吧。
啊，等等，有越南咖啡啊！
我還是點這個好了。
是說，要點吃的嗎？有蛋糕套餐喔。
嗯～～～我不要。
啊，可是……怎麼辦才好呢——
雞肉三明治好像很好吃呢——啊，甜甜圈也不錯耶——
啊～好猶豫好猶豫。啊！真抱歉，我們拖拖拉拉的。
不會不會。
請給五號桌兩杯冰咖啡。
好的——
呼——
辛苦啦。

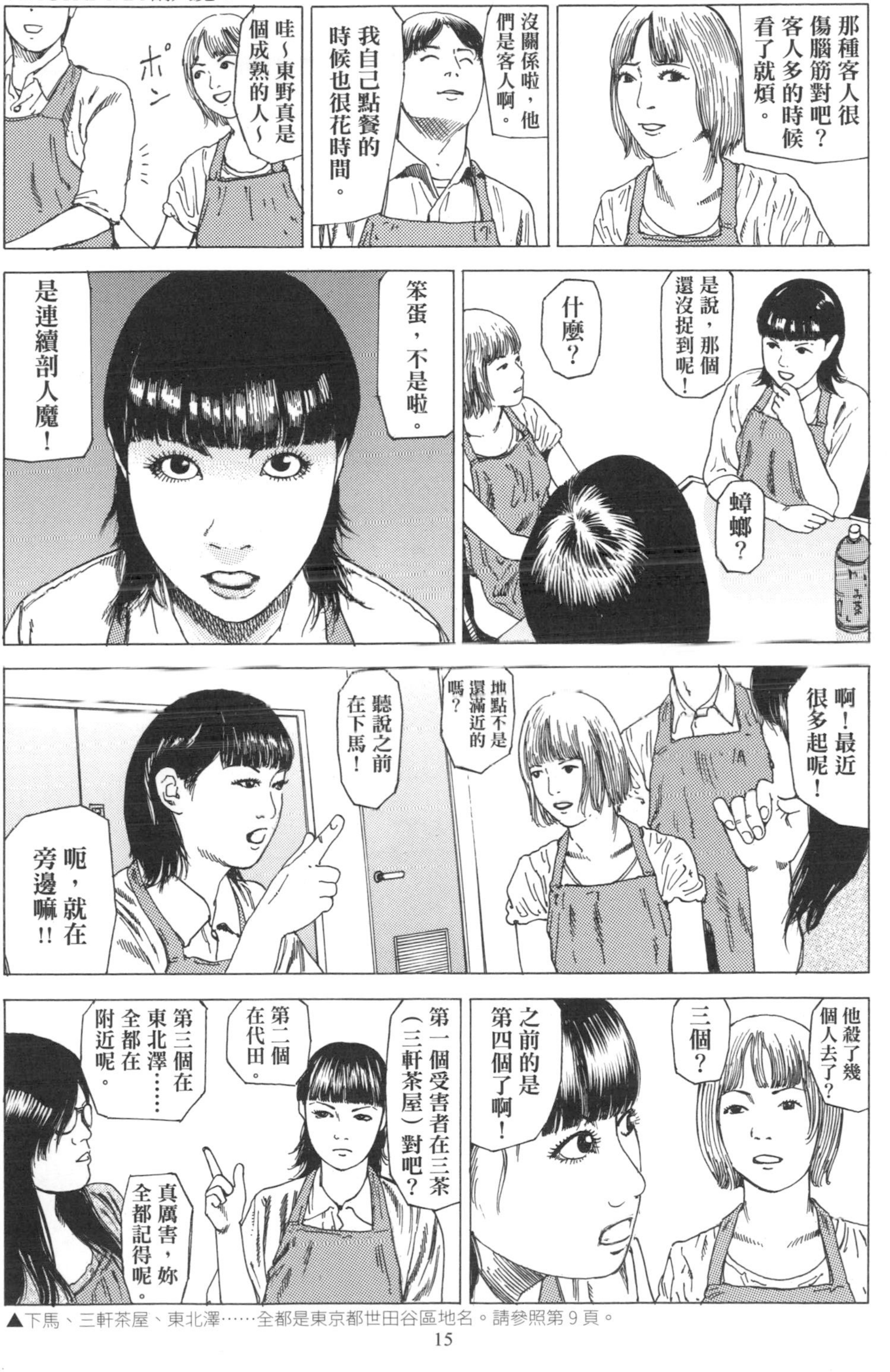
那種客人很傷腦筋對吧？客人多的時候看了就煩。
沒關係啦，他們是客人啊。
我自己點餐的時候也很花時間。
哇～東野真是個成熟的人～
ポン
（啪）
是說，那個還沒捉到呢！
什麼？
蟑螂？
笨蛋，不是啦。
是連續剖人魔！
啊！最近很多起呢！
地點不是還滿近的嗎？
聽說之前在下馬！
呃，就在旁邊嘛!!
他殺了幾個人去了？
三個？
之前的是第四個了啊！
第一個受害者在三茶（三軒茶屋）對吧？
第二個在代田。
第三個在東北澤……全都在附近呢。
真厲害，妳全都記得呢。

▲下馬、三軒茶屋、東北澤……全都是東京都世田谷區地名。請參照第 9 頁。

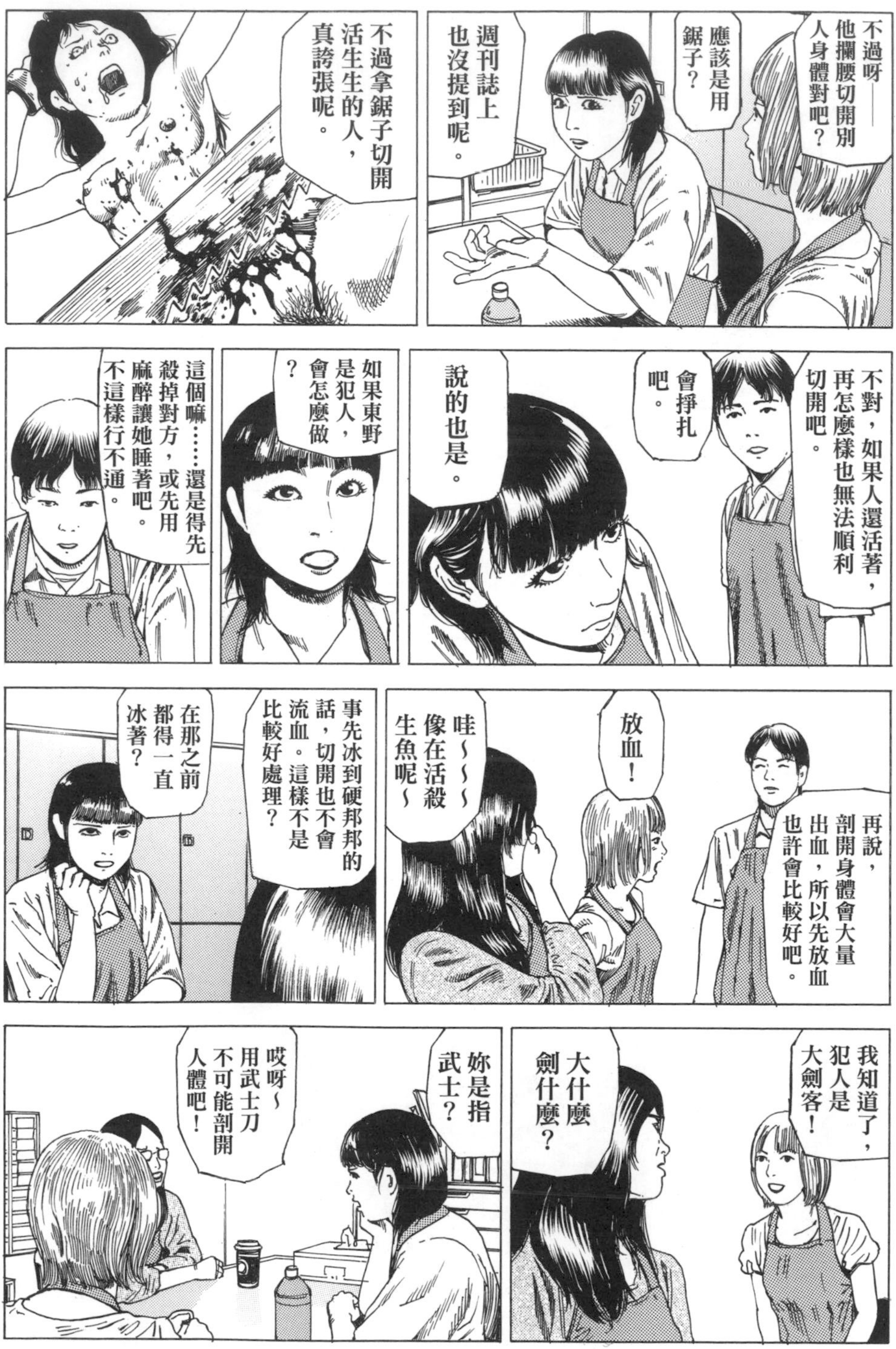
不過呀——他攔腰切開別人身體對吧？
應該是用鋸子？
週刊誌上也沒提到呢。
不過拿鋸子切開活生生的人，真誇張呢。
不對，如果人還活著，再怎麼樣也無法順利切開吧。
會掙扎吧。
說的也是。
如果東野是犯人，會怎麼做？
這個嘛……還是得先殺掉對方，或先用麻醉讓她睡著吧。不這樣行不通。
再說，剖開身體會大量出血，所以先放血也許會比較好吧。
放血！
哇~~~像在活殺生魚呢~
事先冰到硬邦邦的話，切開也不會流血。這樣不是比較好處理？
在那之前都得一直冰著？
我知道了，犯人是大劍客！
大什麼劍什麼？
妳是指武士？
哎呀~用武士刀不可能剖開人體吧！

沒那回事喔。以前可是有同時切斷身體和脖子的行刑方式。
不過往那方向推理就不有趣了呢。
弘子的偵探模式又啟動了呢！
咦，什麼意思？
啊，東野最近才來工作，所以不知道吧。
讓弘子幹這種尋找真凶的任務，她的腦袋可靈光了喔。去年有一家四口遇害事件，她猜犯人也猜得很準喔。
呵，哎，也沒那麼行啦……
哇～!!真厲害!!
喂！
要休息到什麼時候啊！工作還沒做完吧!!
哎唷！
對不起～
COFFEE
CHAT NOIR
嘿貓
COFFEE
CHAT NOIR
東野，下班了要不要一起去吃個飯？

我想看的電影只播到今天了。
對不起。
什麼嘛
真難相處耶～
7月25日（六）18:00
CHANEL
木乃伊博物館

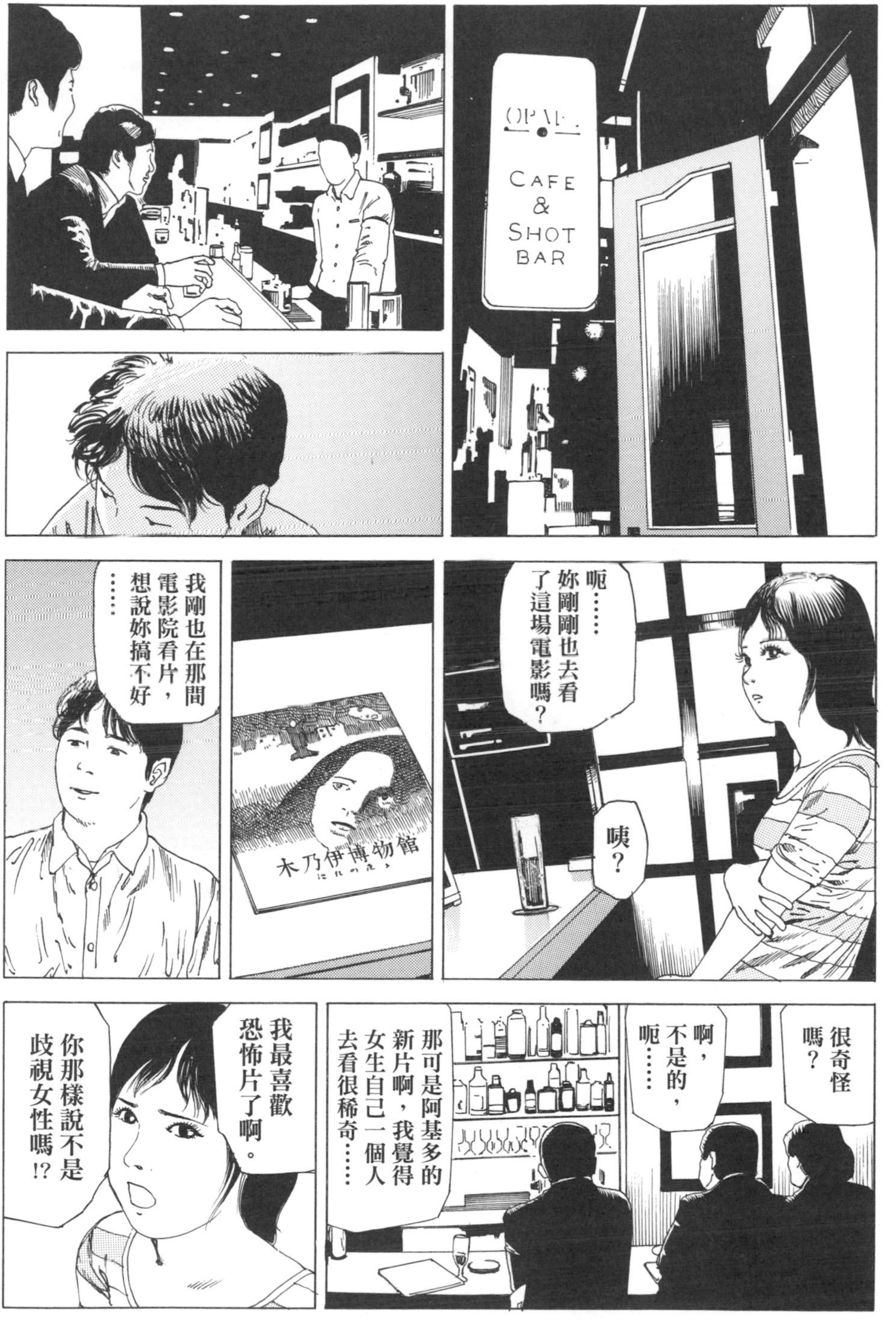
CAFE & SHOT BAR
呃……妳剛剛也去看了這場電影嗎？
咦？
木乃伊博物館
我剛也在那間電影院看片，想說妳搞不好……
很奇怪嗎？
啊，不是的，呃……
那可是阿基多的新片啊，我覺得女生自己一個人去看很稀奇……
我最喜歡恐怖片了啊。
你那樣說不是歧視女性嗎!?

沒有啦……其實我原本打算和朋友一起去看，結果臨時被放鳥……
電影只播到今天，我只好自己一個人去看……
啊——原來如此，完全合理。
比阿基多版《活人生吃》差呢。
是嗎？我還滿喜歡的啊，節奏很好。
結尾百貨公司裡播的那首歌又蠢又爽朗，非常棒呢！反差很大。
說到喪屍，妳覺得《生人迴避2》如何？如果沒出現水中喪屍的話，感覺是很正統的恐怖電影呢。
我很喜歡從墳墓中爬起來的地方喔。
不過有點蠢呢。
啥~~好就好在那裡不是嗎！《鬼界》*或《勇闖地獄門》呢？
嗯~~故事普普……《墓邊凶宅》**還好一點。
不愧是會單獨來看阿基多電影的人！
哎唷~不要鬧我啦。
不過真要說起來，我比較喜歡哥德式恐怖吧。血漿也不錯，但會看到膩不是嗎？
這樣啊……哥德式是指哪種？
《撒旦的面具》……應該是馬里奧・巴瓦吧!!

* 《The Beyond》
** 《The House by the Cemetery》

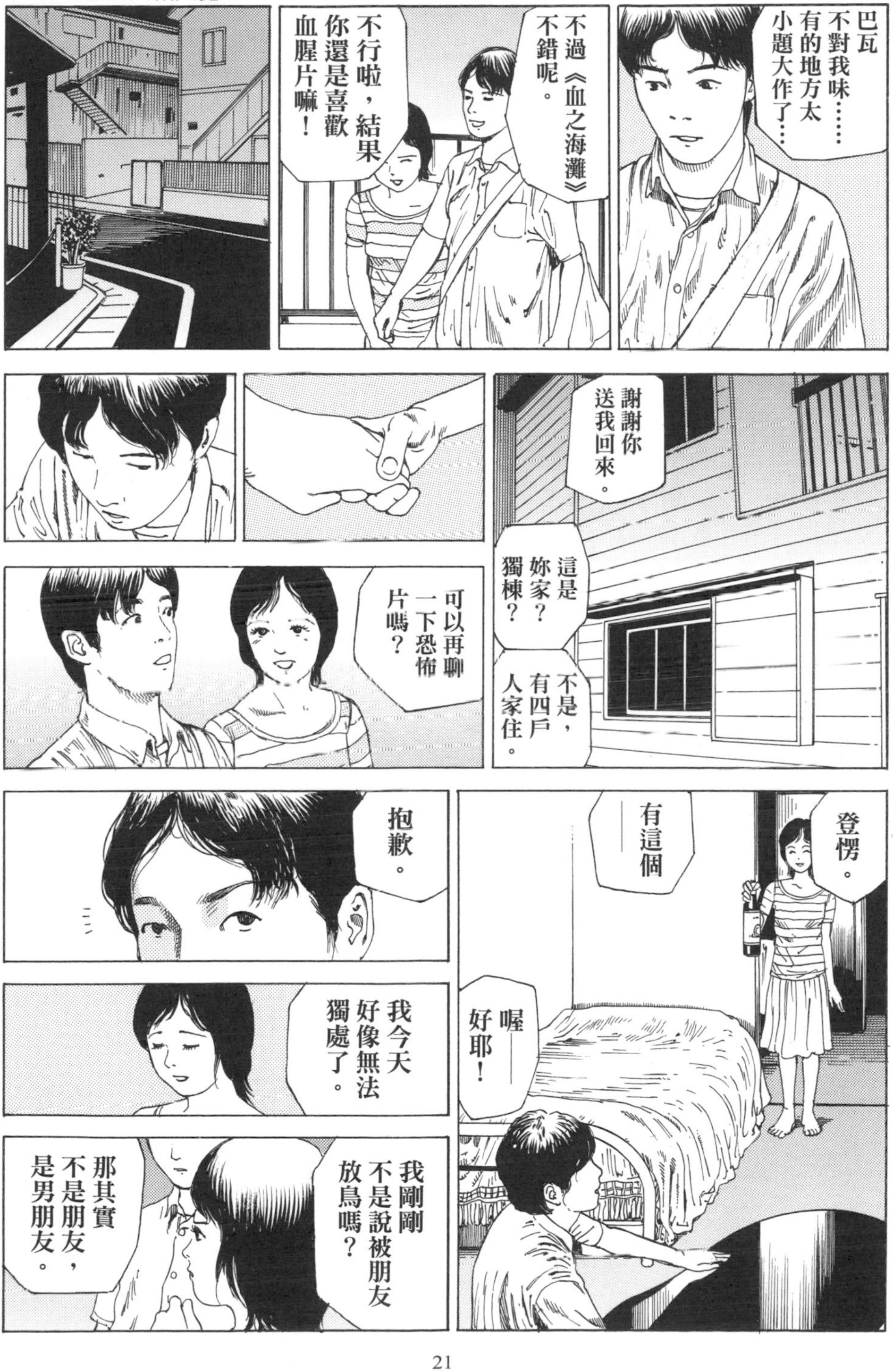
巴瓦不對我味……有的地方太小題大作了……
不過《血之海灘》不錯呢。
不行啦，結果你還是喜歡血腥片嘛！
謝謝你送我回來。
這是妳家？獨棟？
不是，有四戶人家住。
可以再聊一下恐怖片嗎？
登愣。
有這個——
喔——好耶！
抱歉。
我今天好像無法獨處了。
我剛剛不是說被朋友放鳥嗎？
那其實不是朋友，是男朋友。

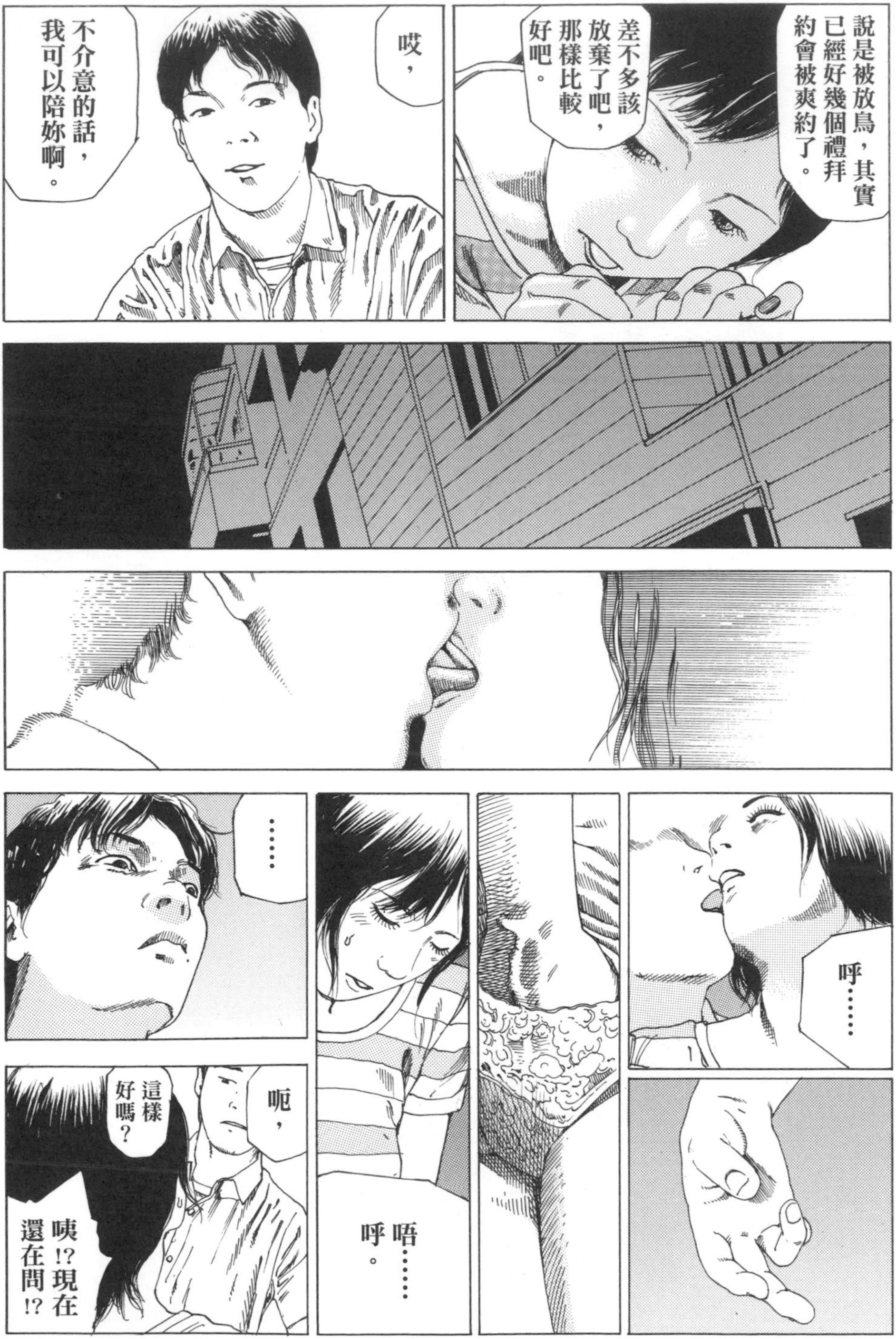
說是被放鳥，其實已經好幾個禮拜約會被爽約了。
差不多該放棄了吧，那樣比較好吧。
哎，
不介意的話，我可以陪妳啊。
呼……
唔……呼。
……
呃，
這樣好嗎？
咦!?現在還在問!?

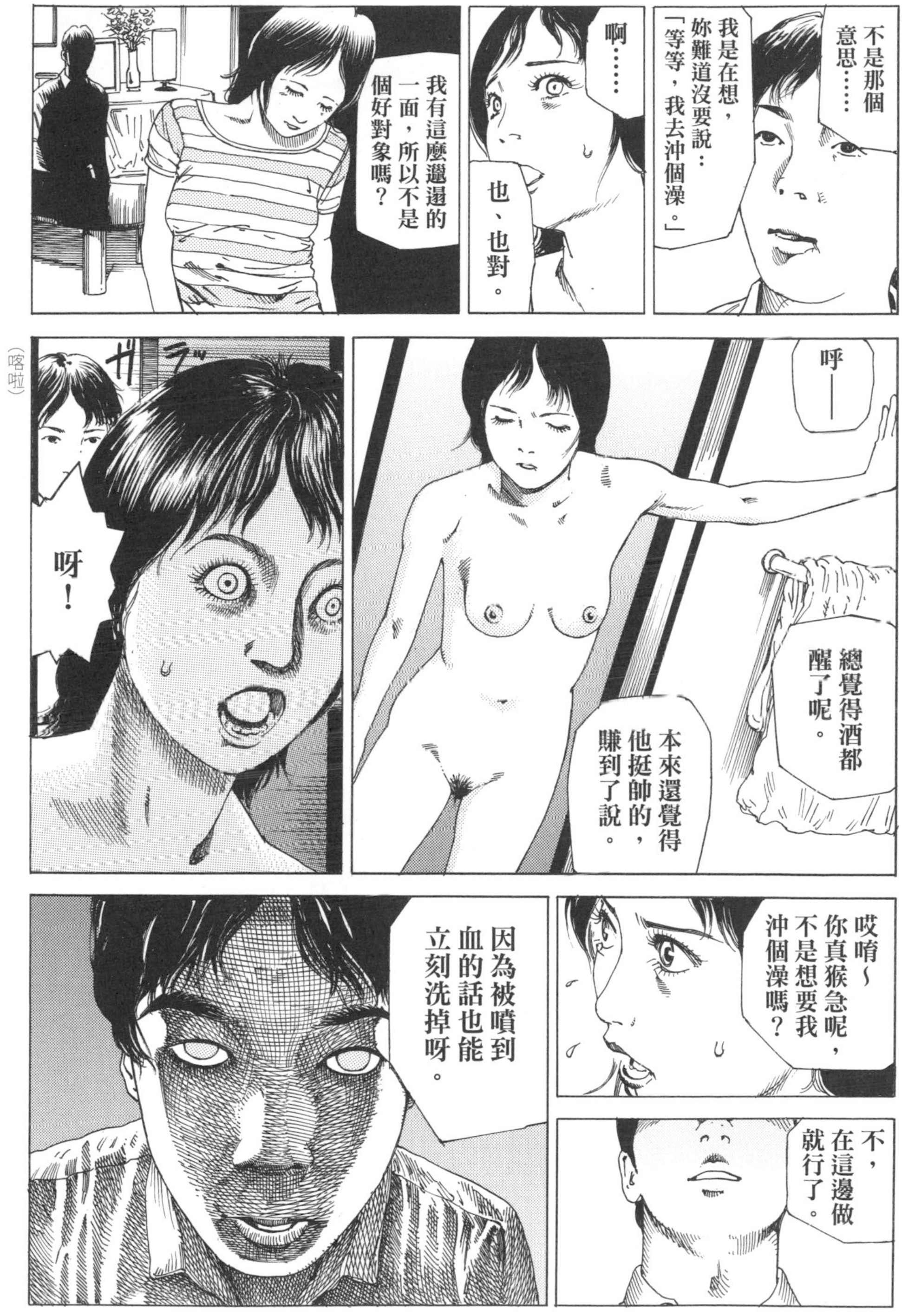
不是那個意思……
我是在想，妳難道沒要說：「等等，我去沖個澡。」
啊……
也、也對。
我有這麼邋遢的一面，所以不是個好對象嗎？
呼──
總覺得酒都醒了呢。
本來還覺得他挺帥的，賺到了說。
ガラッ
（喀啦）
呀！
哎唷～你真猴急呢，不是想要我沖個澡嗎？
不，在這邊做就行了。
因為被噴到血的話也能立刻洗掉呀。

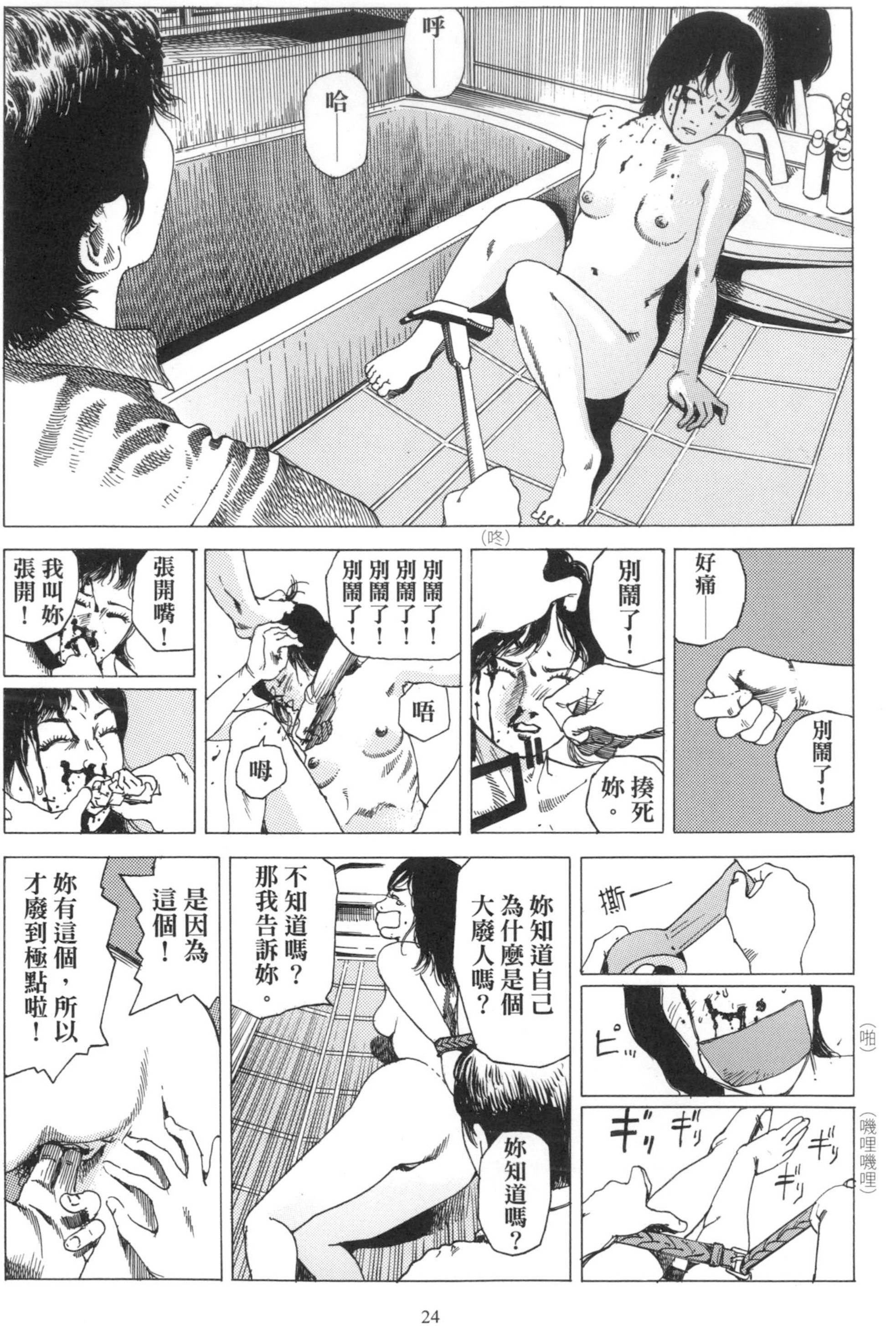

呼——
哈——
（咚）
好痛——
別鬧了！
別鬧了！
揍死妳。
別鬧了！別鬧了！別鬧了！
唔
呣
張開嘴！
我叫妳張開！
撕—
ピッ
（啪）
ギッ ギッ ギッ ギッ
（嘰哩嘰哩）
妳知道自己為什麼是個大廢人嗎？
不知道嗎？那我告訴妳。
妳知道嗎？
是因為這個！
妳有這個，所以才廢到極點啦！

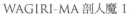

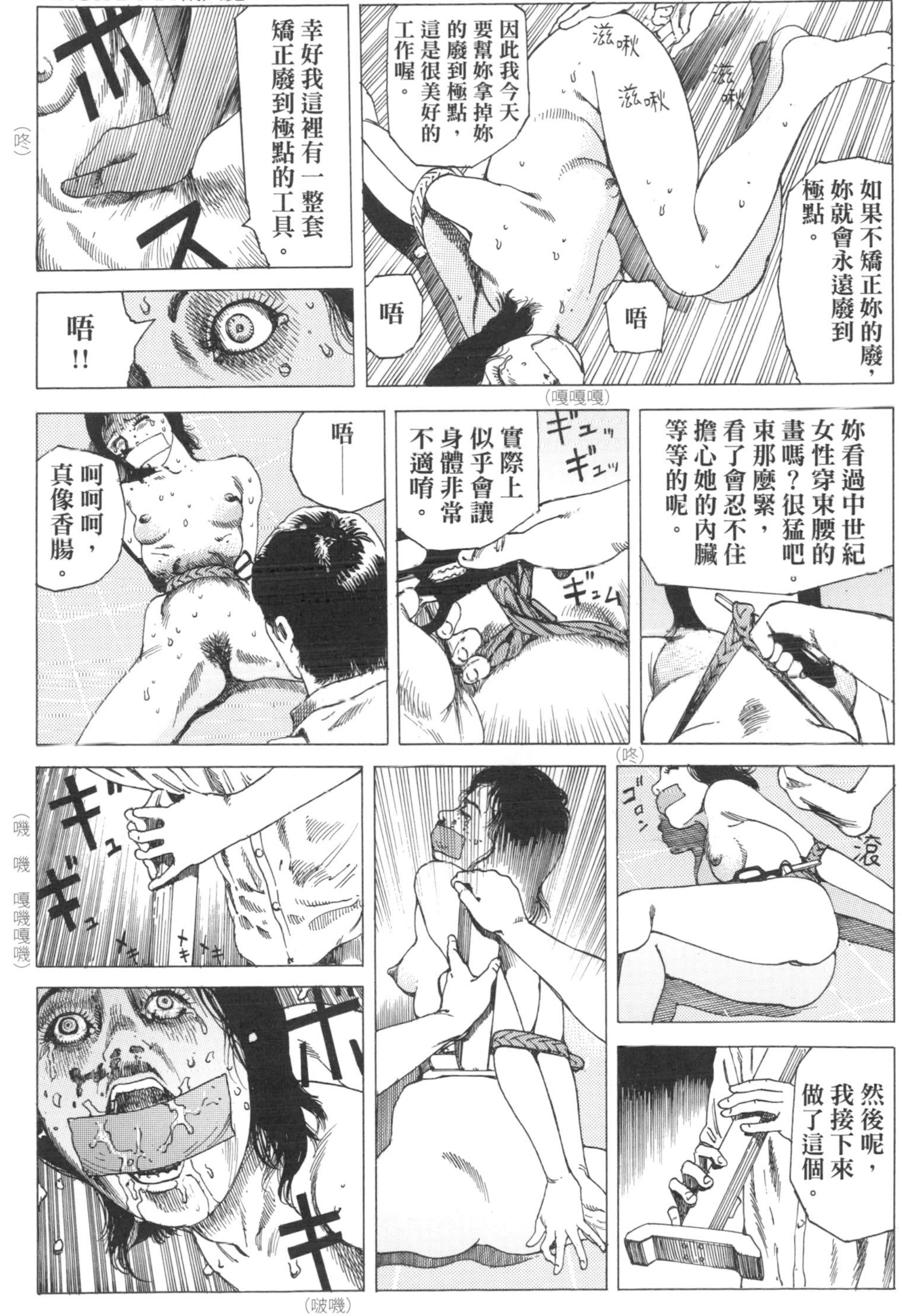
如果不矯正妳的廢，妳就會永遠廢到極點。
因此我今天要幫妳拿掉妳的廢到極點，這是很美好的工作喔。
滋啾
滋啾
滋啾
唔
唔
（嘎嘎嘎）
幸好我這裡有一整套矯正廢到極點的工具。
（咚）
唔!!
妳看過中世紀女性穿束腰的畫嗎？很猛吧。束那麼緊，看了會忍不住擔心她的內臟等等的呢。
實際上似乎會讓身體非常不適唷。
ギュッ
ギュッ
ギュム
唔——
呵呵呵，真像香腸。
（咚）
ゴロン
滾
ギュ
ギュ
メキ
メキ
メキ
（嘰 嘰 嘎嘰嘎嘰）
ボキ
（啵嘰）
然後呢，我接下來做了這個。

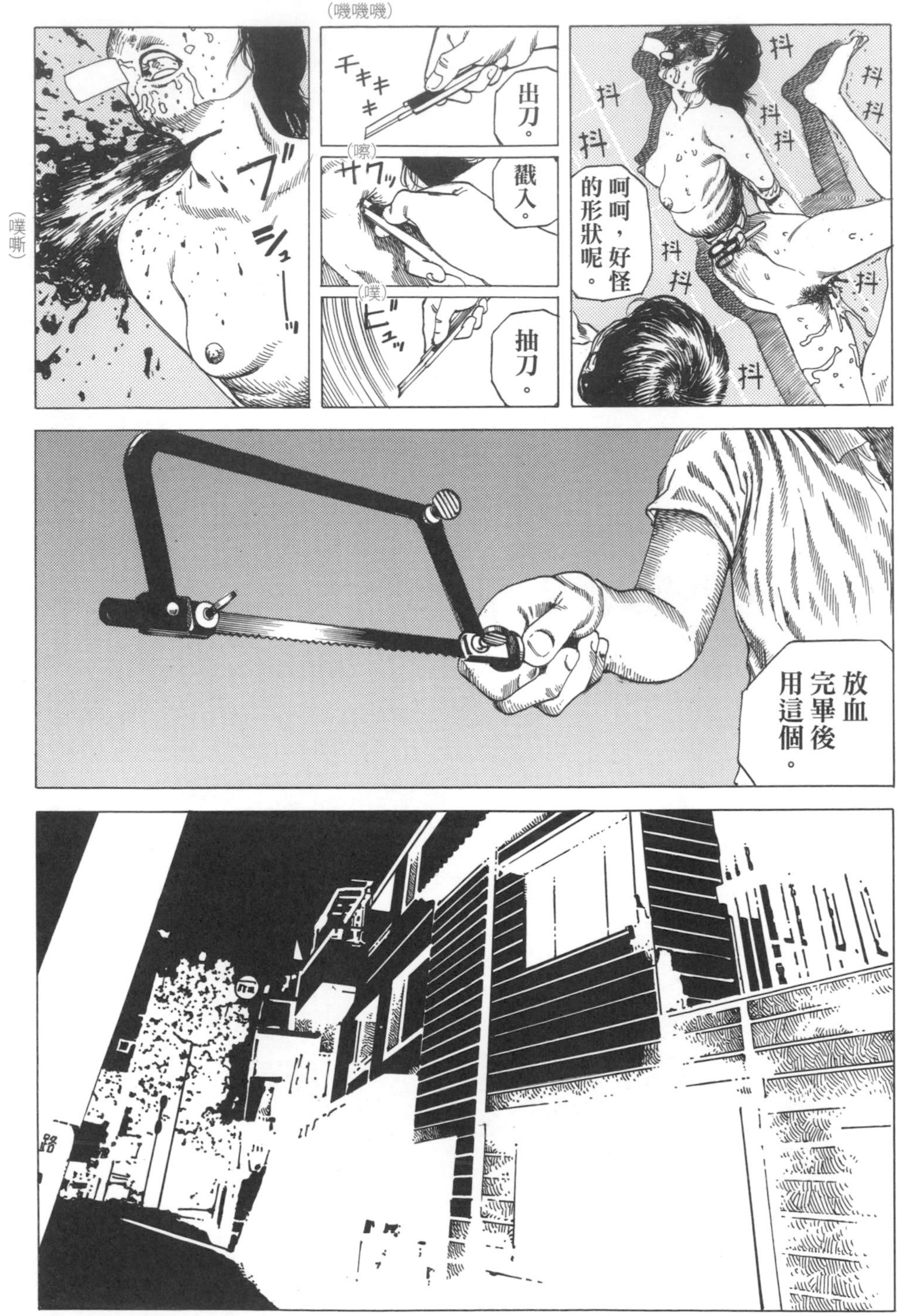

抖
抖
抖抖
抖抖
抖
抖抖
抖
抖
呵呵，好怪的形狀呢。
(嘰嘰嘰)
チキキキ
出刀。
(嚓)
サクッ
戳入。
(噗)
ビュッ
抽刀。
(噗嘶)
ブシューーッ
放血完畢後用這個。

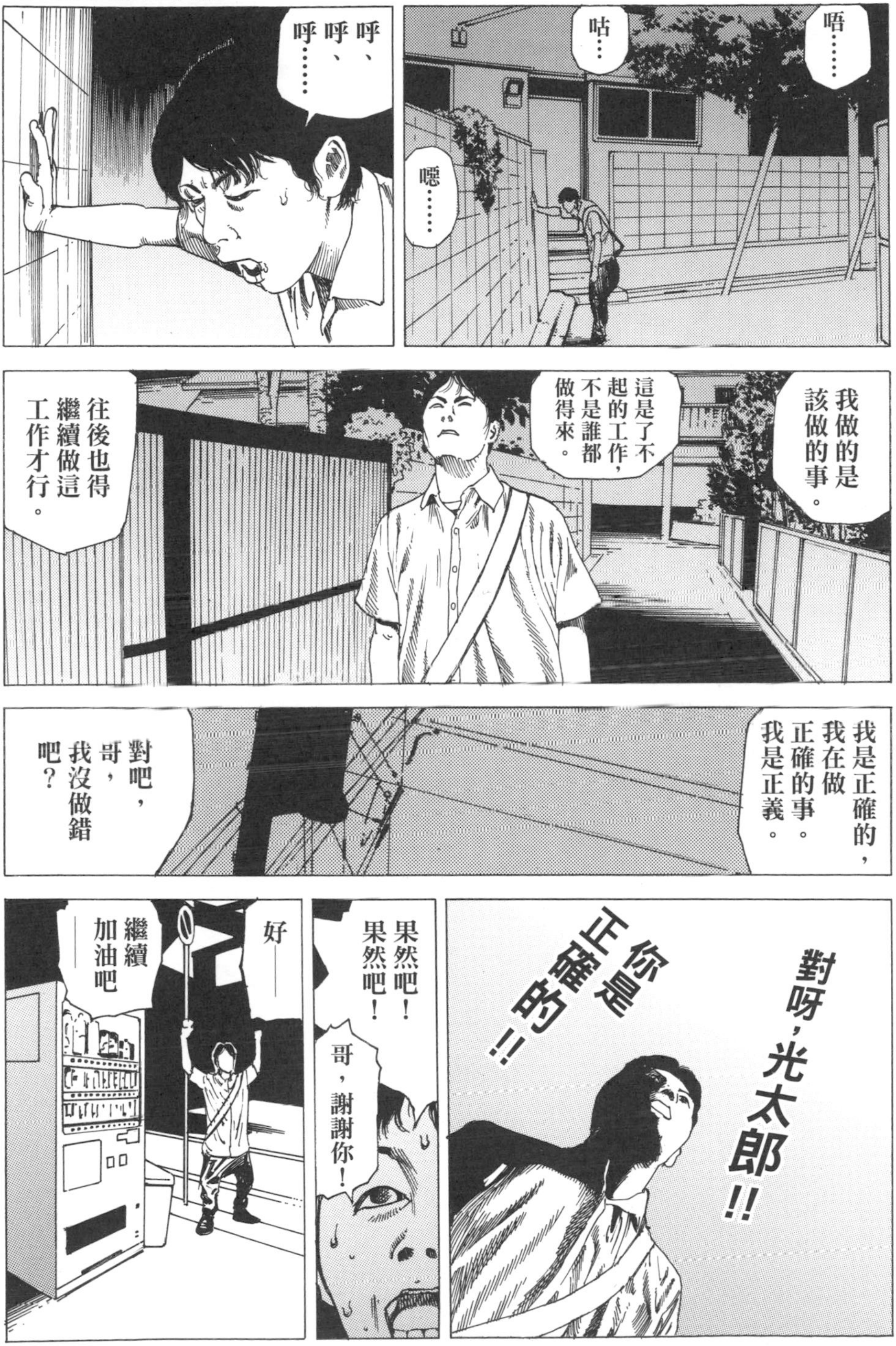
唔……
咕……
嗯……
呼、呼、呼……
我做的是該做的事。
這是了不起的工作，不是誰都做得來。
往後也得繼續做這工作才行。
我是正確的，我在做正確的事。我是正義。
對吧，哥，我沒做錯吧？
對呀，光太郎!!
你是正確的!!
果然吧！果然吧！
哥，謝謝你！
好——
繼續加油吧——

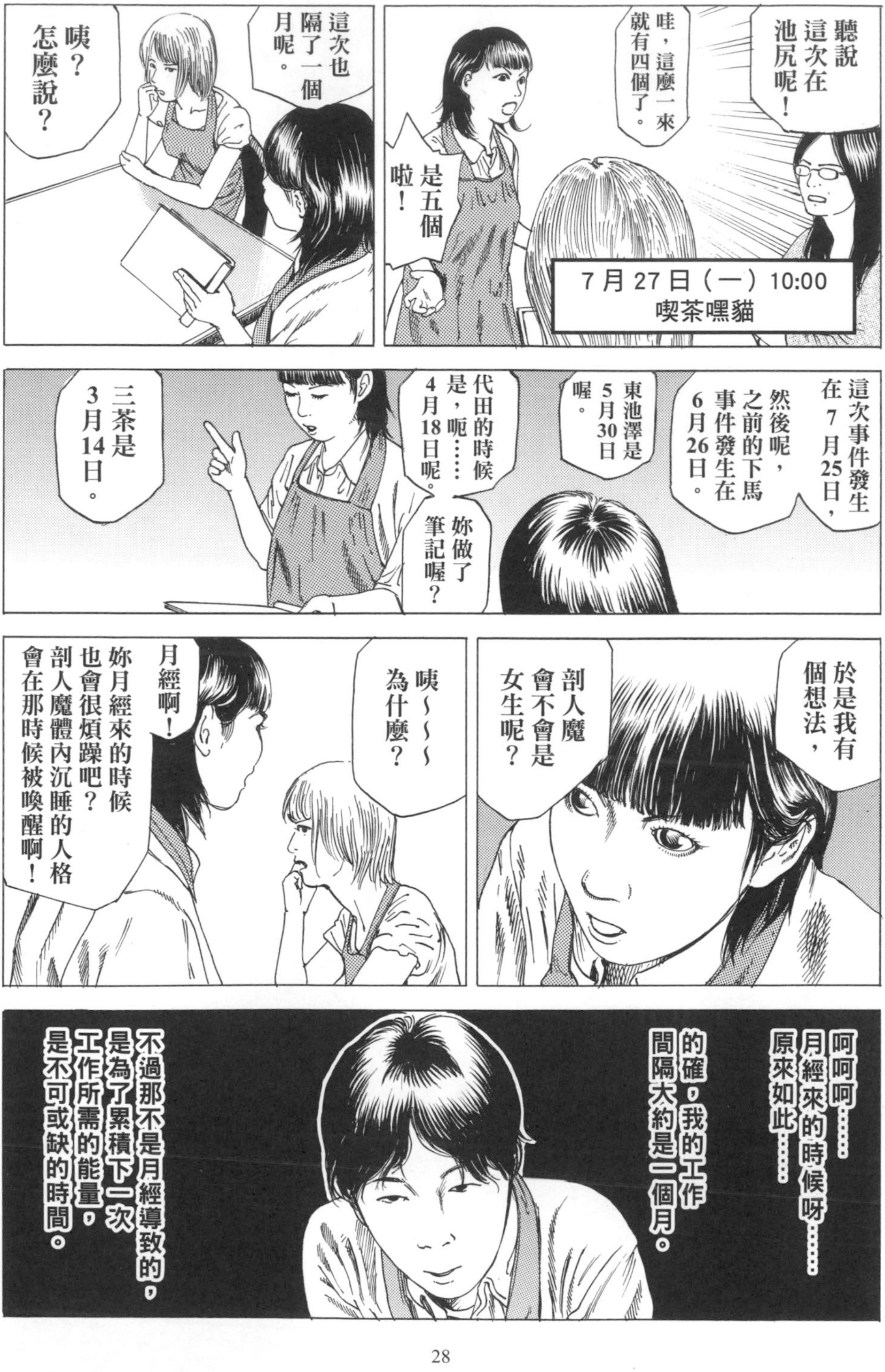

聽說這次在池尻呢！
哇，這麼一來就有四個了。
是五個啦！
7月27日（一）10:00
喫茶嘿貓
這次也隔了一個月呢。
咦？怎麼說？
這次事件發生在7月25日，
然後呢，之前的下馬事件發生在6月26日。
東池澤是5月30日喔。
代田的時候是，呃……4月18日呢。
妳做了筆記喔？
三茶是3月14日。
於是我有個想法，
剖人魔會不會是女生呢？
咦～～～為什麼？
月經啊！
妳月經來的時候也會很煩躁吧？剖人魔體內沉睡的人格會在那時候被喚醒啊！
呵呵呵……月經來的時候呀……原來如此……
的確，我的工作間隔大約是一個月。
不過那不是月經導致的，是為了累積下一次工作所需的能量，是不可或缺的時間。

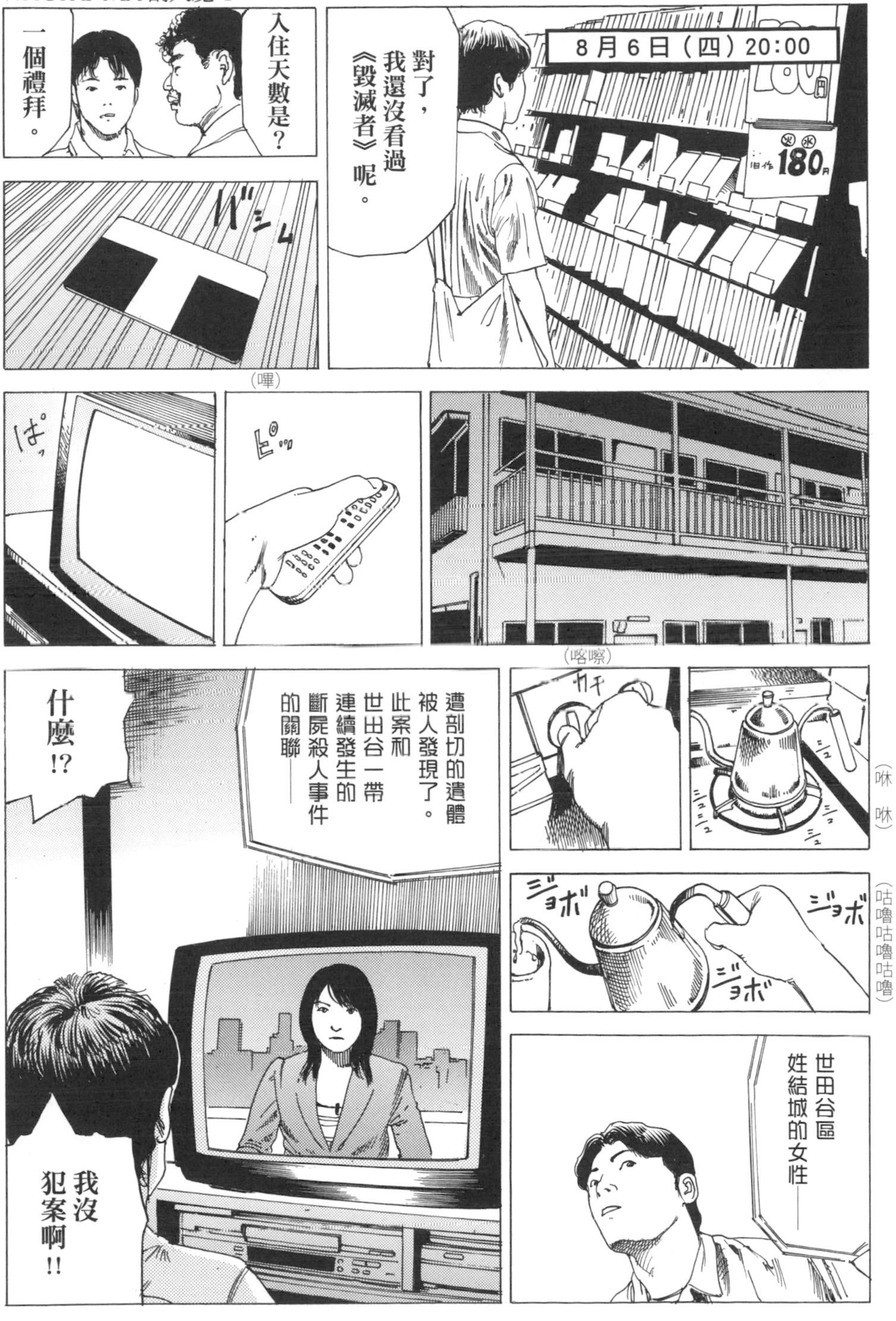
8月6日（四）20:00
對了，我還沒看過《毀滅者》呢。
180円
入住天數是？
一個禮拜。
（啪咻）
（嗶）
（啪）
（喀嚓）
（咻咻）
（咕嚕咕嚕咕嚕）
世田谷區姓結城的女性——
遭剖切的遺體被人發現了。此案和世田谷一帶連續發生的斷屍殺人事件的關聯——
什麼!?
我沒犯案啊!!

カラオケ館

MANGA-KA
漫畫家

1

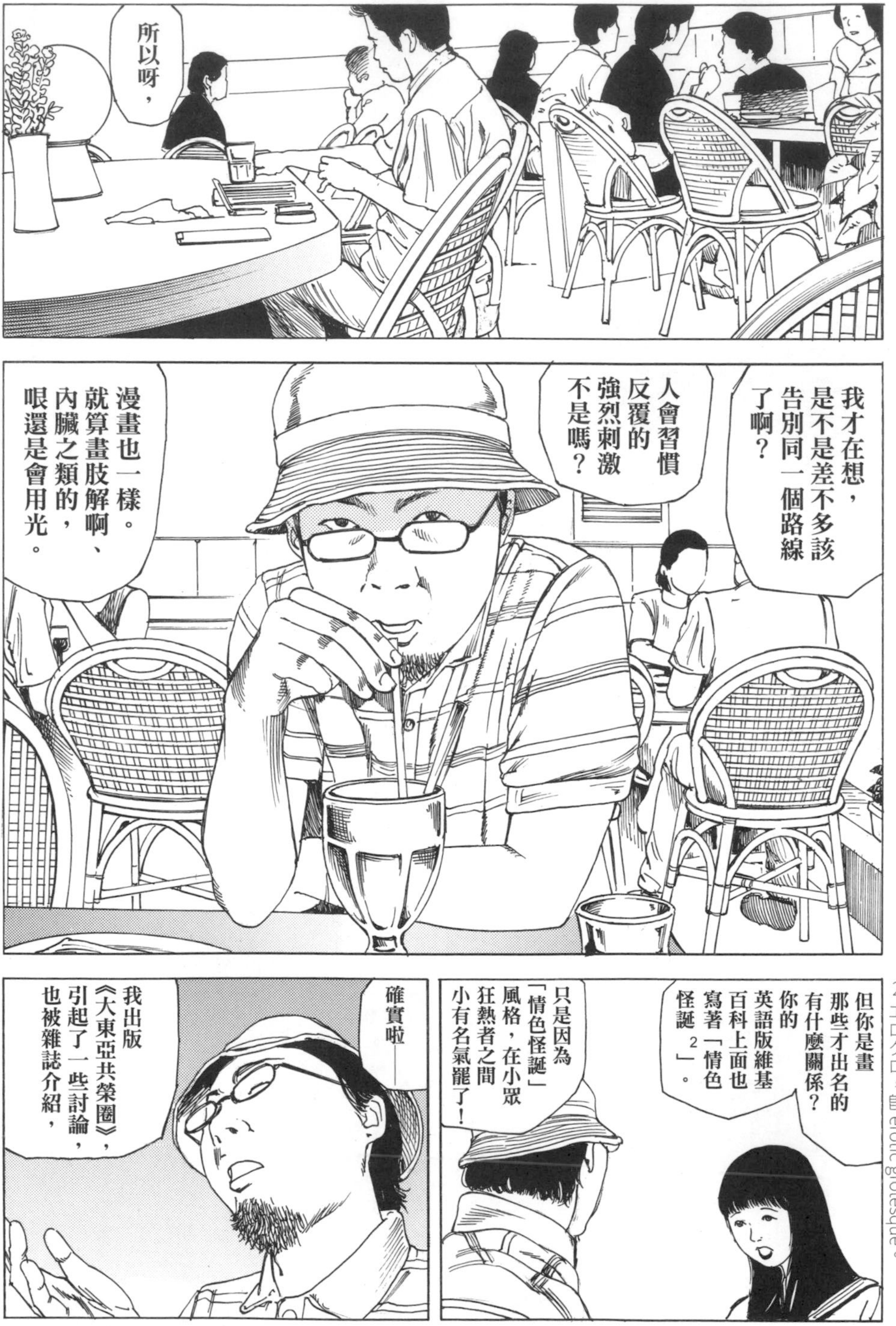
所以呀，
我才在想，是不是差不多該告別同一個路線了啊？
人會習慣反覆的強烈刺激不是嗎？
漫畫也一樣。就算畫肢解啊、內臟之類的，哏還是會用光。
但你是畫那些才出名的有什麼關係？你的英語版維基百科上面也寫著「情色怪誕[2]」。
只是因為「情色怪誕」風格，在小眾狂熱者之間小有名氣罷了！
確實啦——
我出版《大東亞共榮圈》，引起了一些討論，也被雜誌介紹，

2 エログロ，即 erotic grotesque。

多虧這些反應，我才出得了「站前」系列啊、《一切安好》等單行本，接到連載邀約，收入也增加了啊。
不過現在我開始反省了呢。
當初應該要趁收入安定的時候，到更一般的雜誌畫更貼近一般人口味的東西才對。
駕籠真太郎畫普通的漫畫也太鳥了吧。
我說啊，
為了闖出名堂——不對，正確地說，是為了保住漫畫家的飯碗，你非得畫出某種程度上偏向一般人口味的作品才行啊！
深夜電視節目也一樣啊，如果升格到黃金時段，就得稍微排除一些毒素，討好一般觀眾才行。
排除毒素很無聊啊。
妳說的我懂，問題不在那裡。
聲稱「要環保」、「要節省經費」，縮減深夜播映時段會如何呢？
那就是出版界正在發生的事！
雜誌愈來愈少了！

你做的東西再怎麼狂、再怎麼有個性，沒有雜誌可以刊的話就沒有意義了。
不好意思，請給我們咖啡。
妳有沒有在聽啊？
總之，要是不做不同於以往的、
不想出更偏一般人口味的東西，連工作都接不到啊。
シュボ
（嚓）
是是是，我知道了，加油啊。
喂，您好，我是駕籠，啊您好您好，辛苦了。
啊，是呀，請務必碰個面，也聊聊今後的事。
通学路
文
世田谷区

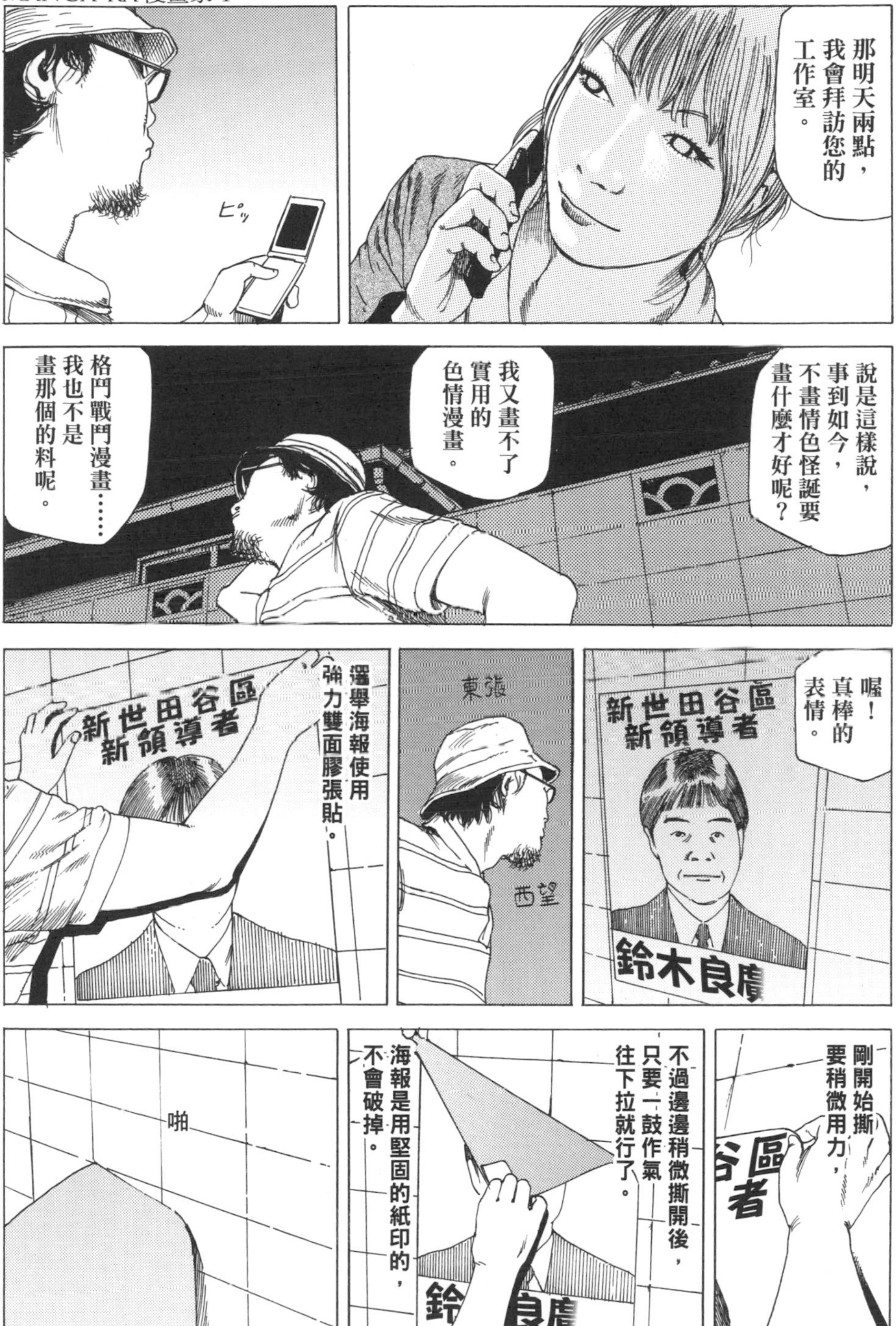
那明天兩點，我會拜訪您的工作室。
ピッ
（嗶）
說是這樣說，事到如今，不畫情色怪誕要畫什麼才好呢？
我又畫不了實用的色情漫畫。
格鬥戰鬥漫畫……我也不是畫那個的料呢。
喔！真棒的表情。
新世田谷區 新領導者
鈴木良虜
東張
西望
選舉海報使用強力雙面膠張貼。
新世田谷區 新領導者
剛開始撕要稍微用力，
谷區 者
不過邊邊稍微撕開後，只要一鼓作氣往下拉就行了。
海報是用堅固的紙印的，不會破掉。
鈴 良虜
啪

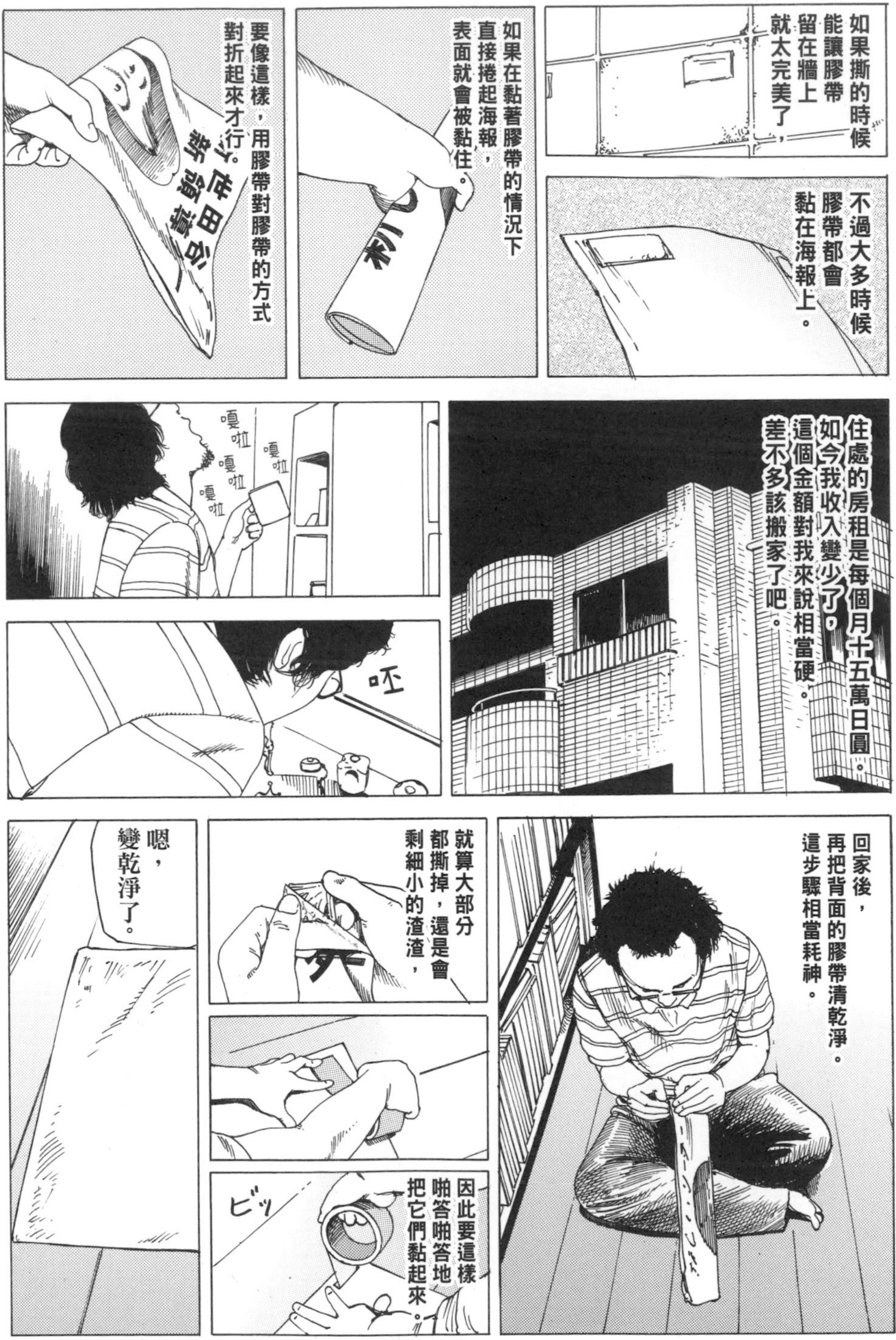
如果撕的時候能讓膠帶留在牆上，就太完美了，
不過大多時候膠帶都會黏在海報上。
如果在黏著膠帶的情況下直接捲起海報，表面就會被黏住。
要像這樣，用膠帶對膠帶的方式對折起來才行。
住處的房租是每個月十五萬日圓。
如今我收入變少了，這個金額對我來說相當硬。
差不多該搬家了吧。
嘎啦
嘎啦
嘎啦
嘎啦
呸
回家後，再把背面的膠帶清乾淨。
這步驟相當耗神。
就算大部分都撕掉，還是會剩細小的渣渣，
因此要這樣啪答啪答地把它們黏起來。
ビッ
（劈哩）
嗯，變乾淨了。

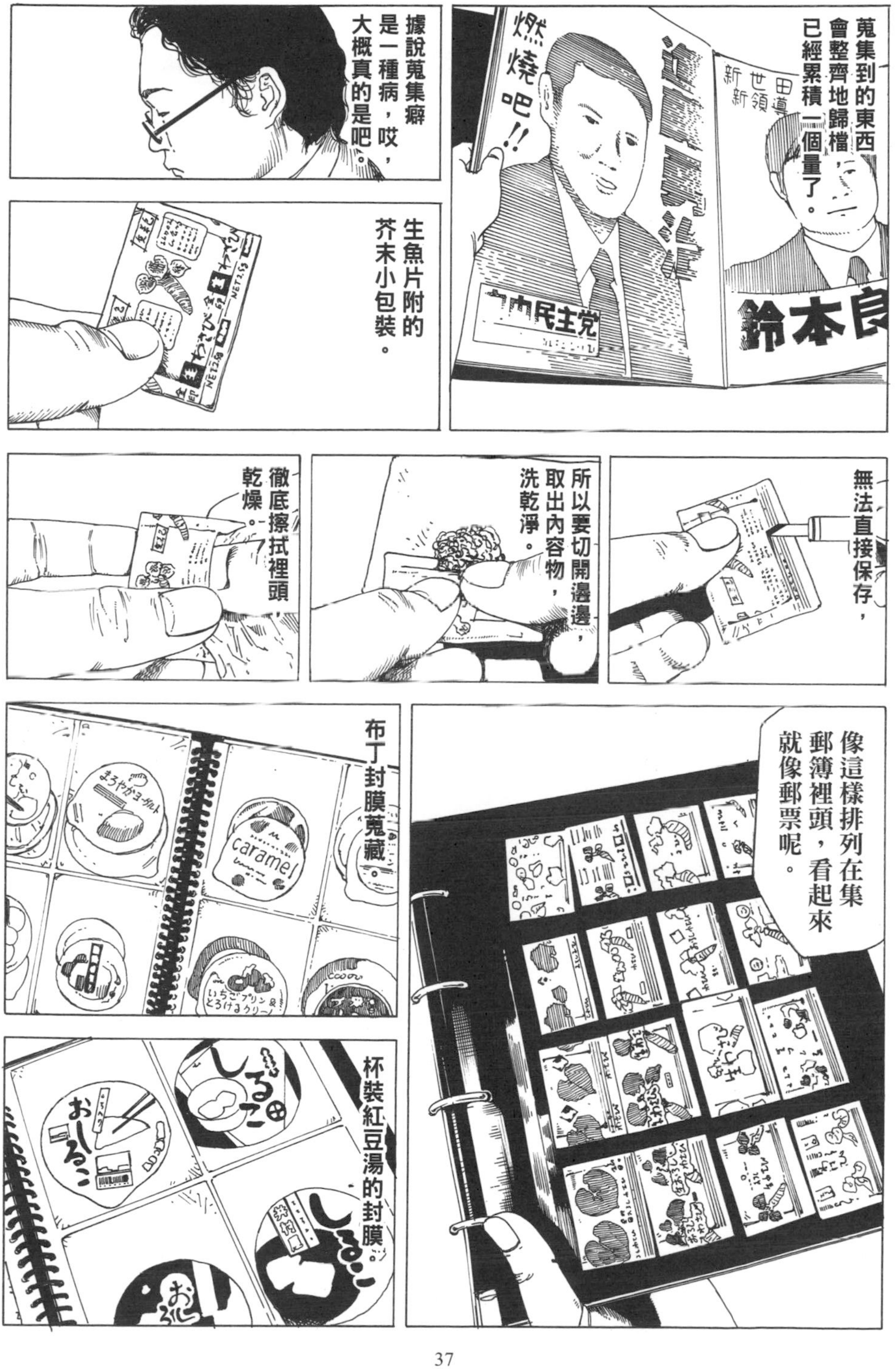
蒐集到的東西會整齊地歸檔已經累積一個量了。
燃燒吧!!
民主党
鈴本良
據說蒐集癖是一種病，哎，大概真的是吧。
生魚片附的芥末小包裝。
無法直接保存，
所以要切開邊邊，取出內容物，洗乾淨。
徹底擦拭裡頭，乾燥。
像這樣排列在集郵簿裡頭，看起來就像郵票呢。
布丁封膜蒐藏。
まろやかヨーグルト
caramel
杯裝紅豆湯的封膜。
おしるこ
しるこ

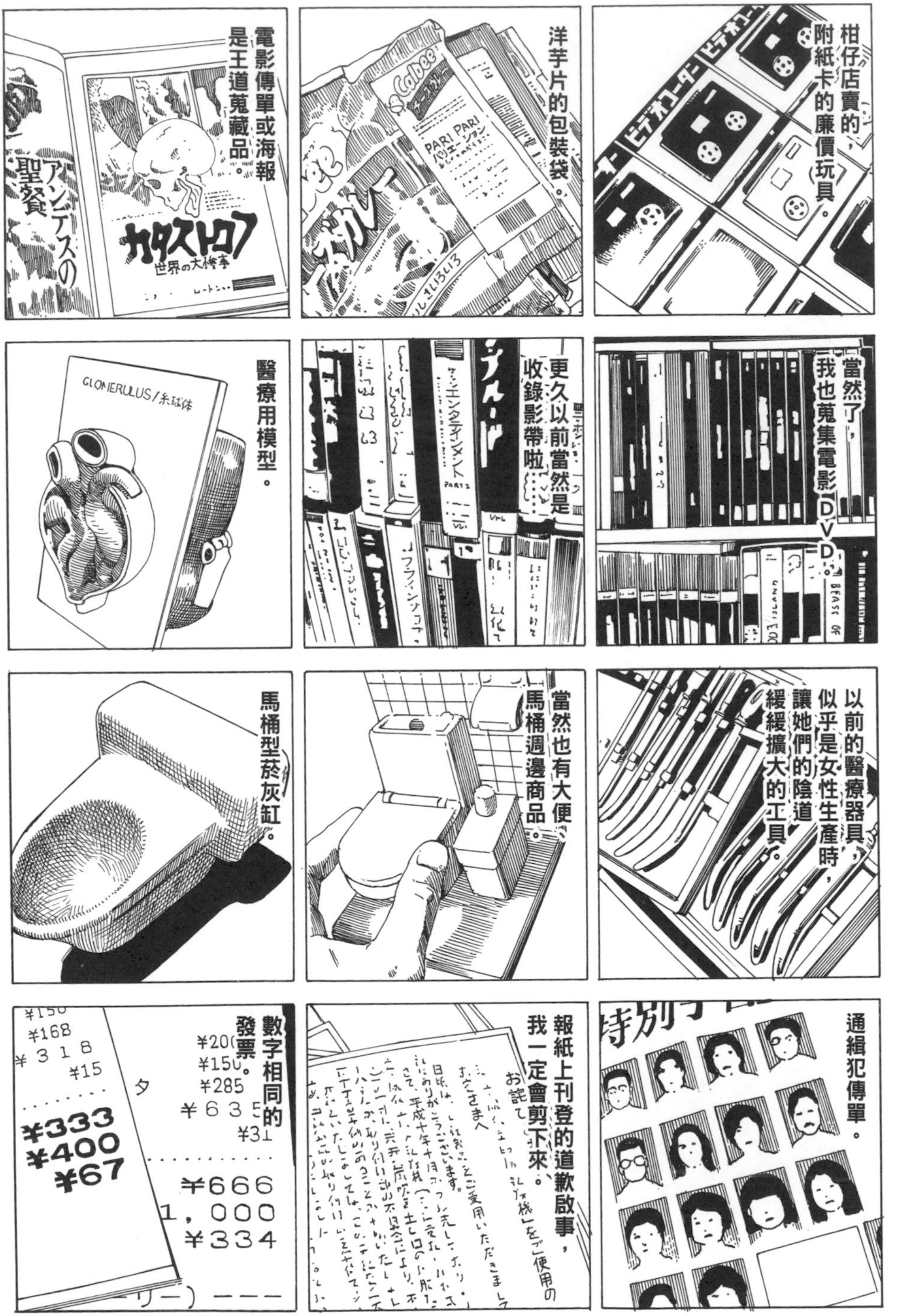
柑仔店賣的，附紙卡的廉價玩具。
洋芋片的包裝袋。
Calbee
PARI PARI
電影傳單或海報是王道蒐藏品。
カタストロフ
世界の大惨事
アンデスの聖餐
當然了，我也蒐集電影DVD。
更久以前當然是收錄影帶啦。
醫療用模型。
GLOMERULUS/糸球体
以前的醫療器具，似乎是女性生產時，讓她們的陰道緩緩擴大的工具。
當然也有大便、馬桶週邊商品。
馬桶型菸灰缸。
通緝犯傳單。
報紙上刊登的道歉啟事，我一定會剪下來。
數字相同的發票。
¥168
¥318
¥15
¥285
¥333
¥400
¥67
¥666
1,000
¥334

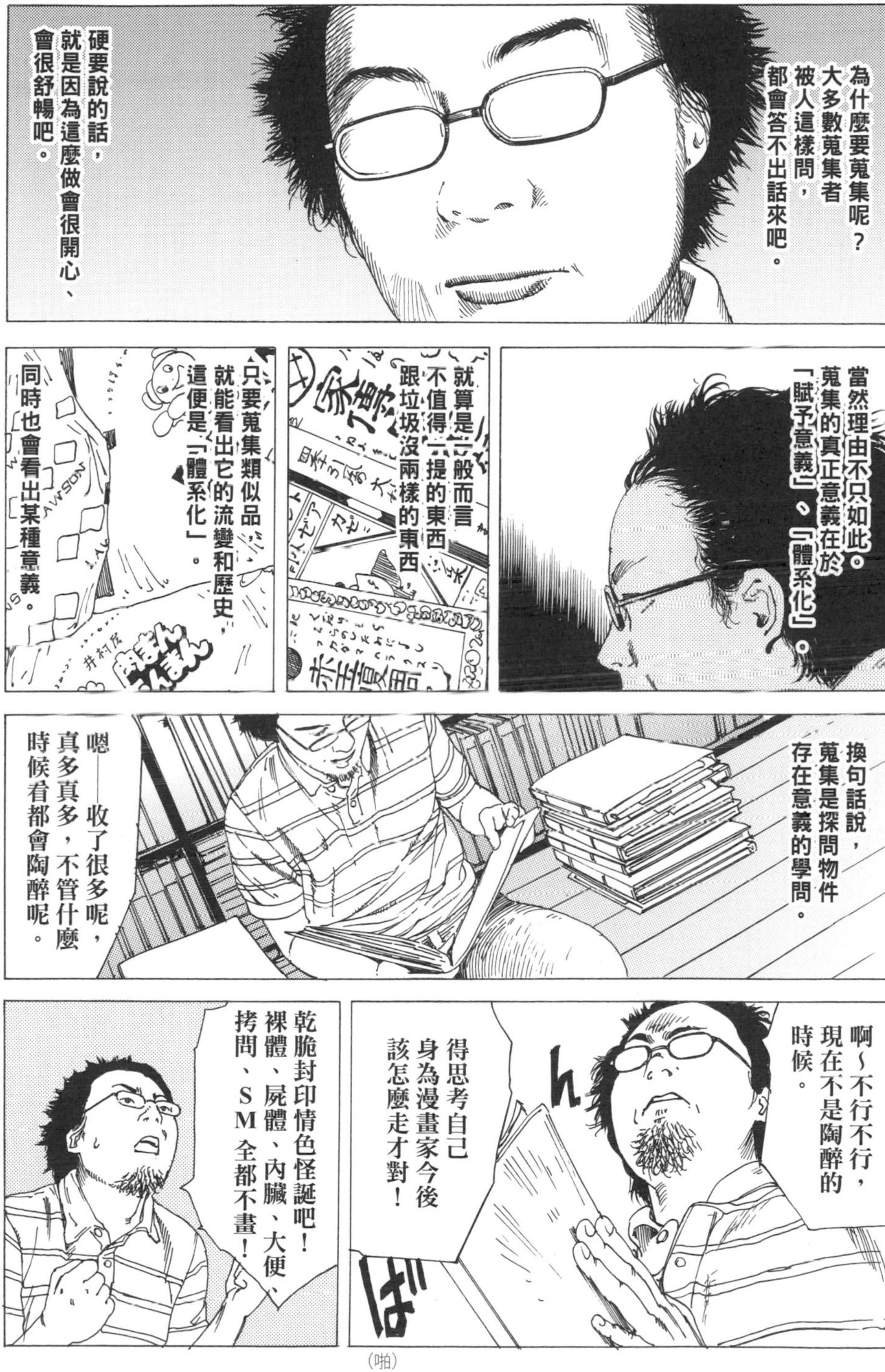
為什麼要蒐集呢？
大多數蒐集者被人這樣問，都會答不出話來吧。
硬要說的話，就是因為這麼做會很開心、會很舒暢吧。
當然理由不只如此。蒐集的真正意義在於「賦予意義」、「體系化」。
就算是一般而言不值得一提的東西跟垃圾沒兩樣的東西，
只要蒐集類似品就能看出它的流變和歷史這便是「體系化」。
同時也會看出某種意義。
換句話說，蒐集是探問物件存在意義的學問。
嗯——收了很多呢，真多真多，不管什麼時候看都會陶醉呢。
啊～不行不行，現在不是陶醉的時候。
ん
得思考自己身為漫畫家今後該怎麼走才對！
ぱ
乾脆封印情色怪誕吧！裸體、屍體、內臟、大便、拷問、ＳＭ全都不畫！
（啪）

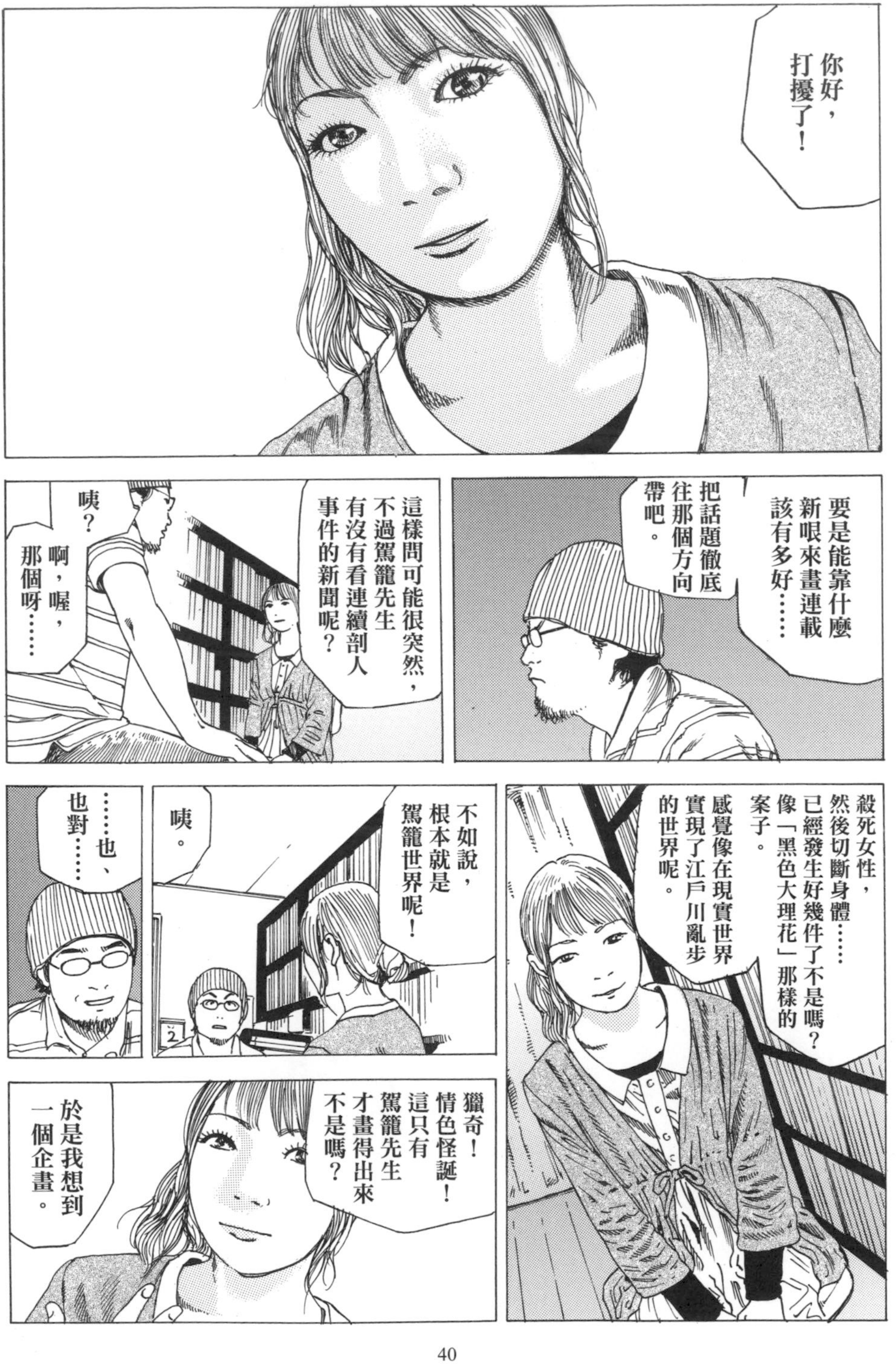
你好，打擾了！
要是能靠什麼新哏來畫連載該有多好……
把話題徹底往那個方向帶吧。
這樣問可能很突然，不過駕籠先生有沒有看連續剖人事件的新聞呢？
咦？
啊，喔，那個呀……
殺死女性，然後切斷身體……已經發生好幾件了不是嗎？像「黑色大理花」那樣的案子。
感覺像在現實世界實現了江戶川亂步的世界呢。
不如說，根本就是駕籠世界呢！
咦。
……也、也對……
獵奇！情色怪誕！這只有駕籠先生才畫得出來不是嗎？
於是我想到一個企畫。

實錄！情色怪誕漫畫家駕籠真太郎追查剖人魔！
咦？
那是怎樣？要我推理出那起事件的犯人形象嗎？
是的！
那樣很不妙吧？那事件可是現在進行式呀。
不要緊的，您只要完全用臆測的……或者說妄想，就行了。
我也會老實地找個編劇。
只要請駕籠先生漂亮地畫出女性被殺害、剖開的畫面就行了！
首先，這樣違反時代的潮流吧？現在殘虐描寫受到的限制是愈來愈多了。
那樣的內容，感覺甚至無法放在便利商店賣呀。
不，我認為已經不能再畏縮下去了，要做出直衝腦門的雜誌才行！

您好像不怎麼感興趣呢？
不，應該說……
我覺得自己差不多該畫情色怪誕以外的題材了……
啥!?
駕籠先生要是拿掉情色怪誕，還剩什麼呀！
……
啊，抱歉，我說得太過頭了。
不過，您有想畫的類型嗎？
推理啊！

WAGIRI-MA
剖人魔

2

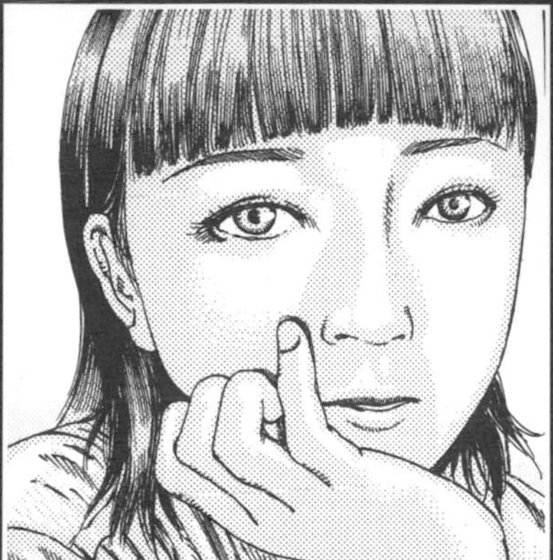

最近幾天連續發現了三具遺體，從犯案手法來看，這應該是連續剖人殺人事件的凶手所為吧？
是呀，受害者都是年輕女性，遺體都遭到殘忍地損害……一定是同一個凶手幹的。
7月25日，我在池尻完成工作以來——已經發生了三起剖人事件——
羽根木、大原……
動手的人當然不是我。
這是警察放出假情報，想要引出犯人（我）——不，不至於是這樣。
到底是誰……他的目的是什麼……
想把我的工作當成便車，來滿足自己的變態性慾嗎!?
媽的，開什麼玩笑!!

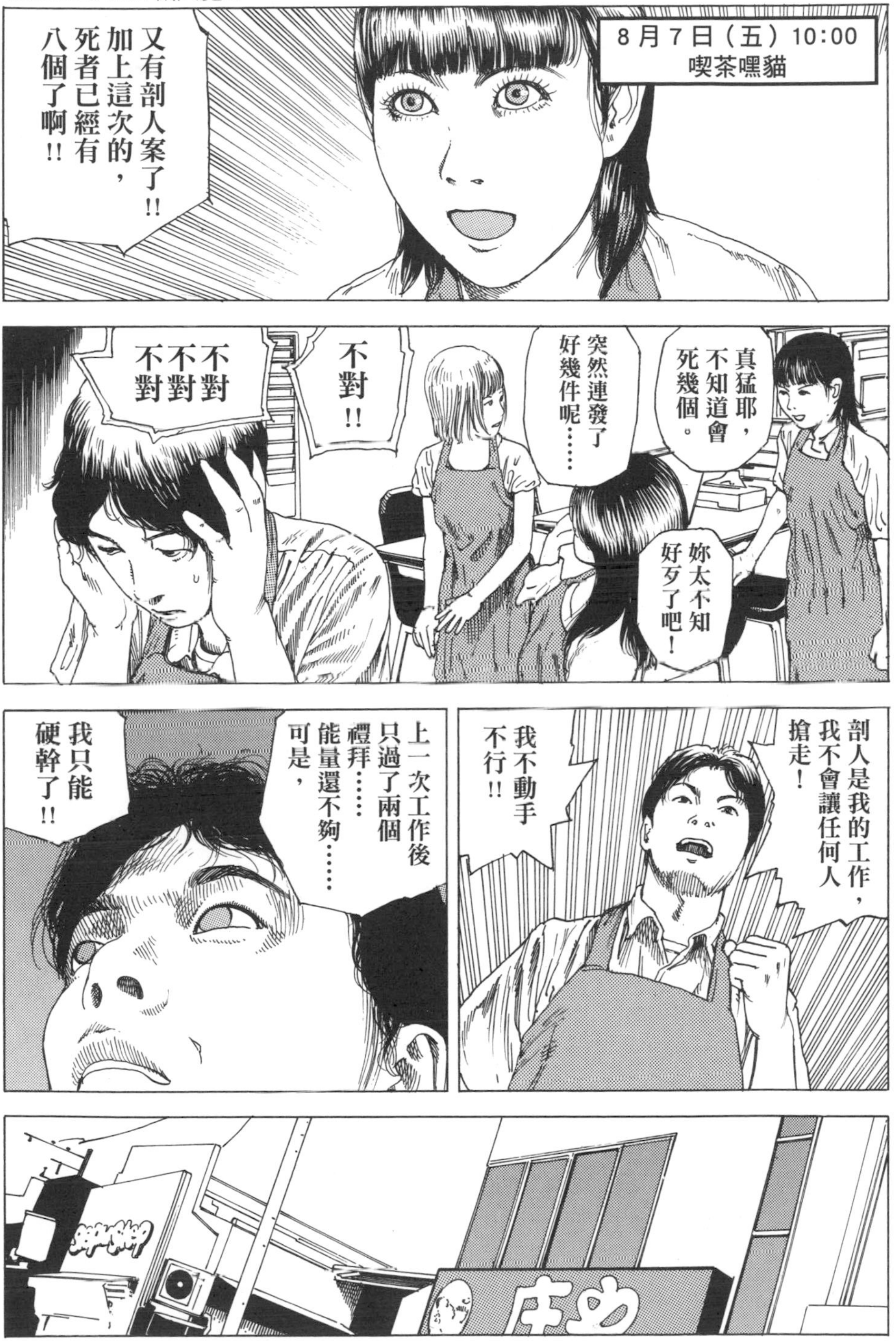
8月7日（五）10:00
喫茶嘿貓
又有剖人案了!!
加上這次的，死者已經有八個了啊!!
真猛耶，不知道會死幾個。
突然連發了好幾件呢……
妳太不知好歹了吧！
不對!!
不對不對不對
剖人是我的工作，我不會讓任何人搶走！
我不動手不行!!
上一次工作後只過了兩個禮拜……
可是，能量還不夠……
我只能硬幹了!!

インターネット
コミックカフェ

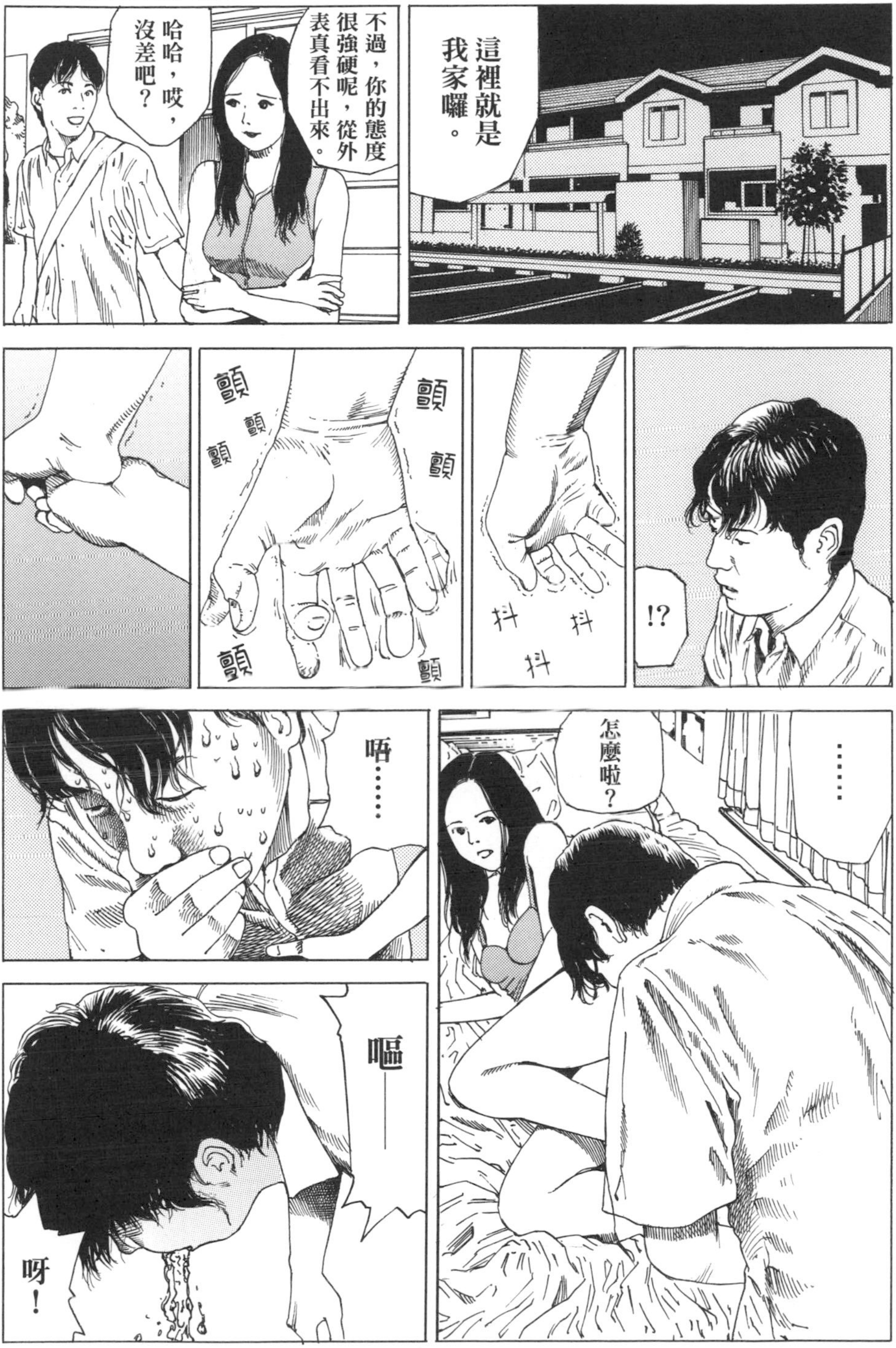
這裡就是我家囉。
不過，你的態度很強硬呢，從外表真看不出來。
哈哈，哎，沒差吧？
!?
抖 抖 抖
顫 顫 顫
顫 顫 顫 顫
……
怎麼啦？
唔……
嘔——
呀！

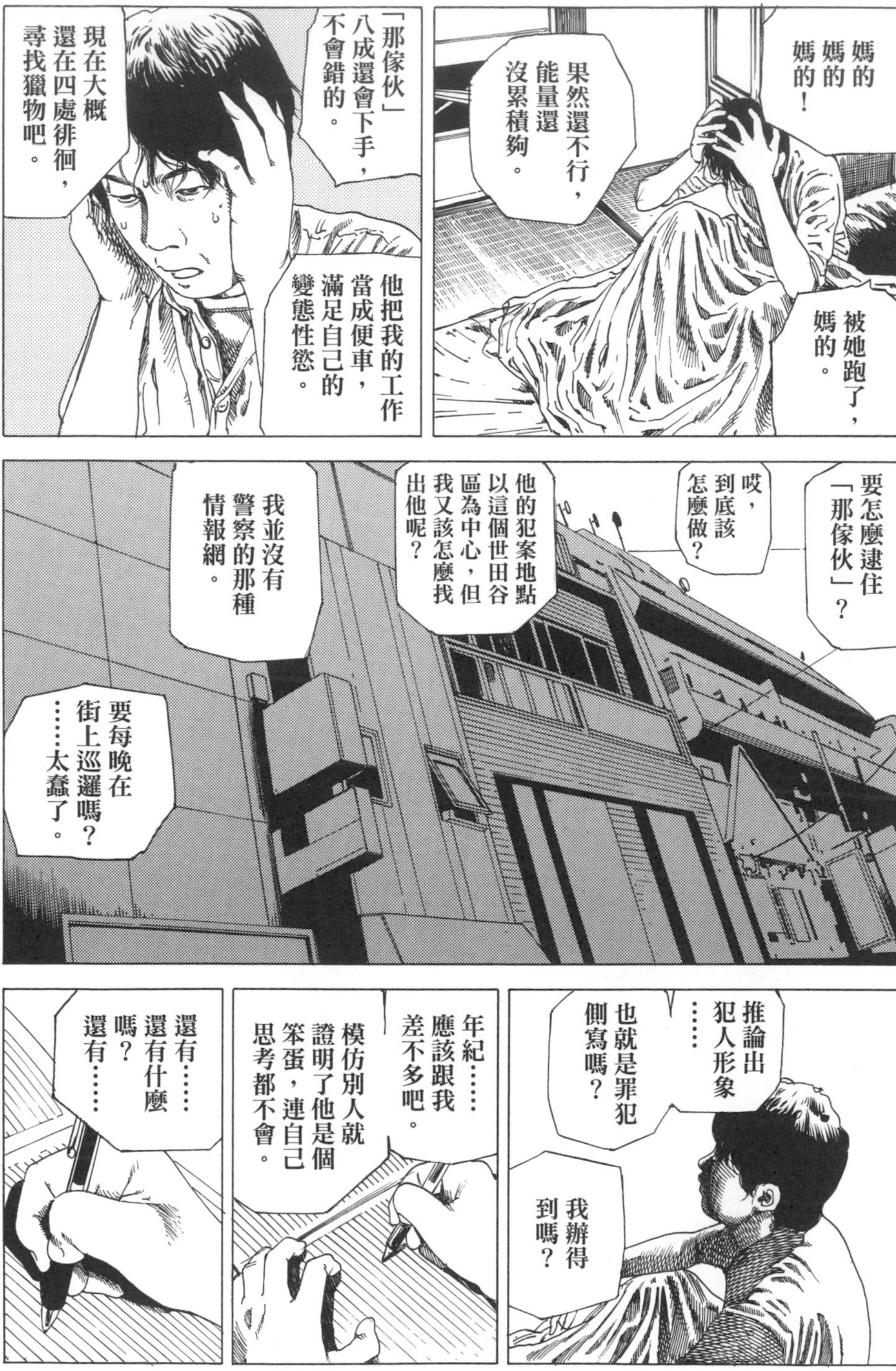
媽的媽的媽的！
果然還不行，能量還沒累積夠。
被她跑了，媽的。
「那傢伙」八成還會下手，不會錯的。
現在大概還在四處徘徊，尋找獵物吧」。
他把我的工作當成便車，滿足自己的變態性慾。
要怎麼逮住「那傢伙」？
哎，到底該怎麼做？
他的犯案地點以這個世田谷區為中心，但我又該怎麼找出他呢？
我並沒有警察的那種情報網。
要每晚在街上巡邏嗎？……太蠢了。
推論出犯人形象……
也就是罪犯側寫嗎？
我辦得到嗎？
年紀……應該跟我差不多吧。
模仿別人就證明了他是個笨蛋，連自己思考都不會。
還有……還有什麼嗎？還有……

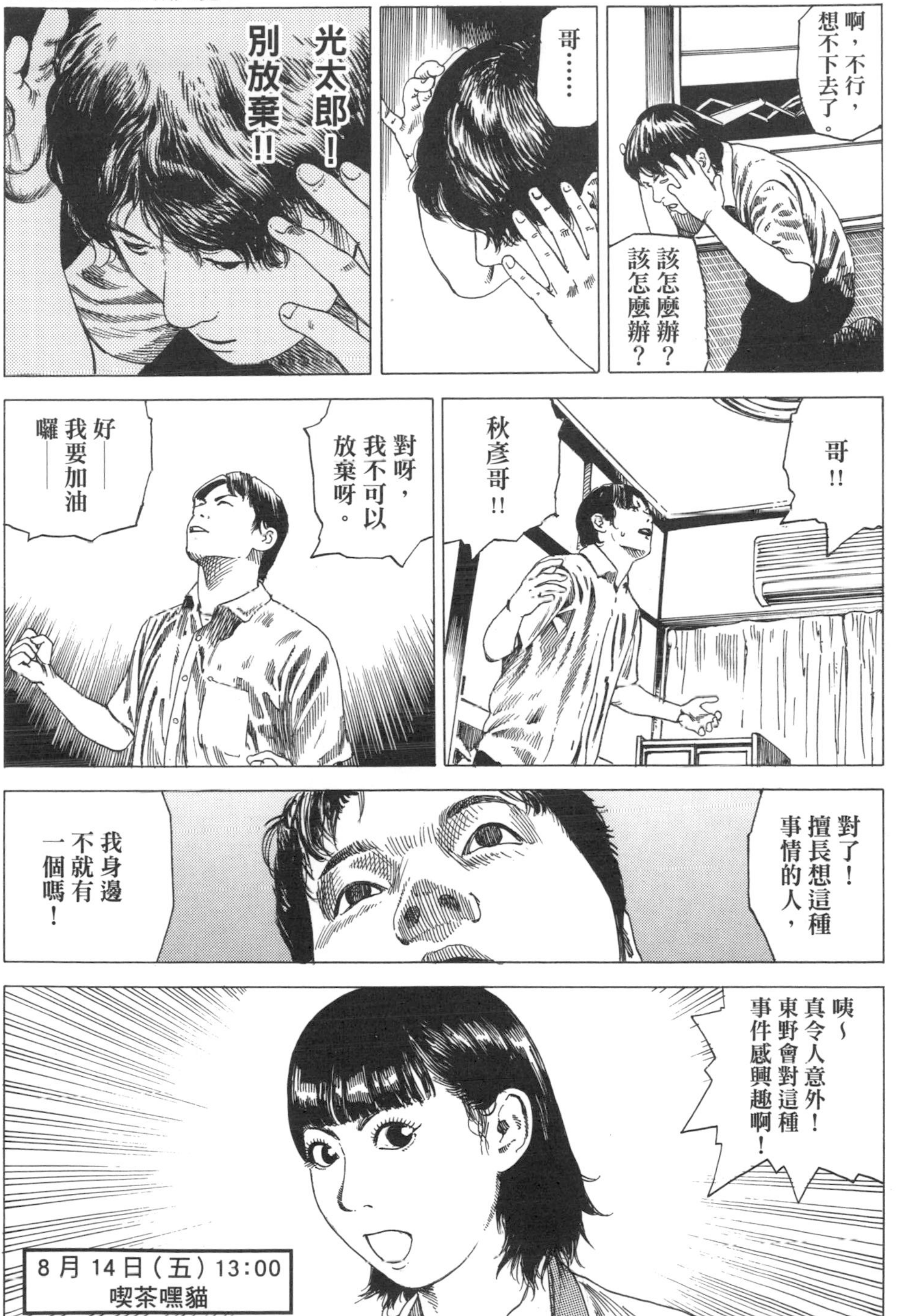
啊，不行，想不下去了。
該怎麼辦？該怎麼辦？
哥……
光太郎！別放棄!!
哥!!
秋彦哥!!
對呀，我不可以放棄呀。
好——我要加油囉——
對了！擅長想這種事情的人，
我身邊不就有一個嗎！
咦~真令人意外！東野會對這種事件感興趣啊！
8月14日(五)13:00
喫茶嘿貓

應該說，這事件令人很慌不是嗎？離我們很近啊。
所以想問問藤岡小姐會怎麼做罪犯側寫——
罪犯側寫!!
嘻嘻嘻
被你這樣一說……我就無法拒絕了呢……
首先……犯人應該是男的沒錯。
像這樣連續殺人，還切斷遺體，沒有一定的體力是辦不到的。
年齡應該是在二十到四十歲之間。
殺害對象當中如果有小孩的話，凶手年齡也可能是十幾歲，不過受害者全都是二十歲前半到後半的女性呢。
這麼執意要切斷胴體，會不會是對女性懷抱某種強烈的恨意呢？
是說……光是這幾天就發現了三具遺體吧？
明明之前都是一次一個人遇害，這是怎麼一回事呢？
對耶。
是不是怪怪的啊？
咦？怎麼說？
我在想……難道說還有另一個凶手嗎？
啥!?
你在說什麼啊！
你……

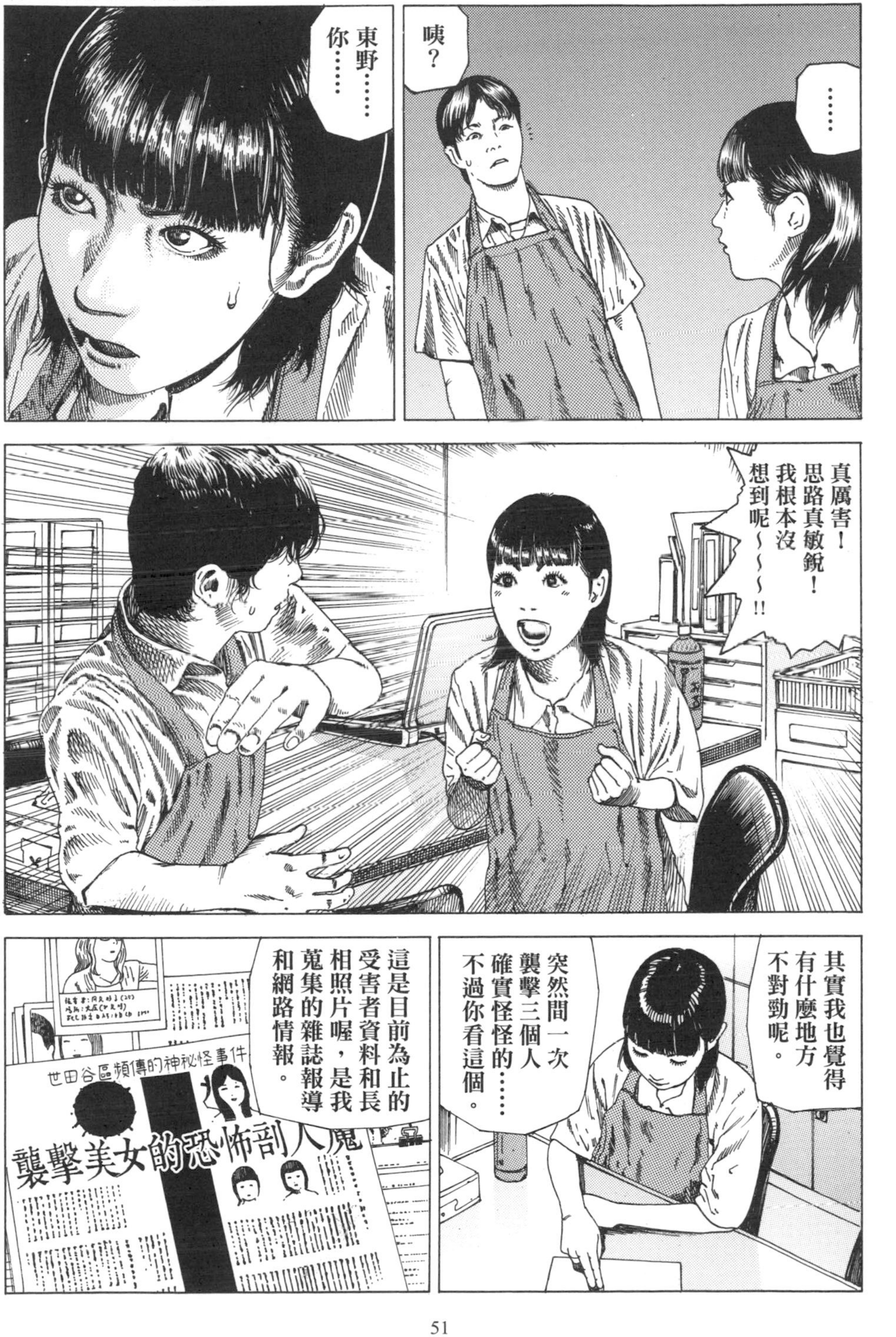
……
咦？
東野……你……
真厲害！思路真敏銳！我根本沒想到呢～～～～!!
其實我也覺得有什麼地方不對勁呢。
突然間一次襲擊三個人確實怪怪的……不過你看這個。
這是目前為止的受害者資料和長相照片喔，是我蒐集的雜誌報導和網路情報。
世田谷區頻傳的神秘怪事件
襲擊美女的恐怖剖人魔

你先看這個。
這是第一到第五個受害者喔。
受害者：風村鈴子（24）
地點：三軒茶屋
死亡推定時間：3月14日（六）22時
受害者：葉山真紀（23）
地點：代田
死亡推定時間：4月18日（六）0時
受害者：仰木舞（25）
地點：東北澤
死亡推定時間：5月30日（六）23時
受害者：岬由利子（27）
地點：下馬
死亡推定時間：6月26日（五）23時
受害者：飛鳥綠（25）
地點：池尻
死亡推定時間：7月25日（六）22時
如你所見，五起案件都集中在週六或週五半夜。
如果單純一點思考，浮現的犯人形象就會是週末固定休假的上班族或者學生。
或者凶手希望如此誤導別人吧……
然後呢，這是最近的犯罪情形。

受害者：結城丈子（25）
地點：羽根木（發現時）
死亡推定時間：8月2日（日）13時
受害者：風見順子（25）
地點：大原（發現時）
死亡推定時間：8月4日（二）18時
受害者：珠重美（25）
地點：代澤（發現時）
死亡推定時間：8月5日（三）13時
第六到第八起事件，並不固定在星期幾犯罪，時間也很分散，
如果認定所有事件都是同一個犯人幹的，那就代表他犯下第五起事件後突然辭掉工作或丟了飯碗——所以才多出時間？
然後呢，如果像東野說的，第六起事件開始都是其他犯人幹的，也就是有模仿犯（copycat）的話，
犯人很可能沒有工作，或是能夠自由運用時間。
嗯，但如果是模仿犯的話，感覺有點拙劣呢……之前都是一個月犯罪一次，結果間隔和時間都突然變了，應該會有很多人感到奇怪吧。
對啊，這傢伙相當笨呢!!
為什麼東野會覺得開心啊？
啊，沒有啦，呃……

還有，我們也得思考「受害者之間的關聯性」才行呢。
「二十歲前半到後半的女性」雖然是個共通點，但他們的職業各自不同——硬要說的話，應該是長相類似吧。
符合犯人的喜好嗎？
也許吧？
除此之外……在我們掌握的情報內，有點難看出她們的興趣是否相同，或是不是哪個同好會的……
果然吧……一般民眾終究是有極限的呀。
哎，等等，
其實我發現了有趣的事。
第六到第八起受害者……結城丈子、風見順子、珠重美……乍看沒什麼關聯。
受害者：結城丈子（25）
地點：羽根木（發現時）
死亡推定時間：8月2日
受害者：風見順子（25）
地點：大原（發現時）
死亡推定時間：8月4日（二）18時
受害者：珠重美（25）
地點：代澤（發現時）
死亡推定時間：8月5日（三）13時
看看我影印的週刊報導。
田谷連續剖人
新受害者
結城丈子小姐（舊姓・珠）
結城丈子……舊姓珠，珠丈子？
這篇則提到這個——
風見順子（舊姓・珠順子）。

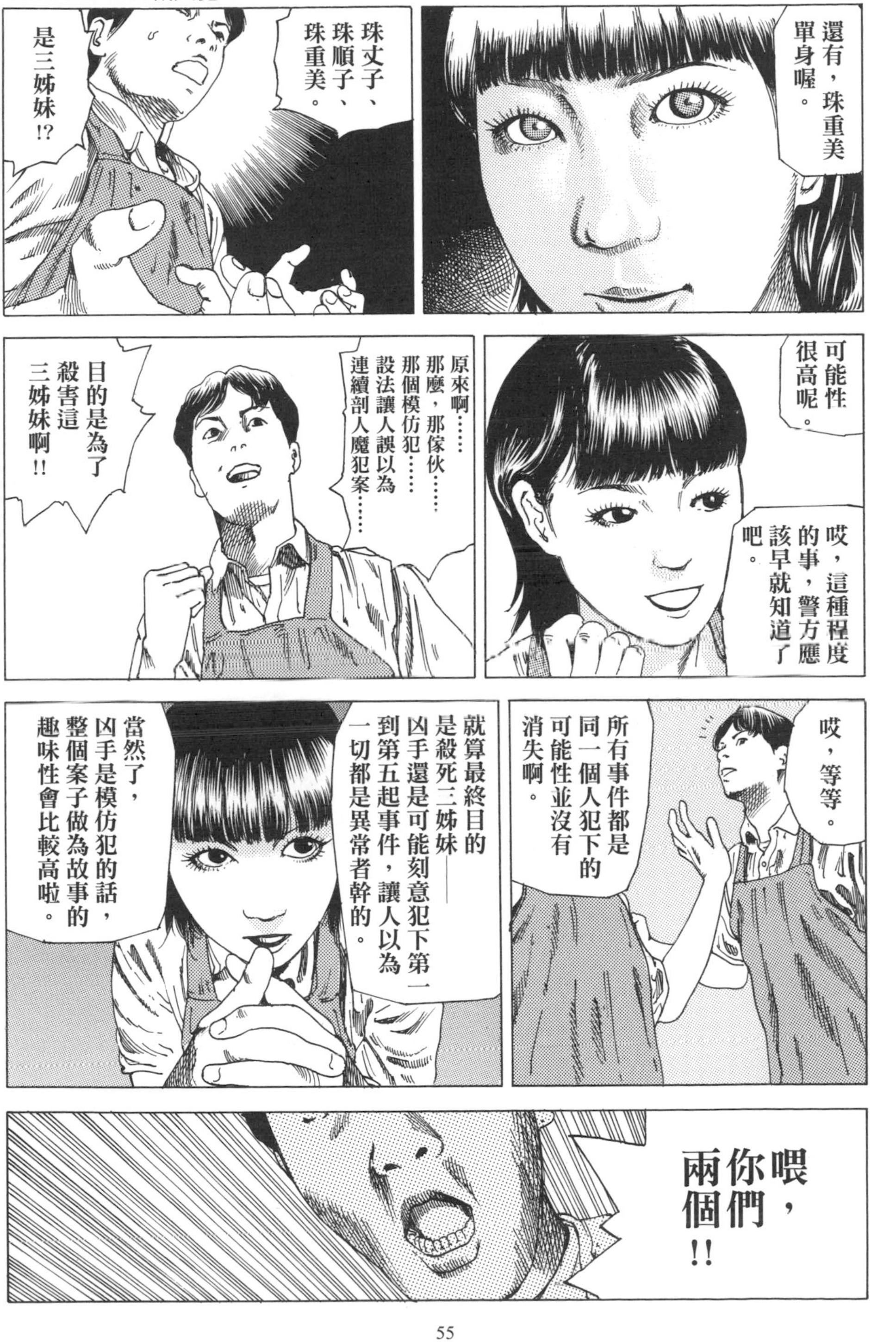
還有，珠重美單身喔。
珠丈子、珠順子、珠重美。
是三姊妹!?
可能性很高呢。
哎，這種程度的事，警方應該早就知道了吧。
原來啊……那麼，那傢伙……那個模仿犯……設法讓人誤以為連續剖人魔犯案……
目的是為了殺害這三姊妹啊!!
哎，等等。
所有事件都是同一個人犯下的可能性並沒有消失啊。
就算最終目的是殺死三姊妹——凶手還是可能刻意犯下第一到第五起事件，讓人以為一切都是異常者幹的。
當然了，凶手是模仿犯的話，整個案子做為故事的趣味性會比較高啦。
喂，你們兩個!!

休息時間已經結束了啊！要鬼混到什麼時候!!
糟了。
東野。
啥？
你剛剛跟藤岡在聊什麼啊？
呃，那個，只是閒聊。
我看了不太順眼呢。你們雖然是同事，但也是一男一女啊，可別出什麼奇怪的包啊！

什麼「出奇怪的包」啊，不關你的事吧。
歡迎光臨！
叩
……
……
……
……
……
三姊妹是目的嗎……也就是說，模仿犯和她們有某種交集吧。

東野——
等一下
等一下。
今天也要看電影？
不，今天我要直接回家。
那你陪我一下！我有事想告訴你!!
8月14日（五）20:00
速水前輩嗎!?
你看一下速水前輩的班表。
這是我挑出來記錄的打卡時間。
然後呢，這是第六到第八起剖人事件的死亡推定時刻。
8月2日是下午1點，4日是下午6點，5日是下午1點。

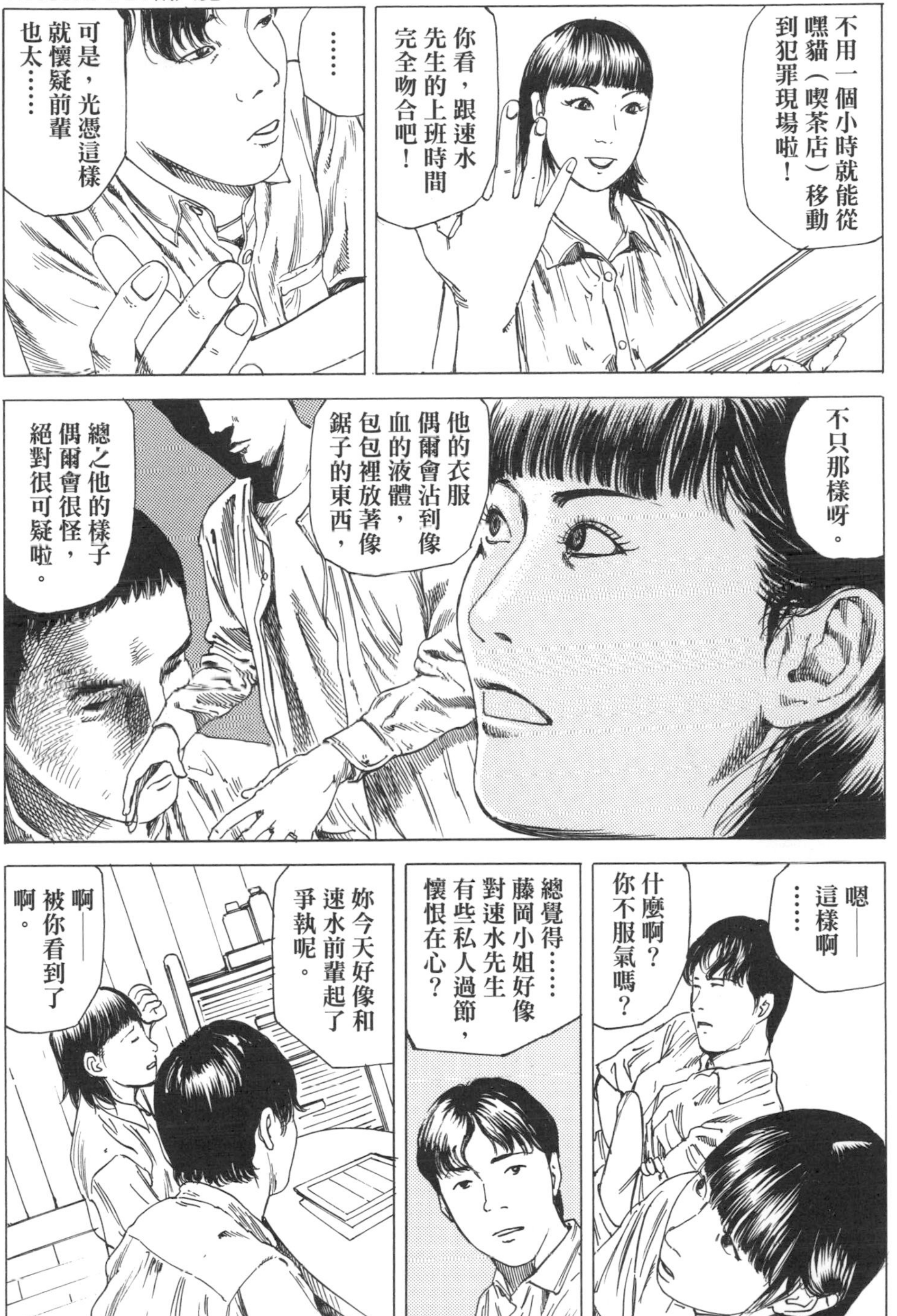
不用一個小時就能從嘿貓（喫茶店）移動到犯罪現場啦！
你看，跟速水先生的上班時間完全吻合吧！
……
可是，光憑這樣就懷疑前輩也太……
不只那樣呀。
他的衣服偶爾會沾到像血的液體，包包裡放著像鋸子的東西，
總之他的樣子偶爾會很怪，絕對很可疑啦。
嗯——這樣啊……
什麼啊？你不服氣嗎？
總覺得……藤岡小姐好像對速水先生有些私人過節，懷恨在心？
妳今天好像和速水前輩起了爭執呢。
啊——被你看到了啊。

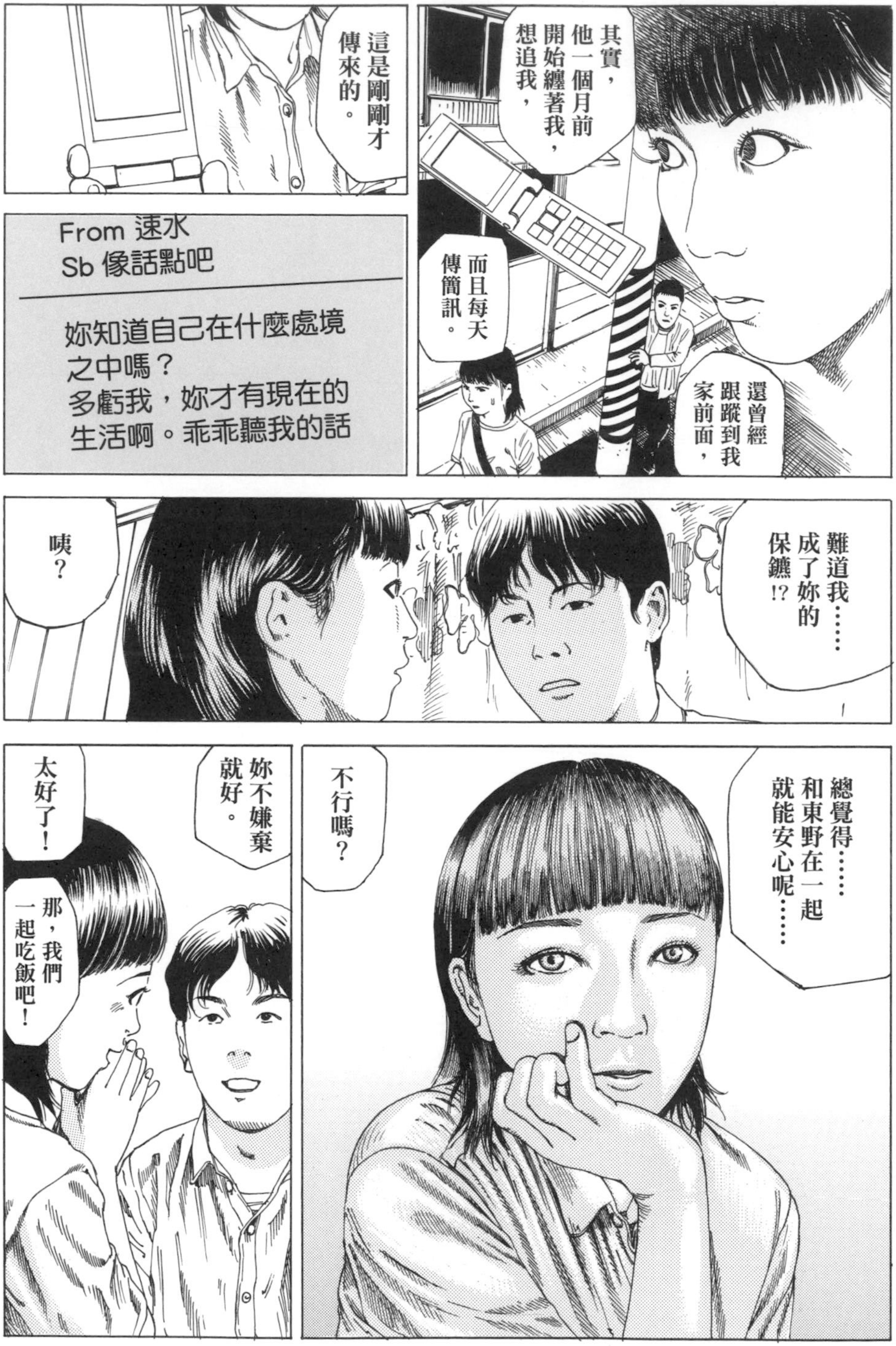

其實，他一個月前開始纏著我，想追我，
而且每天傳簡訊。
還曾經跟蹤到我家前面，
這是剛剛才傳來的。
From 速水
Sb 像話點吧
妳知道自己在什麼處境之中嗎？
多虧我，妳才有現在的生活啊。乖乖聽我的話
難道我……成了妳的保鑣!?
咦？
總覺得……和東野在一起就能安心呢……
不行嗎？
妳不嫌棄就好。
太好了！
那，我們一起吃飯吧！

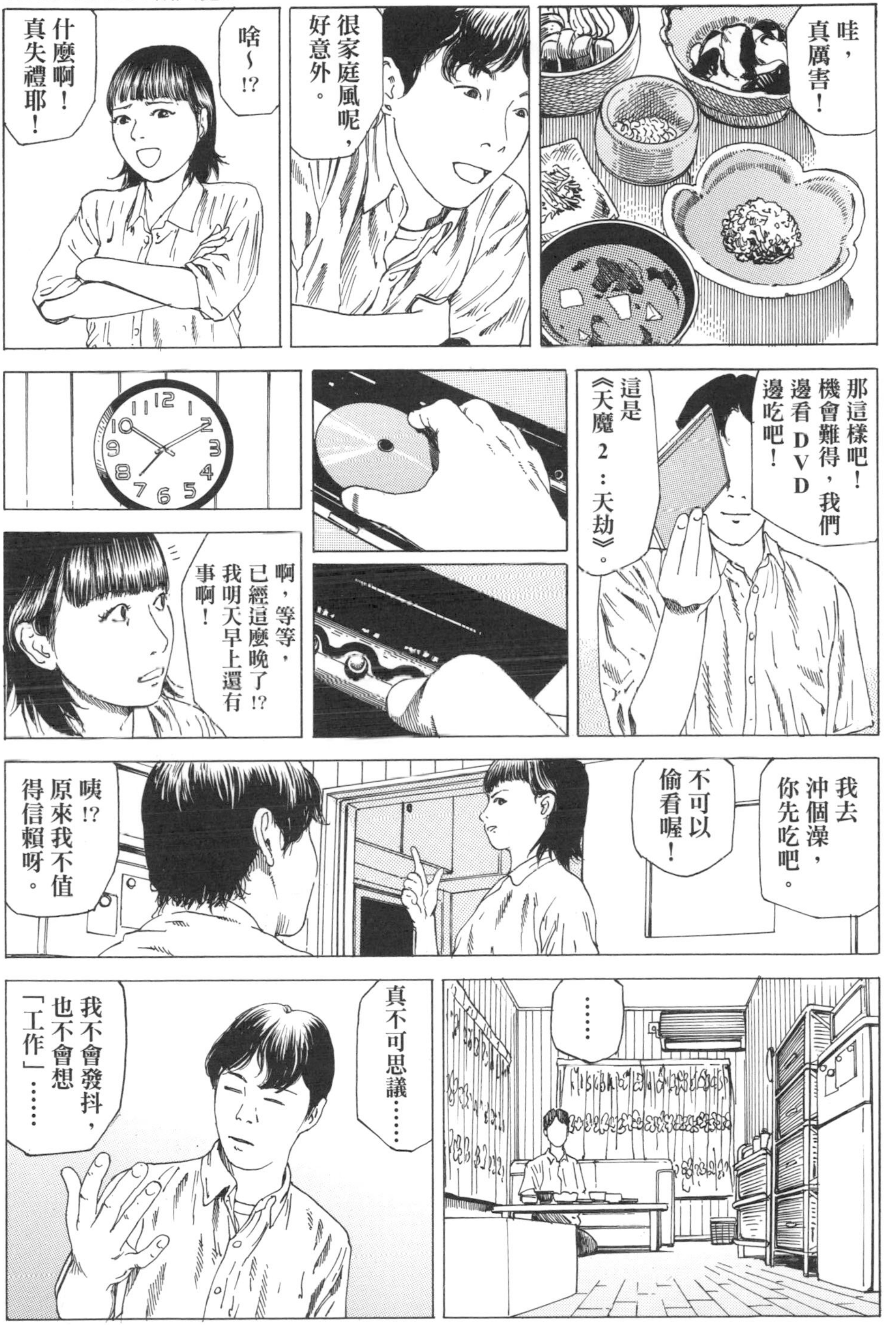
哇，真厲害！
很家庭風呢，好意外。
啥～!?
什麼啊！真失禮耶！
那這樣吧！機會難得，我們邊看DVD邊吃吧！
這是《天魔2：天劫》。
啊，等等，已經這麼晚了!? 我明天早上還有事啊！
我去沖個澡，你先吃吧。
不可以偷看喔！
咦!? 原來我不值得信賴呀。
……
真不可思議……
我不會發抖，也不會想「工作」……

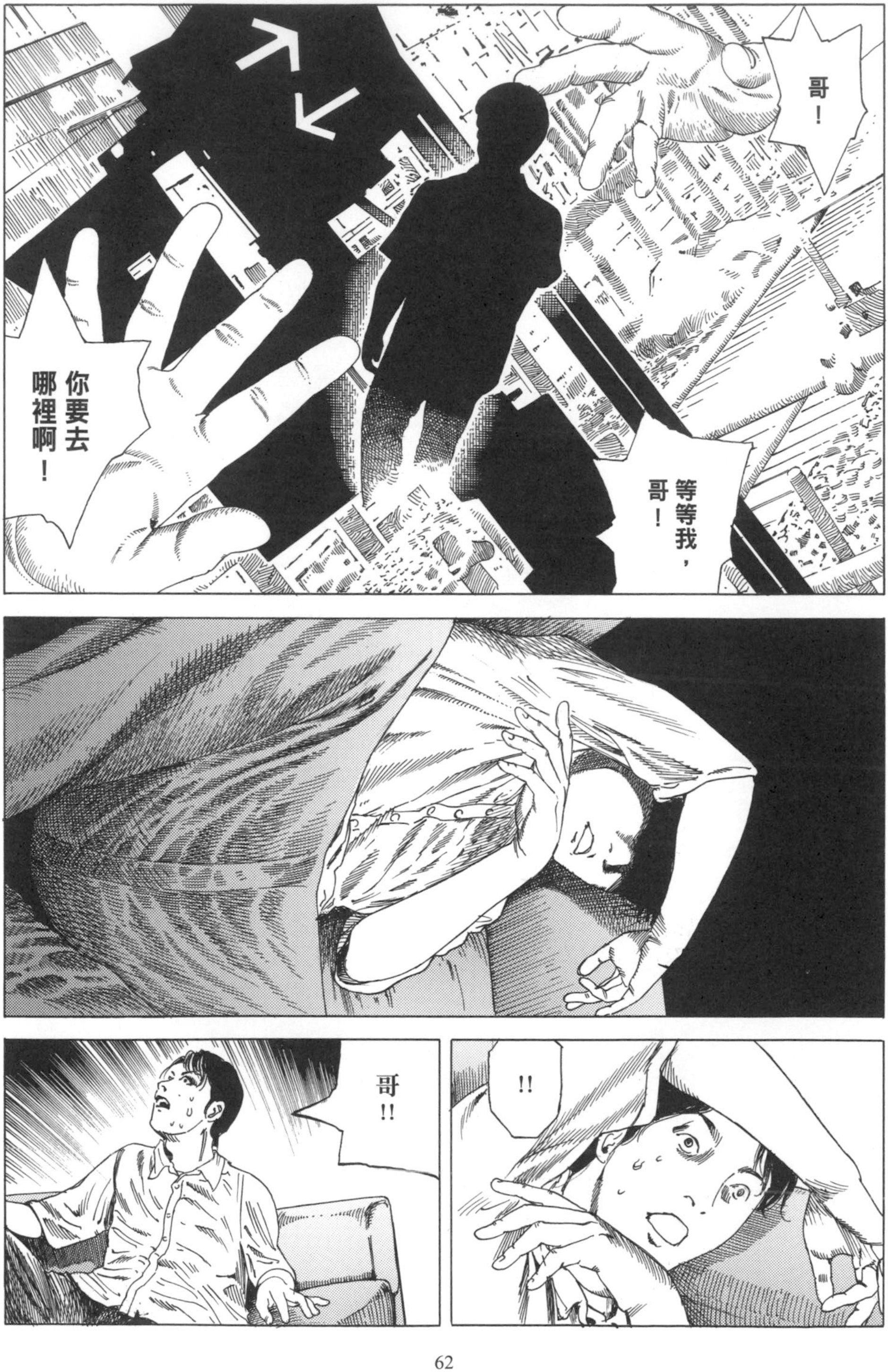
哥！
等等我，哥！
你要去哪裡啊！
!!
哥!!

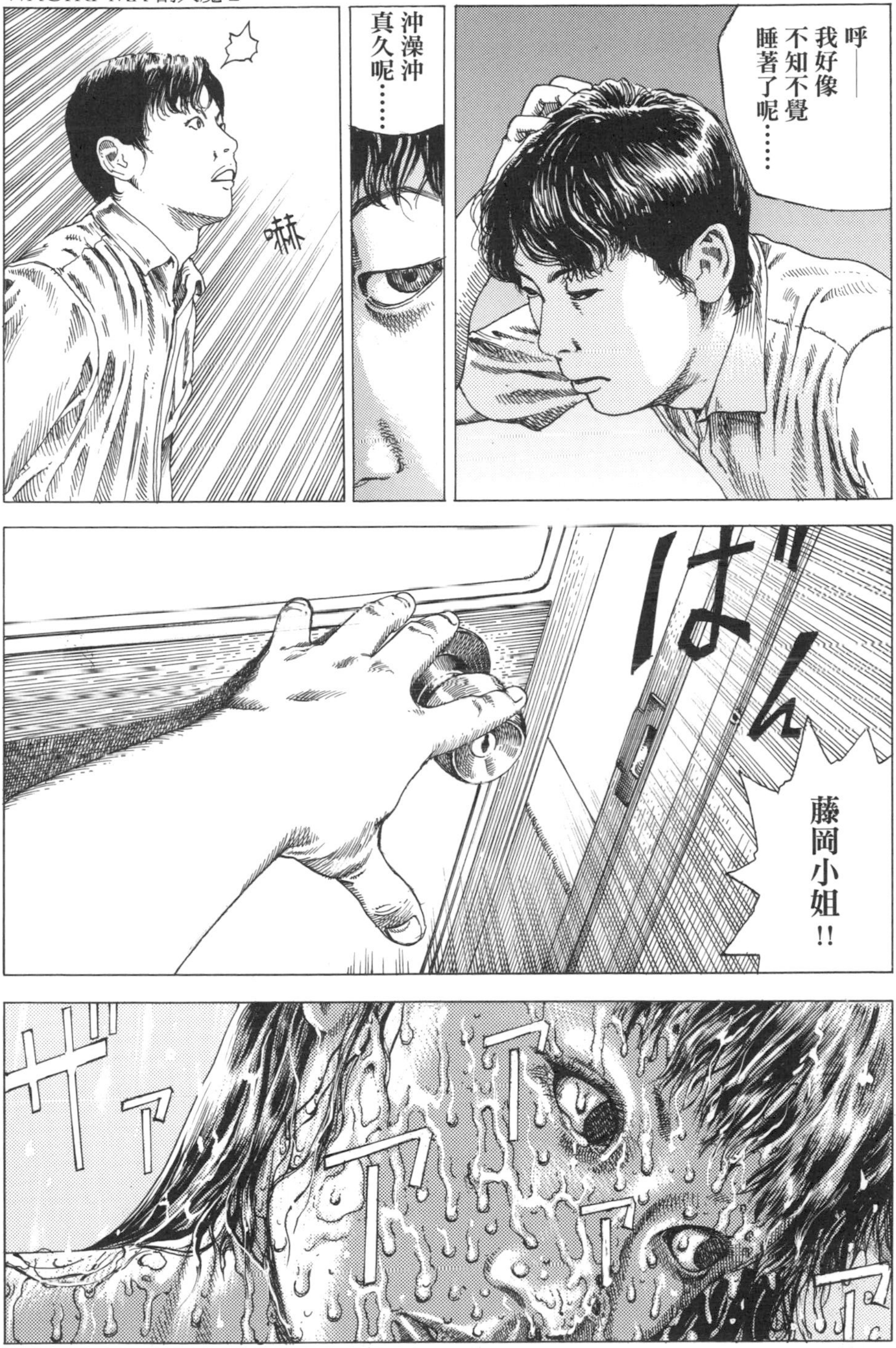
呼——
我好像不知不覺睡著了呢……
沖澡沖真久呢……
嚇
ばん
(砰)
藤岡小姐!!
ザァァァァァ
(嘩啦——)

哇！
哇……
啊
咿

MANGA-KA
漫畫家

2

推理!?
什麼樣的推理作品呢？《名偵探柯南》或金田一那種……？
嗯……也不能說它們不是推理作品啦……
Who done it，也就是「誰殺的」，How done it，也就是「如何殺的」，
這兩者在推理作品中是最最王道的路線，我現在才畫這種東西也沒意思。
不然你打算畫什麼？
說穿了，
就是「敘述性詭計」！

續樹鬼記？
對，敘述。
妳不讀推理小說嗎？
福爾摩斯、白羅、明智小五郎之類的？
呃～我以前會看週二懸疑劇場之類的啊！露天浴池系列真是蠢爆了呢！一定會有年輕女孩子在混浴溫泉露奶！
嗯……呃，要說算不算推理，那確實也算啦……
週六 Wide 劇場天知茂演的明智小五郎系列，也把奶子當成必要條件呢。
哎呀呀呀，奶子對我現在要談的事情而言毫不重要啦。
啊，露一點點的話是也不錯。
先不管奶子了……
推理小說當中有個類型叫「敘述性詭計」，
啊，「詭計」妳知道是什麼吧。
有部連續劇叫那名字吧，《圈套》[3]，仲間由紀惠主演。
妳的舉例有點微妙，不過算了吧……連續劇《圈套》的情況是這樣：乍看之下有超常現象致人死亡，
但結局是，其實根本沒有什麼超常現象，受害者是被人為的巧妙手法殺死的。
也就是說，登場人物被犯人設下的詭計騙了。

[3] トリック，即 trick。連續劇中譯名爲《圈套》。

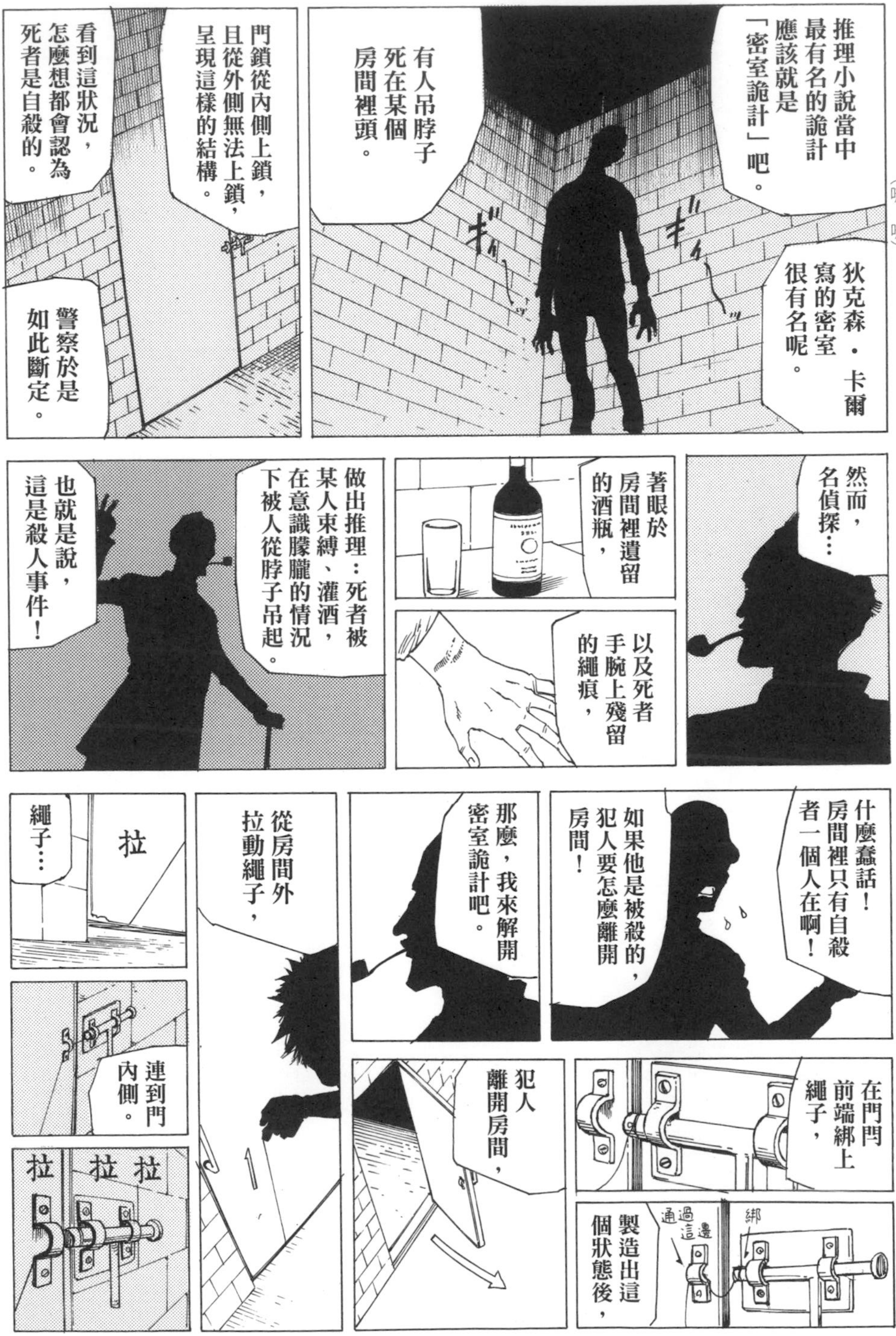
推理小說當中最有名的詭計應該就是「密室詭計」吧。
（嘰嘰）
狄克森・卡爾寫的密室很有名呢。
有人吊脖子死在某個房間裡頭。
門鎖從內側上鎖，且從外側無法上鎖，呈現這樣的結構。
看到這狀況，怎麼想都會認為死者是自殺的。
警察於是如此斷定。
然而，名偵探…
著眼於房間裡遺留的酒瓶，
以及死者手腕上殘留的繩痕，
做出推理：死者被某人束縛、灌酒，在意識朦朧的情況下被人從脖子吊起。
也就是說，這是殺人事件！
什麼蠢話！房間裡只有自殺者一個人在啊！
如果他是被殺的，犯人要怎麼離開房間！
那麼，我來解開密室詭計吧。
在門閂前端綁上繩子，
綁
通過這邊
製造出這個狀態後，
犯人離開房間，
從房間外拉動繩子，
拉
繩子…
連到門內側。
拉 拉 拉

（喀鏘）
這機關根本是小學生作文等級呢。
要妳管！
等等、等等，我不是想強調詭計的獨創性，
剛剛整個過程中，被欺騙的是誰？
咦？
警察……嗎？
對，警察！
而那警察是什麼？
是故事中的登場人物！
對吧？
呃，是沒錯，但那不是理所當然的嗎……
對，在推理故事中，被欺騙的通常是故事中的登場人物，
不過敘述性詭計有點不一樣。

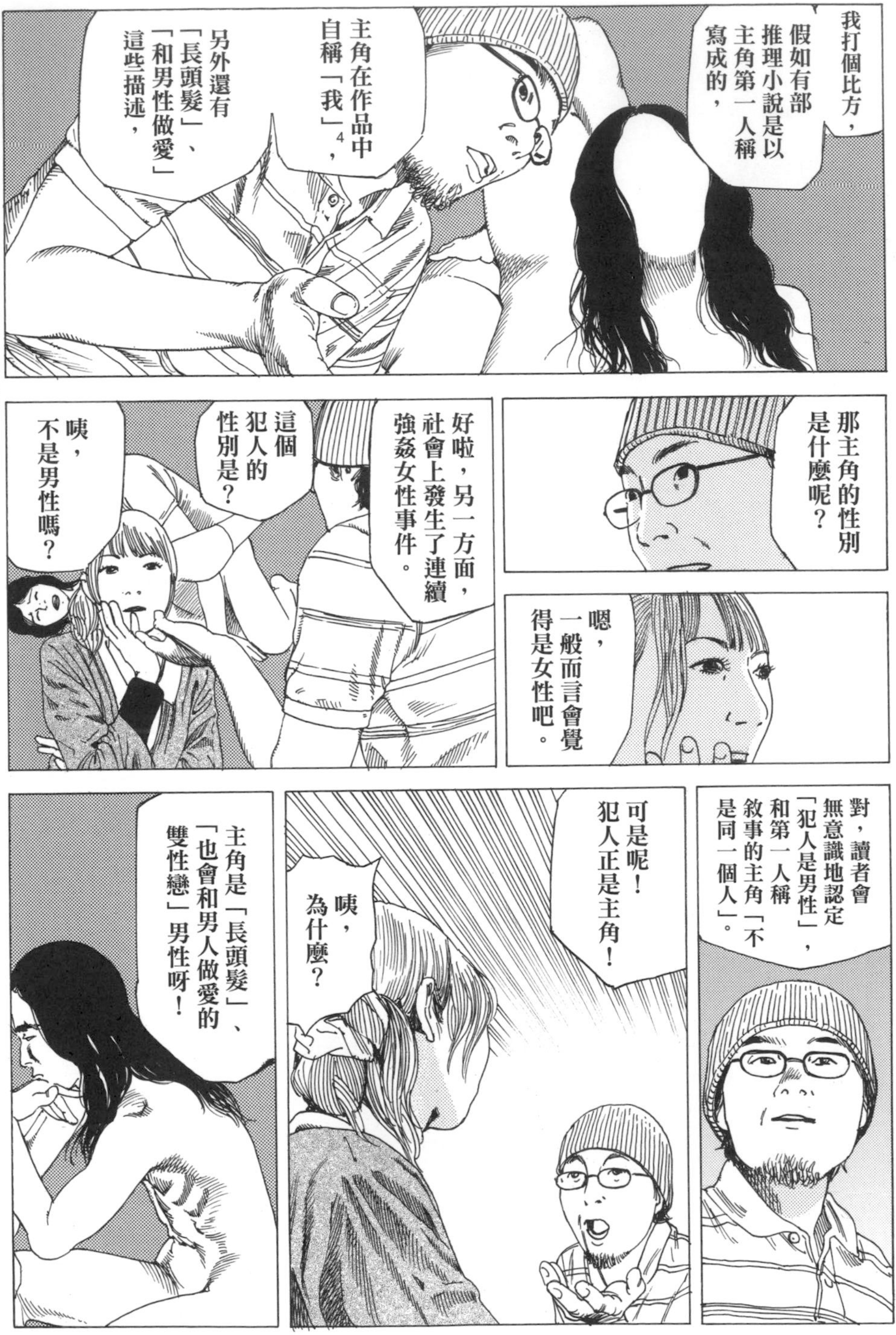
我打個比方，
假如有部推理小說是以主角第一人稱寫成的，
主角在作品中自稱「我」[4]，
另外還有「長頭髮」、「和男性做愛」這些描述，
那主角的性別是什麼呢？
嗯，一般而言會覺得是女性吧。
好啦，另一方面，社會上發生了連續強姦女性事件。
這個犯人的性別是？
咦，不是男性嗎？
對，讀者會無意識地認定「犯人是男性」，和第一人稱敘事的主角「不是同一個人」。
可是呢！犯人正是主角！
咦，為什麼？
主角是「長頭髮」、「也會和男人做愛的雙性戀」男性呀！

4 私（わたし），並非性別更明確的「俺」或「僕」。

咦～怎麼會那樣，總覺得好賊喔！好像猜謎的陷阱題喔！
哈哈哈！
那麼，我再問同一個問題，
在這整個過程中，被欺騙的是誰？
咦……呃……是、是我!?
沒錯!!
所謂敘述性詭計，欺騙的不是故事人物，而是讀者！
反過來利用「先入為主的看法」或「主觀認定」、「偏見」來欺騙，行使這種欺騙的技巧——就是敘述性詭計!!
欺騙的模式也有許多種……
比方說，假如有個登場人物叫「田中」，結果同姓「田中」的人其實有兩個——或者讓讀者誤以為世田谷區的「大原」和埼玉縣的「大原」是同一個地方——等等——
敘述性詭計的歷史很悠久，阿嘉莎・克莉絲蒂在《羅傑・艾克洛命案》當中就已經嘗試過了呢。

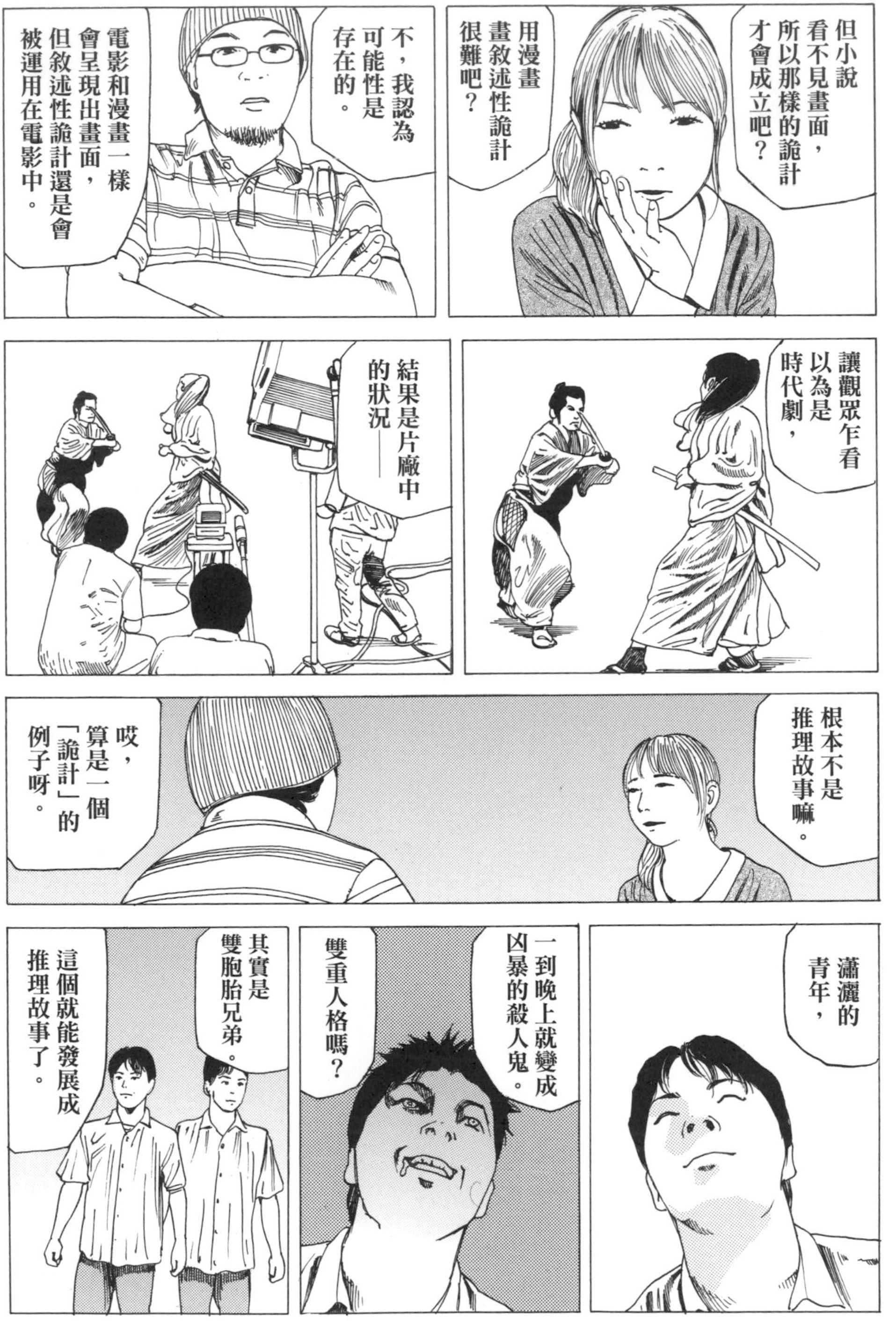
但小說看不見畫面，所以那樣的詭計才會成立吧？
用漫畫畫敘述性詭計很難吧？
不，我認為可能性是存在的。
電影和漫畫一樣會呈現出畫面，但敘述性詭計還是會被運用在電影中。
讓觀眾乍看以為是時代劇，
結果是片廠中的狀況——
根本不是推理故事嘛。
哎，算是一個「詭計」的例子呀。
瀟灑的青年，
一到晚上就變成凶暴的殺人鬼。
雙重人格嗎？
其實是雙胞胎兄弟。
這個就能發展成推理故事了。

也可以設想出以下這種詭計，讓觀眾對場所產生錯覺。
門的另一頭有聲音，好像有誰在。
…
喂！
開門啊！
……
媽的，你們打算讓這個狀態持續多久啊！
快開門啊。
好，問題來了。請敘述這個男人面臨的狀況。
呃……男人被監禁在房間裡……？
可惜了！他並沒有被監禁！
咦？可是……

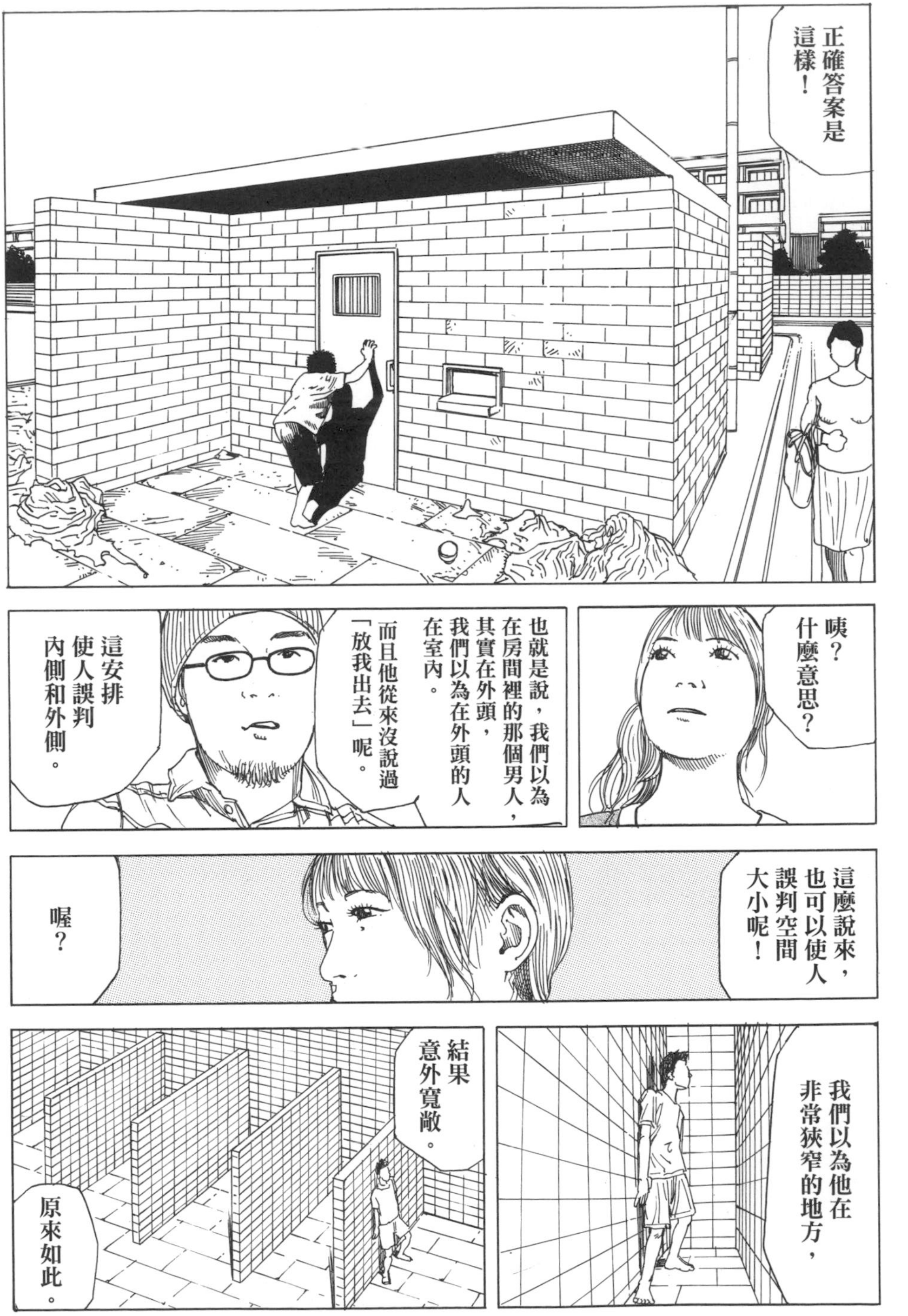
正確答案是這樣！
咦？什麼意思？
也就是說，我們以為在房間裡的那個男人，其實在外頭，我們以為在外頭的人在室內。
而且他從來沒說過「放我出去」呢。
這安排使人誤判內側和外側。
這麼說來，也可以使人誤判空間大小呢！
喔？
我們以為他在非常狹窄的地方，
結果意外寬敞。
原來如此。

WAGIRI-MA

剖人魔

3

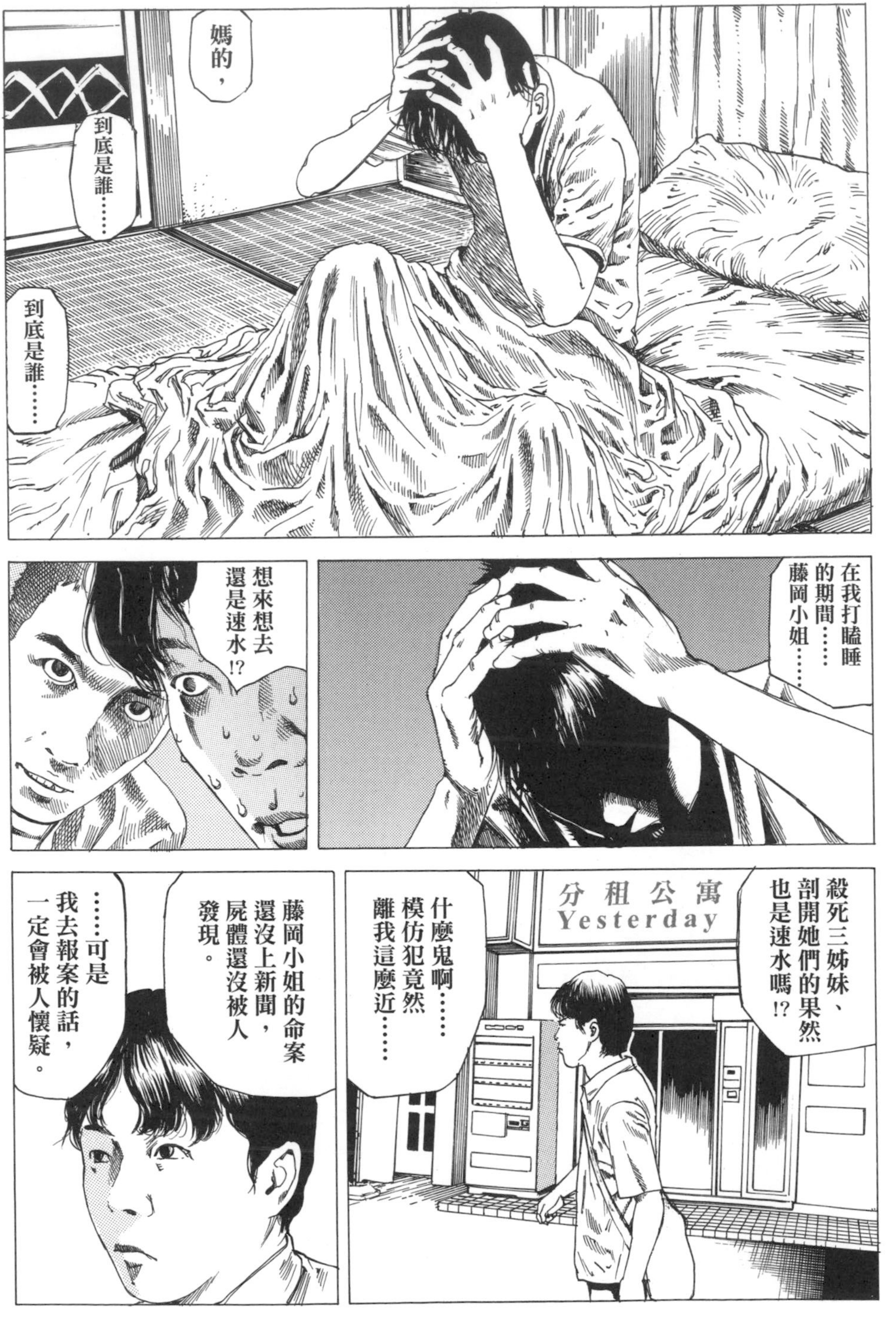
媽的，
到底是誰……
到底是誰……
在我打瞌睡的期間……藤岡小姐……
想來想去還是速水!?
殺死三姊妹、剖開她們的果然也是速水嗎!?
分租公寓
Yesterday
什麼鬼啊……模仿犯竟然離我這麼近……
藤岡小姐的命案還沒上新聞，屍體還沒被人發現。
……可是我去報案的話，一定會被人懷疑。

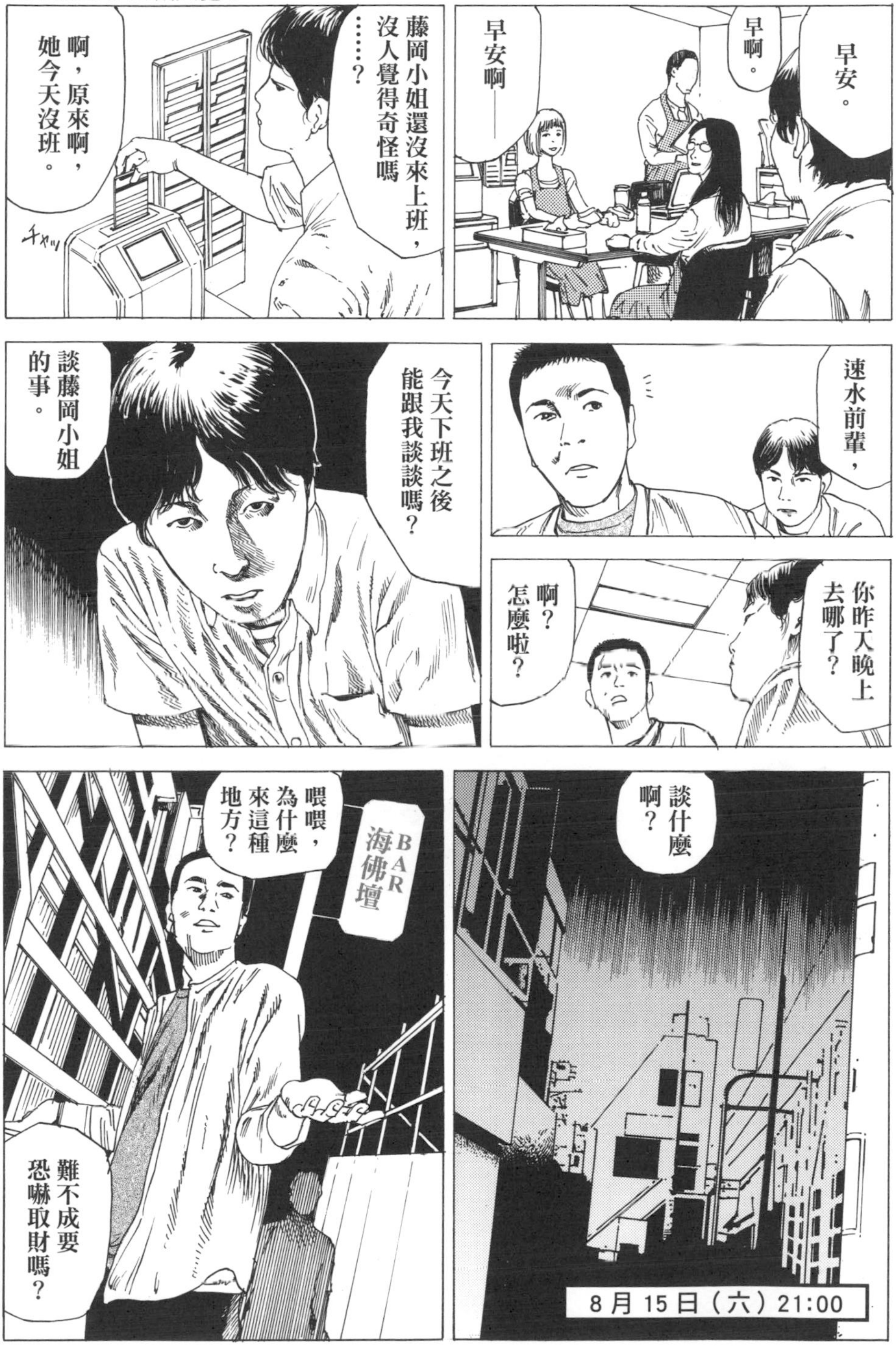
早安。
早啊。
早安啊——
藤岡小姐還沒來上班，沒人覺得奇怪嗎……？
啊，原來啊，她今天沒班。
チャッ
速水前輩，
你昨天晚上去哪了？
啊？怎麼啦？
今天下班之後能跟我談談嗎？
談藤岡小姐的事。
談什麼啊？
8月15日（六）21:00
BAR 海佛壇
喂喂，為什麼來這種地方？
難不成要恐嚇取財嗎？

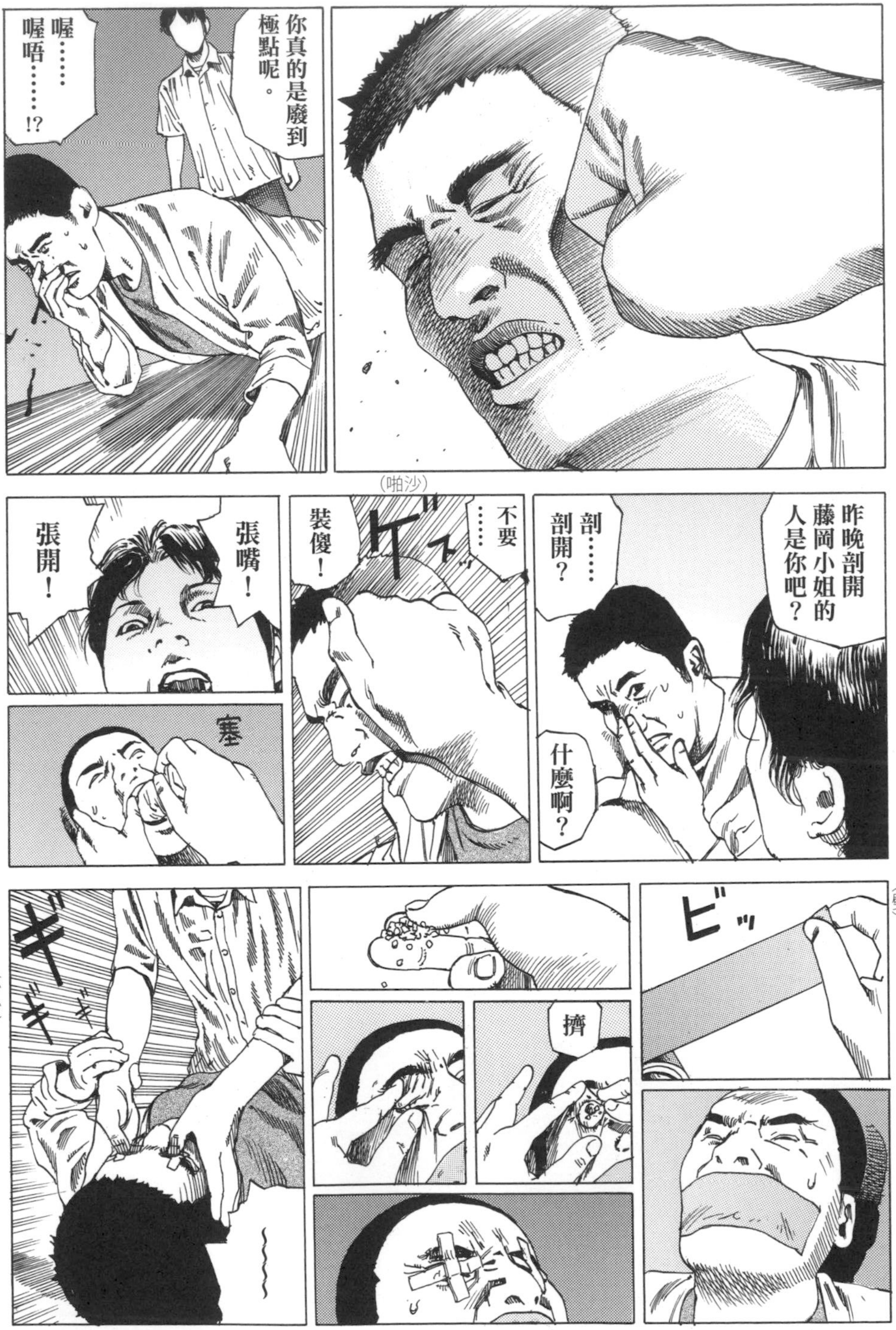
你真的是廢到極點呢。
喔……喔唔……!?
昨晚剖開藤岡小姐的人是你吧？
剖……剖開？
什麼啊？
(啪沙)
不要……
裝傻！
張嘴！
張開！
塞
(劈)
ビッ
擠
(沙沙)

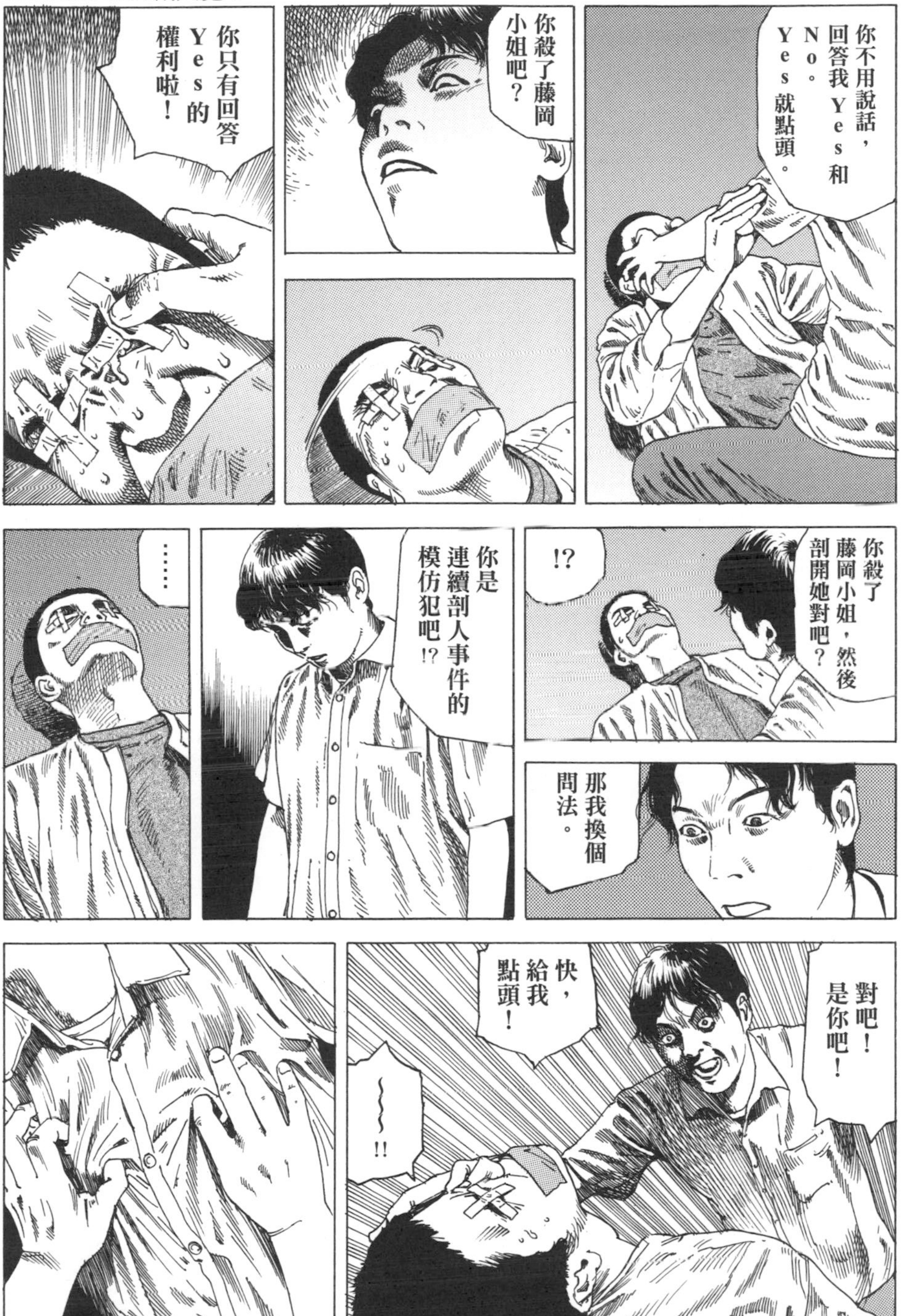
你不用說話，回答我Yes和No。Yes就點頭。
你殺了藤岡小姐吧？
你只有回答Yes的權利啦！
你殺了藤岡小姐，然後剖開她對吧？
!?
那我換個問法。
你是連續剖人事件的模仿犯吧!?
……
對吧！是你吧！
快，給我點頭！
～～～!!

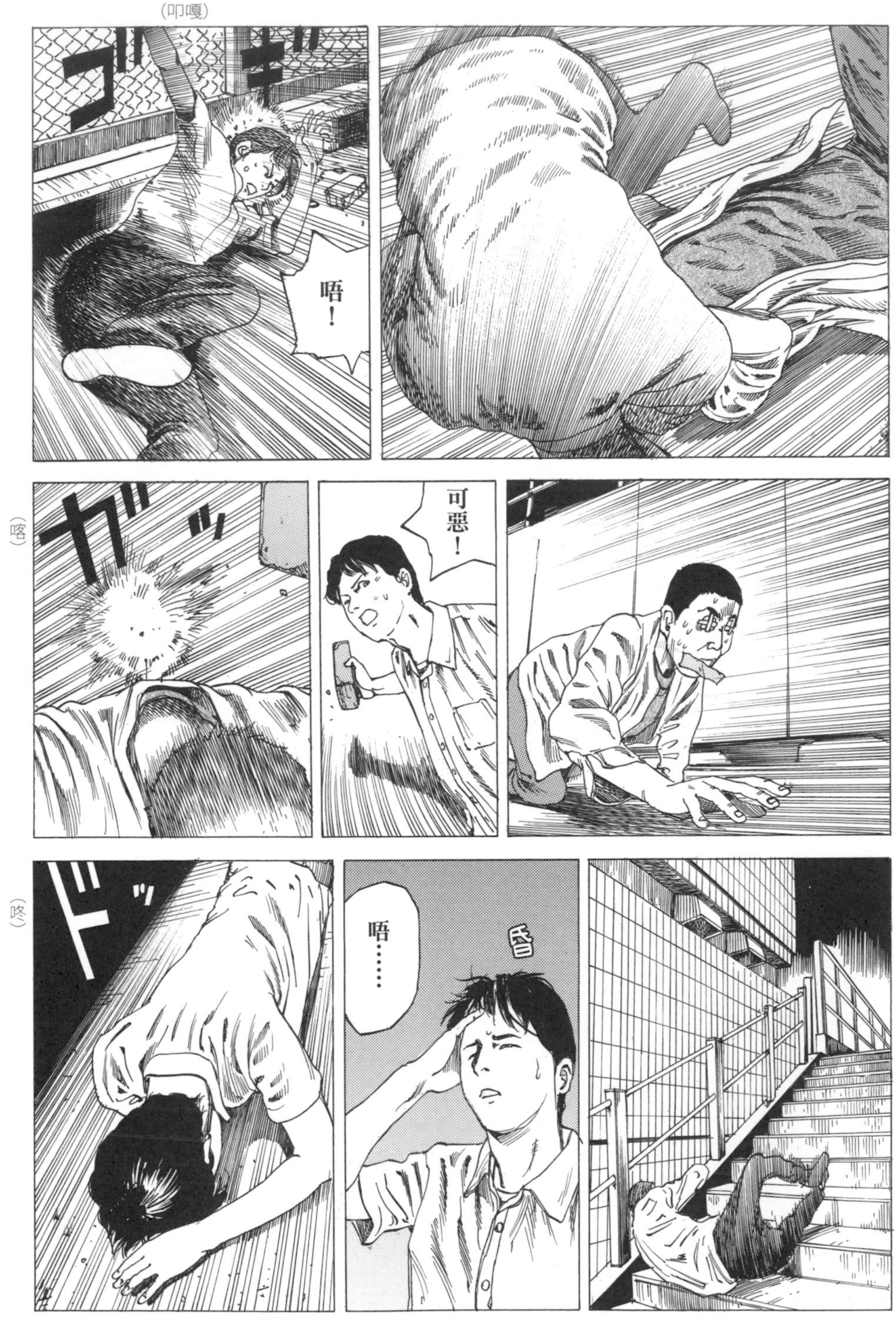
(叩嘎)
唔！
(喀)
可惡！
(咚)
唔……
昏

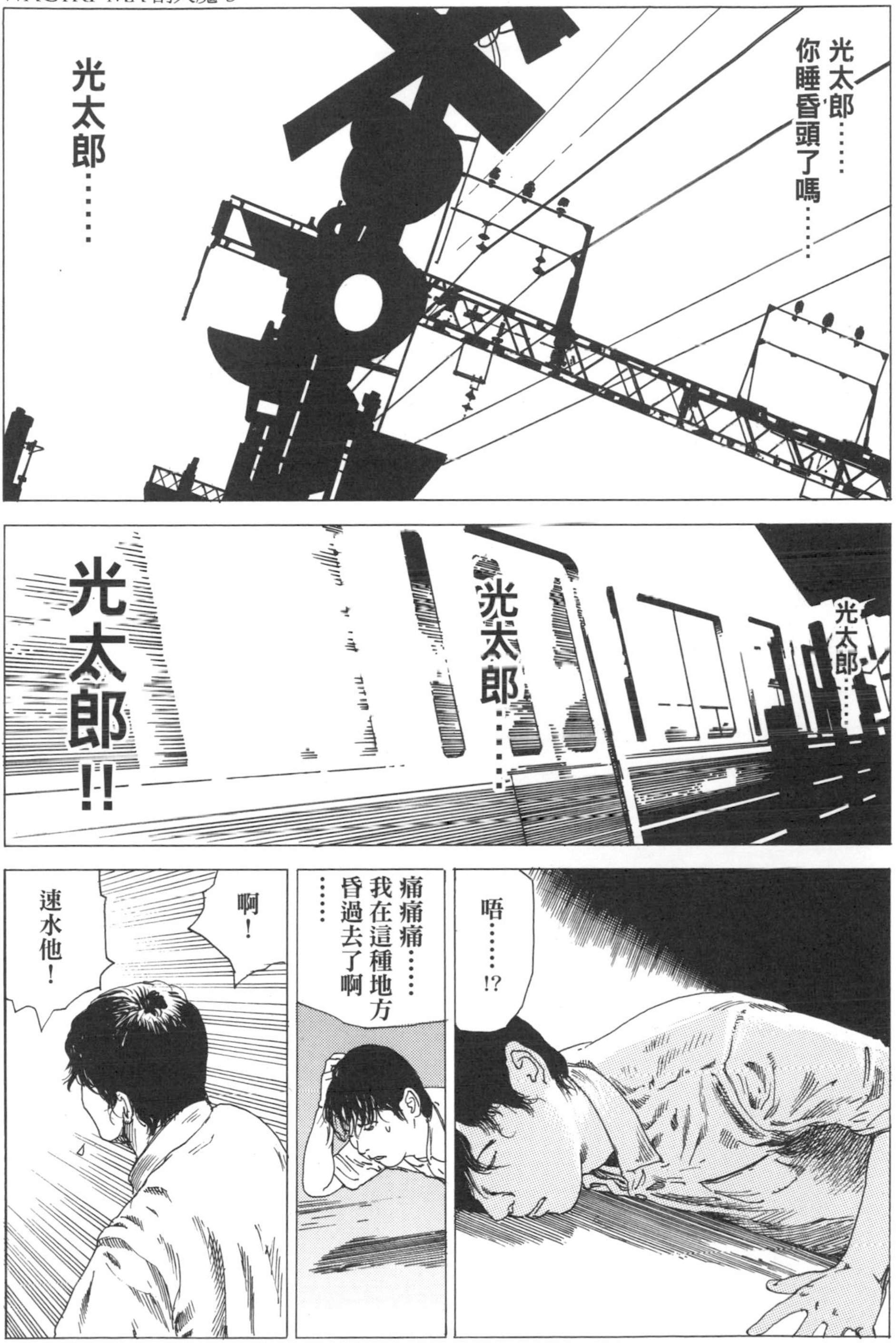
光太郎……你睡昏頭了嗎……
光太郎……
光太郎……
光太郎……
光太郎!!
唔……!?
痛痛痛……我在這種地方昏過去了啊……
啊!
速水他!

這是怎樣？
這是怎樣？
這是怎樣？
這是怎樣？
這是怎樣？
這是怎樣？
這是怎樣？
這是怎樣？
這是怎樣？
這是怎樣？
速水不是剖人魔嗎!?還是有別的剖人魔存在!?
真搞不懂。
真搞不懂。
真搞不懂。
真搞不懂。
真搞不懂。
嚇！
難道是哥哥!?
是哥哥幹的嗎!?
那是不可能的，哥哥應該已經死了，哥哥應該已經死了。
他不在這個世界上了，他不在這個世界上了。
那時候，哥哥他……

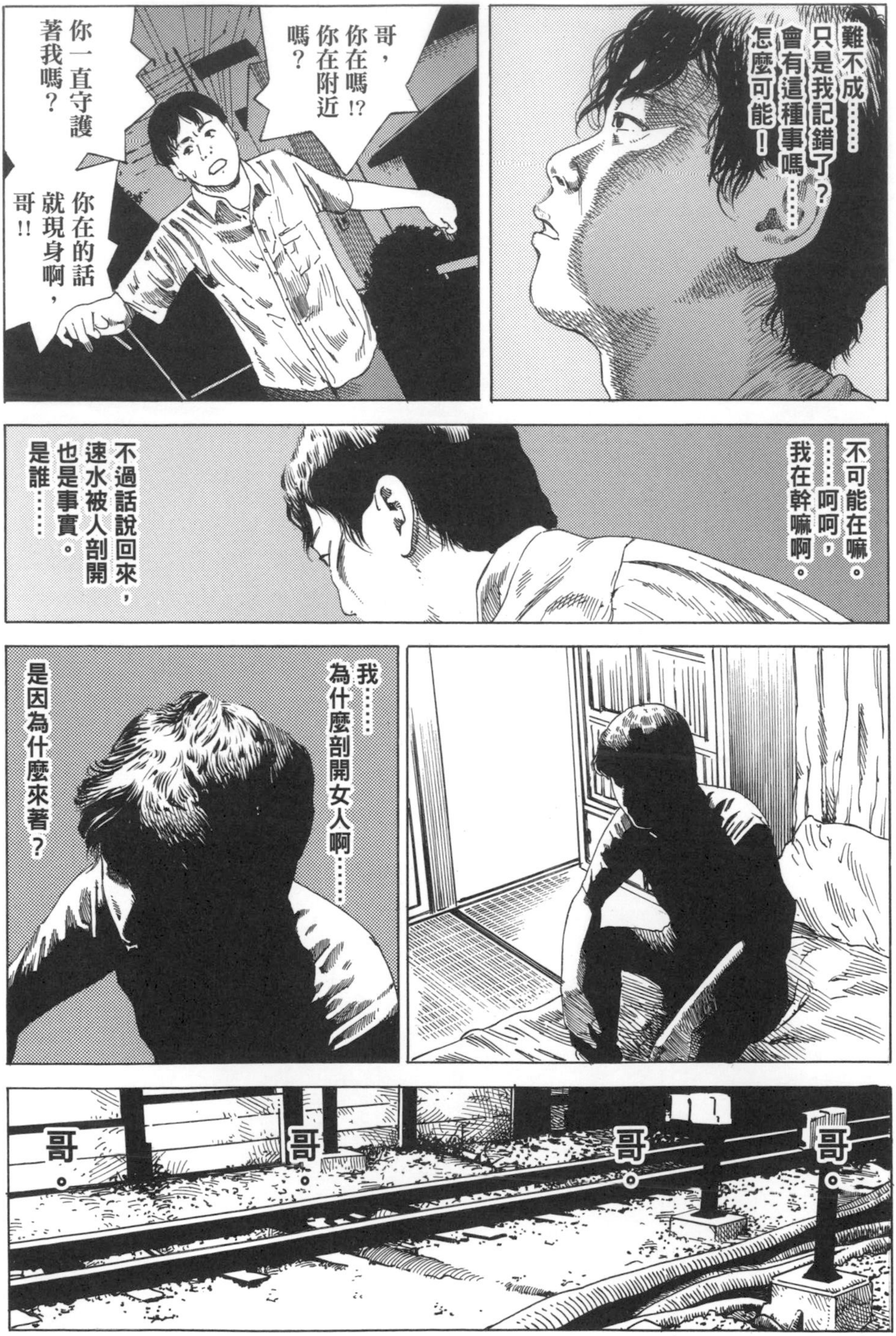
難不成……只是我記錯了？會有這種事嗎……怎麼可能！
哥，你在嗎!? 你在附近嗎？
你一直守護著我嗎？
你在的話就現身啊，哥!!
不可能在嘛。……呵呵，我在幹嘛啊。
不過話說回來，速水被人剖開也是事實。是誰……
我……為什麼剖開女人啊……
是因為什麼來著？
哥。
哥。
哥。
哥。

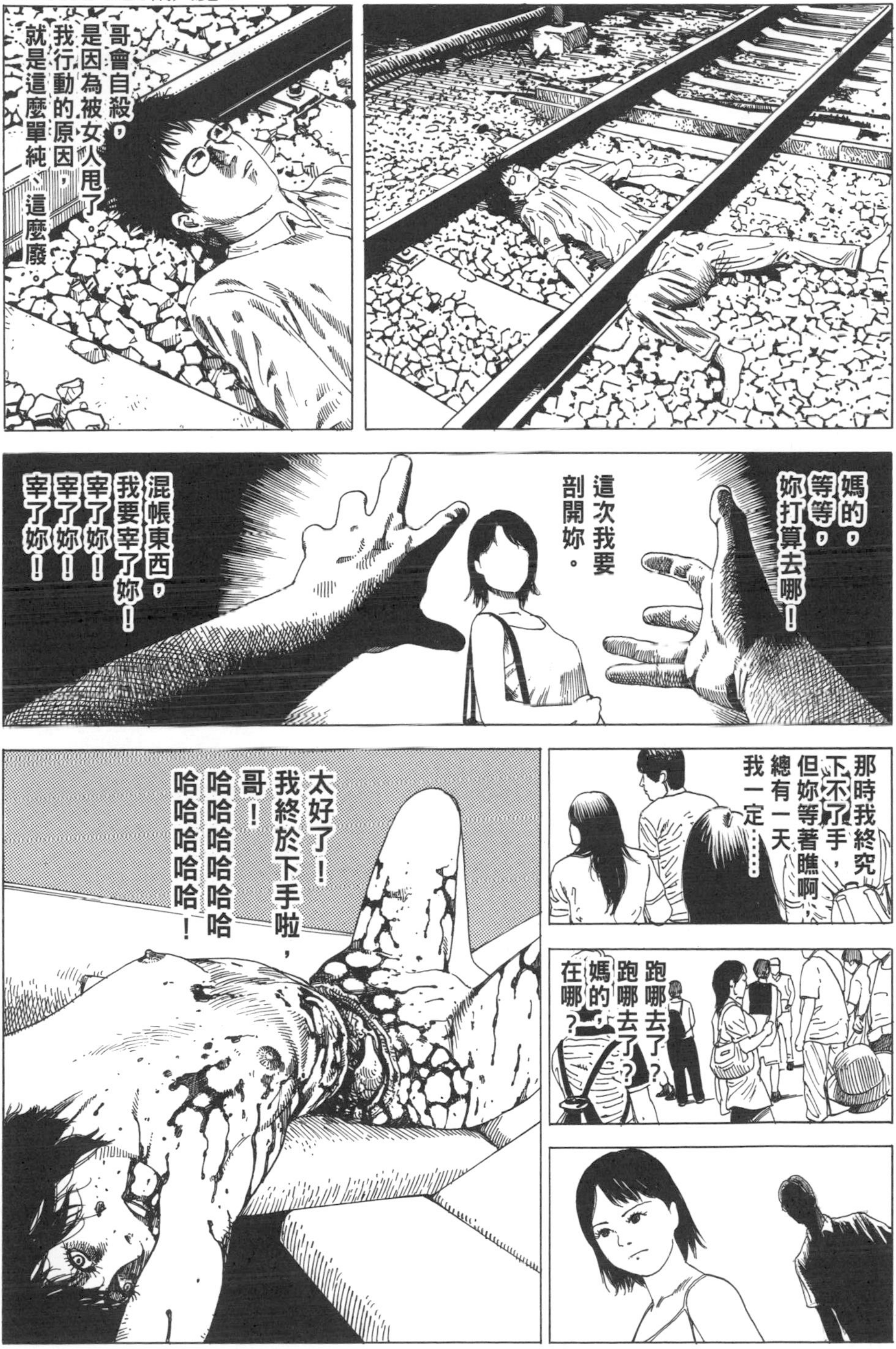
哥會自殺，
是因為被女人甩了。
我行動的原因，
就是這麼單純、這麼廢。
媽的，等等，妳打算去哪！
這次我要剖開妳。
混帳東西，我要宰了妳！宰了妳！宰了妳！
那時我終究下不了手，但妳等著瞧啊，總有一天我一定……
跑哪去了？跑哪去了？
媽的，在哪？
太好了！我終於下手啦，哥！
哈哈哈哈哈哈哈哈哈哈哈哈！

嚇！不對！不是那傢伙！長得像，但不同人！媽的，騙我。
不對，也不是這傢伙！
也不是這傢伙！
媽的媽的，一個個都廢到極點。
2002年度
蟹尾高中畢業紀念冊
活著的哥哥還在這裡面，來這裡就能見他。
山科
高橋 松子
東野 秋彦
加
啊，哥哥，真抱歉，你弟弟就是矮人一截。
嗯!?
速水……!?
速水 亮
東野 秋
速水是……那個速水……!?
他是哥哥的同學……？我之前完全沒注意到……
這只是巧合嗎？
2002年度
蟹尾高中畢業紀念冊

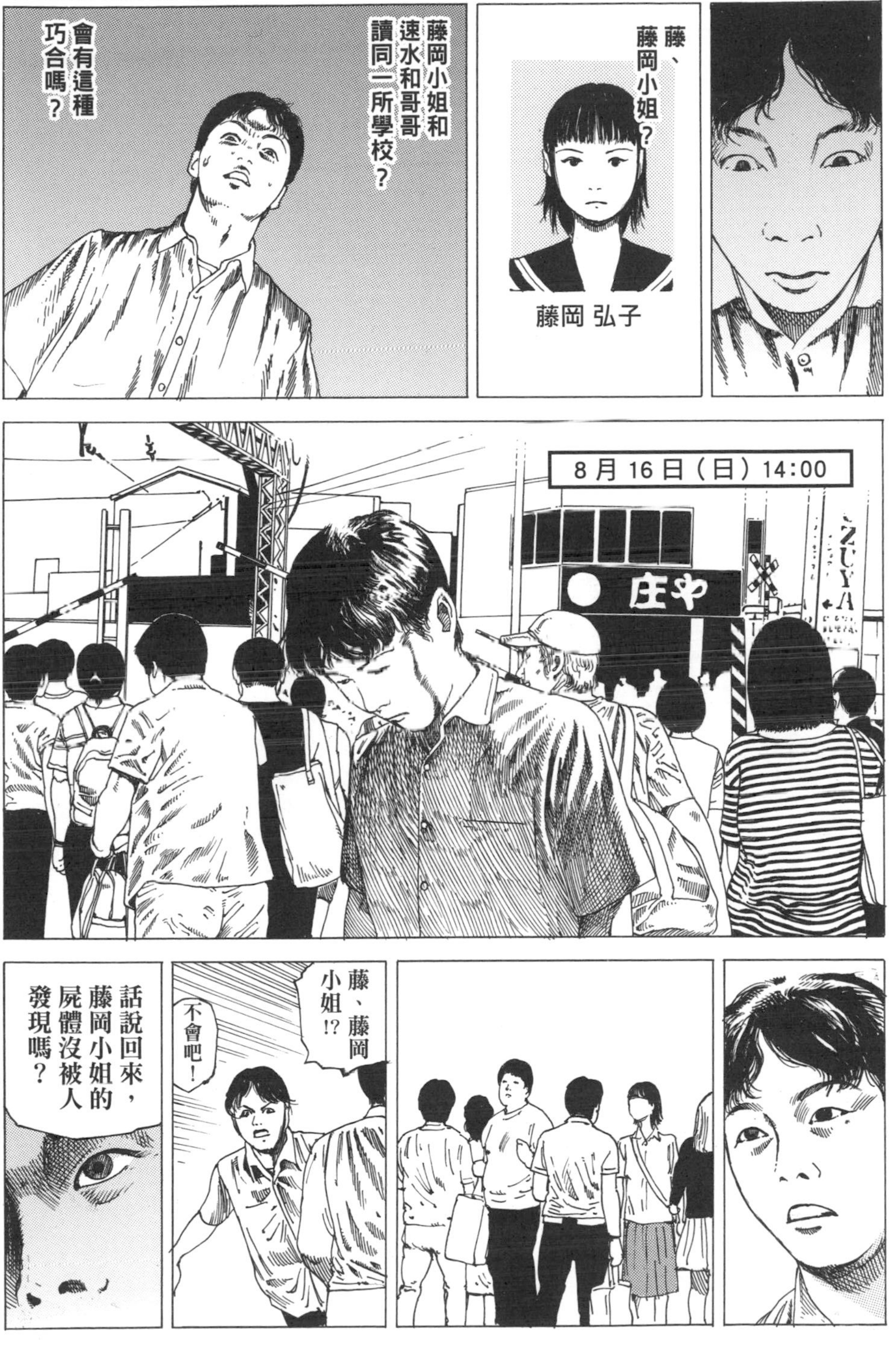
藤、藤岡小姐？
藤岡 弘子
藤岡小姐和速水和哥哥讀同一所學校？
會有這種巧合嗎？
8月16日（日）14:00
庄や
藤、藤岡小姐!?
不會吧！
話說回來，藤岡小姐的屍體沒被人發現嗎？

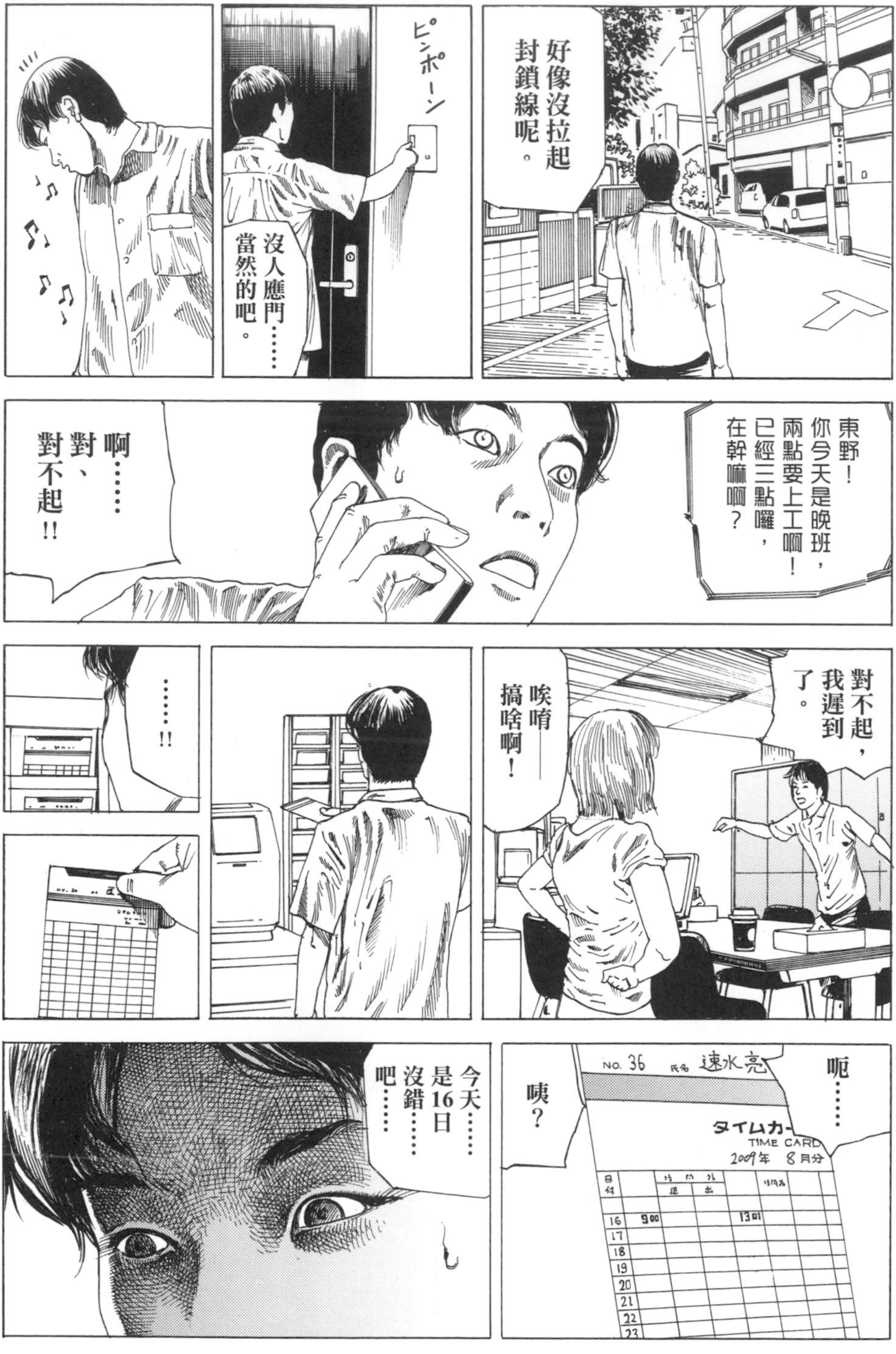
(叮咚)
好像沒拉起封鎖線呢。
ピンポーン
沒人應門……當然的吧。
東野！你今天是晚班，兩點要上工啊！已經三點囉，在幹嘛啊？
啊……對、對不起!!
對不起，我遲到了。
唉唷——搞啥啊！
……!!
呃……
NO. 36 氏名 速水亮
タイムカード
TIME CARD
2009年 8月分
咦？
今天……是16日沒錯……吧……

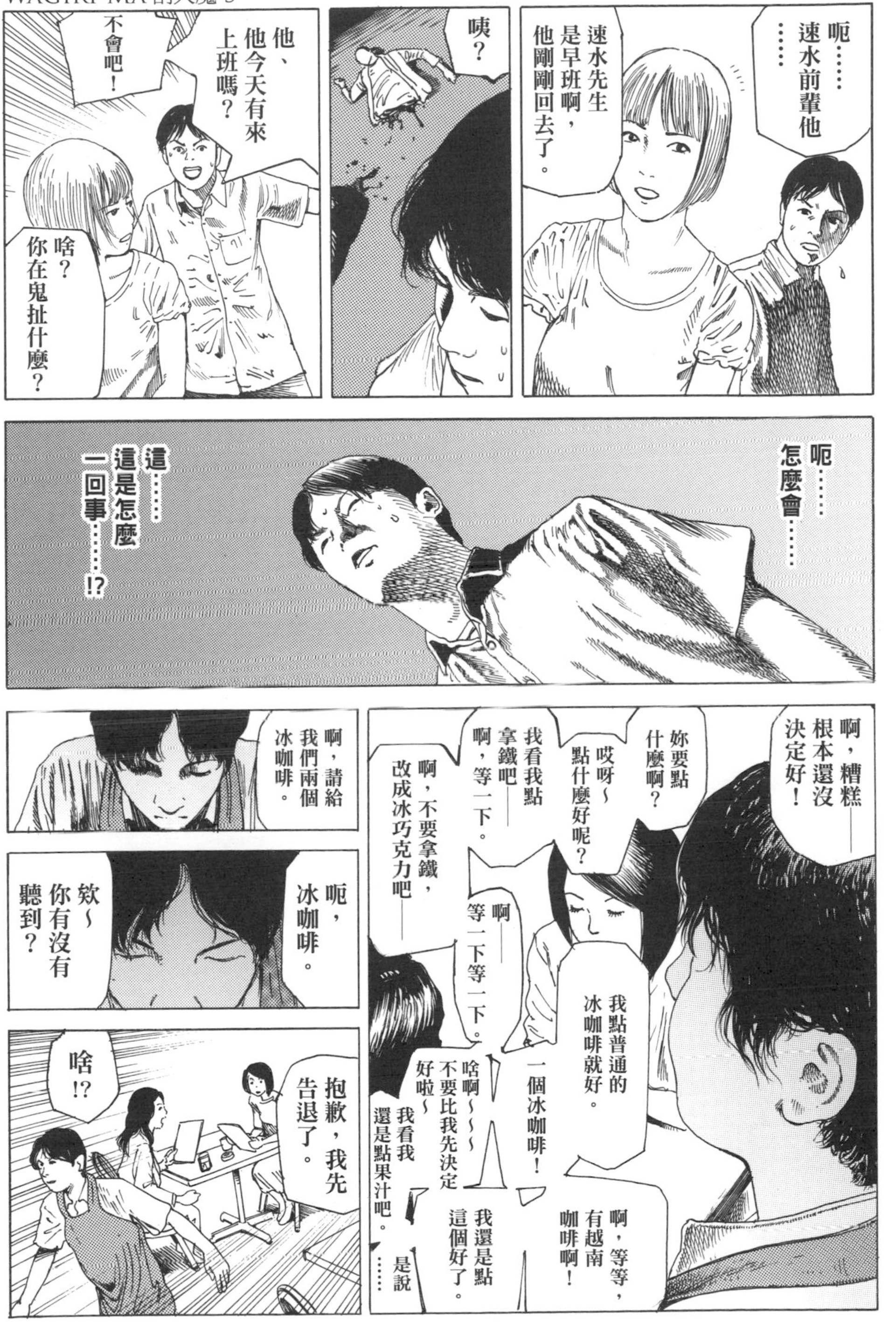
呃……速水前輩他……
速水先生是早班啊，他剛剛回去了。
咦？
他、他今天有來上班嗎？
不會吧！
啥？你在鬼扯什麼？
呃……怎麼會……
這……這是怎麼一回事……!?
啊，糟糕——根本還沒決定好！
妳要點什麼啊？
哎呀～點什麼好呢？
我看我點拿鐵吧——
啊，等一下。
啊，不要拿鐵，改成冰巧克力吧——
啊——等一下等一下等一下。
我點普通的冰咖啡就好。
一個冰咖啡！
啥啊～～～不要比我先決定好啦～
我看我還是點果汁吧。
啊，等等，有越南咖啡啊！
我還是點這個好了。
是說……
啊，請給我們兩個冰咖啡。
呃，冰咖啡。
欸～你有沒有聽到？
抱歉，我先告退了。
啥!?

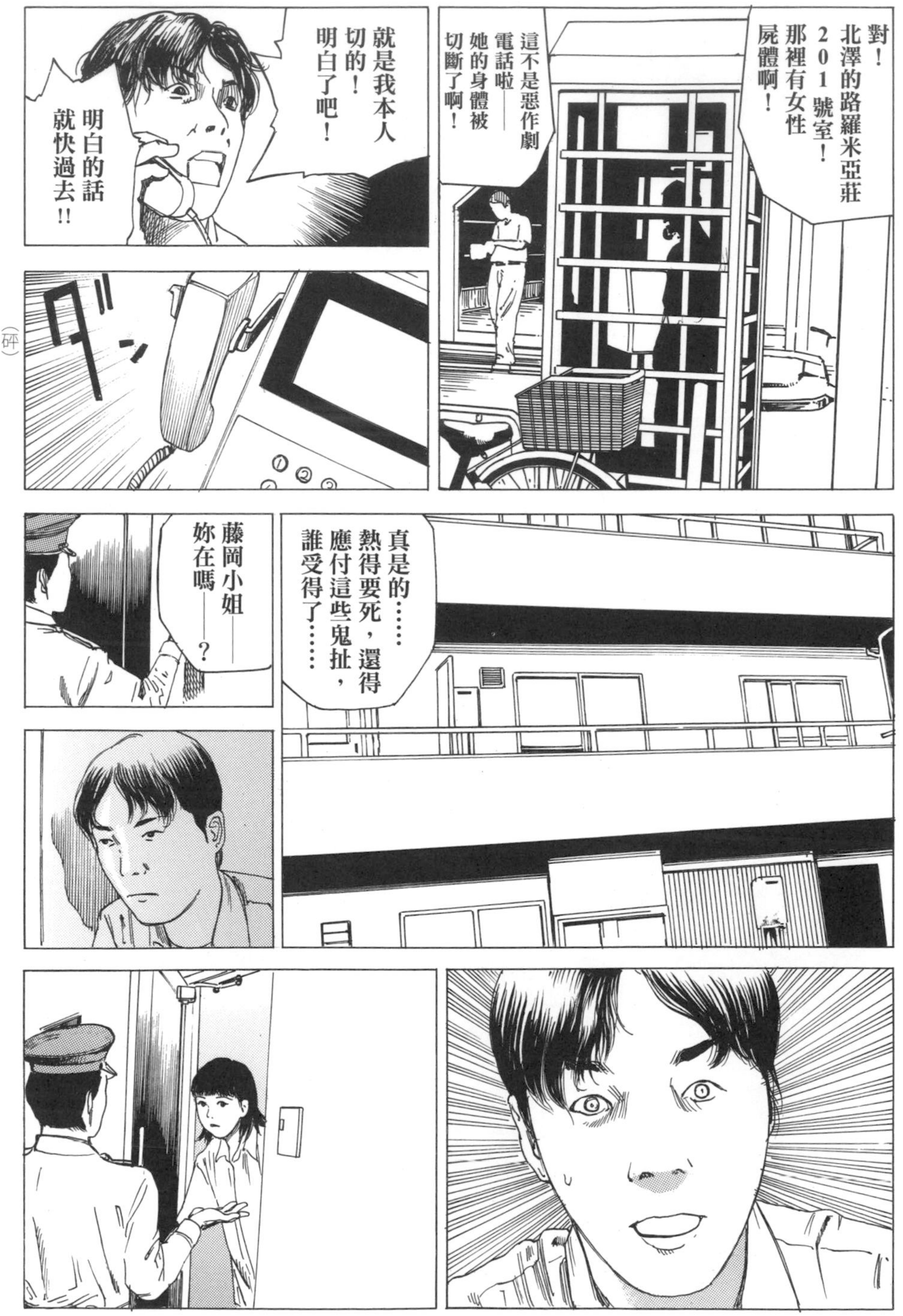
對！北澤的路羅米亞莊201號室！那裡有女性屍體啊！
這不是惡作劇電話啦——她的身體被切斷了啊！
就是我本人切的！明白了吧！
明白的話就快過去!!
(砰)
真是的……熱得要死，還得應付這些鬼扯，誰受得了……
藤岡小姐——妳在嗎——？

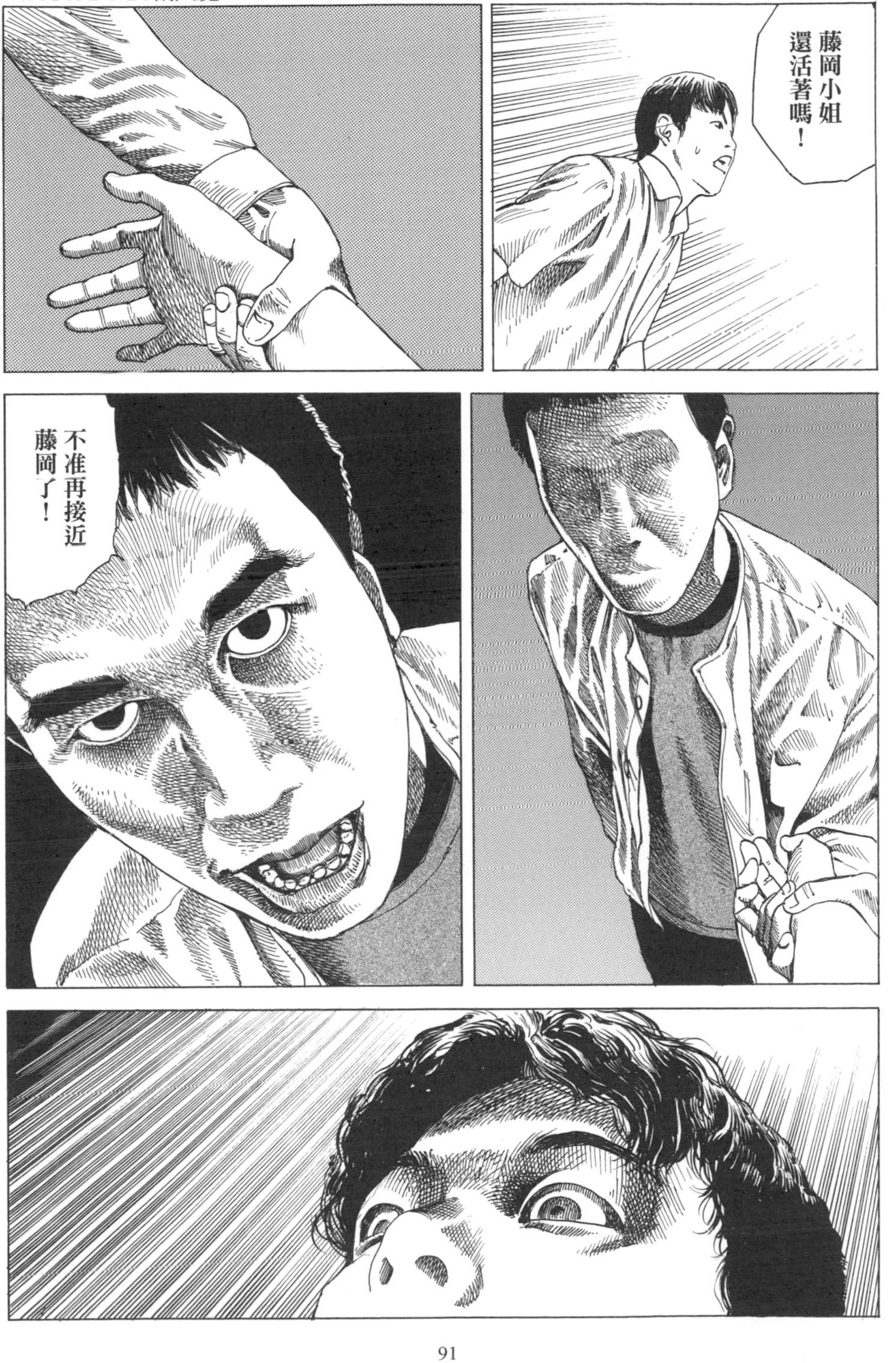
藤岡小姐
還活著嗎！
不准再接近
藤岡了！

LAS VEGAS

MANGA-KA
漫畫家

3

雖然好像說好幾次了，
我還是要說：
漫畫的敘述性詭計，
就該採用只有漫畫
能辦到的手法。
漫畫和影片的
差別是什麼呢？
嗯……
是什麼呢？
一個會動
一個不會，
之類的……
就是這個！
漫畫的特徵
在於，「圖像
是靜止的」。
假設有這麼
一個漫畫畫格
吧。
看著角色的姿態和
背景移動效果線，
讀者會產生
「這個角色是田徑選手，
她正在跑步」的錯覺。
（咻——）
錯覺？
對，
是錯覺，
實際上——
搞不好是
「在街上打扮成
田徑選手的可疑人士，
擺出跑步的姿勢，
其實靜止著」。

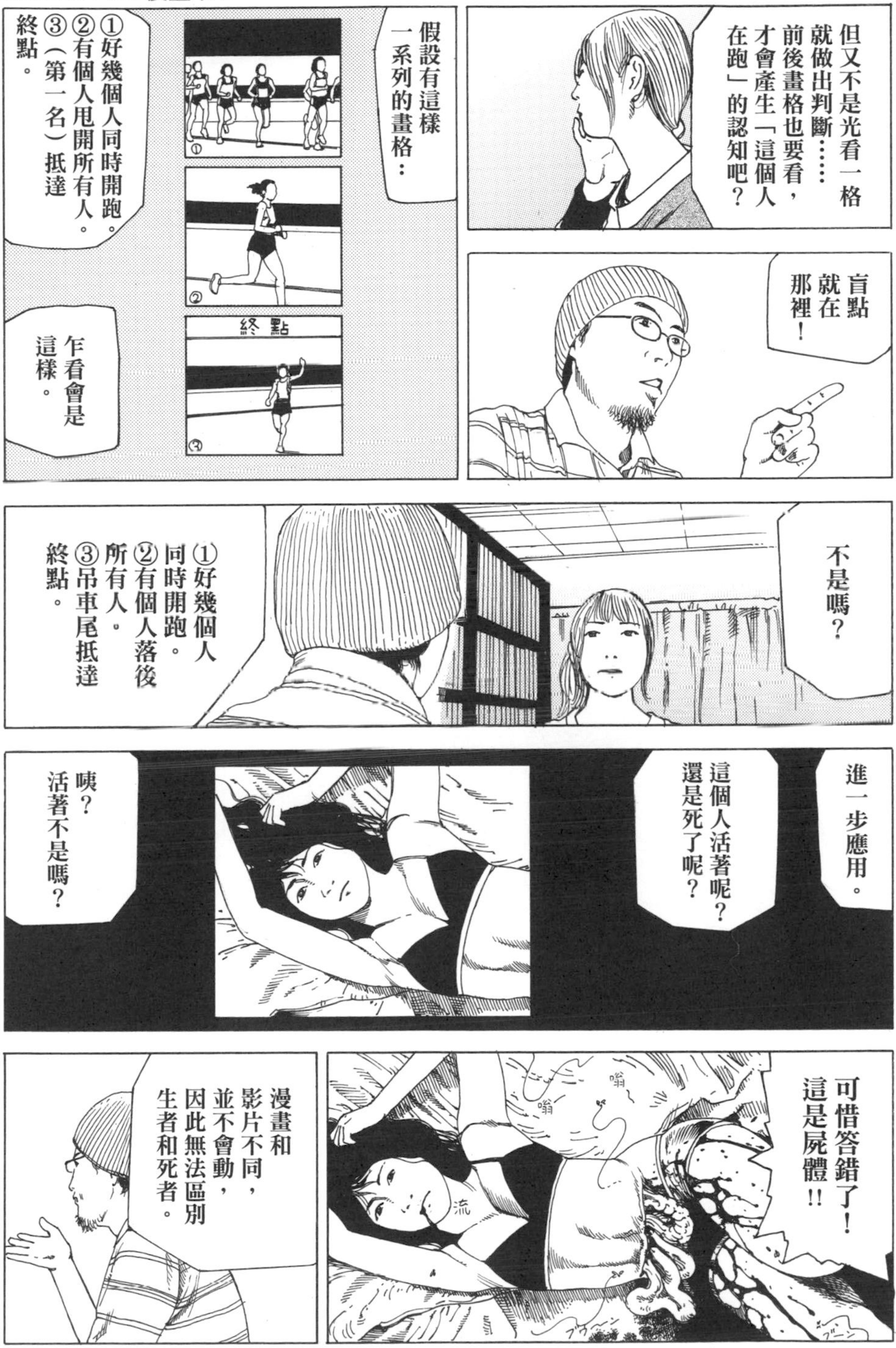
但又不是光看一格就做出判斷……
前後畫格也要看，
才會產生「這個人在跑」的認知吧？
假設有這樣一系列的畫格：
①好幾個人同時開跑。
②有個人甩開所有人。
③（第一名）抵達終點。
終點
盲點就在那裡！
乍看會是這樣。
不是嗎？
①好幾個人同時開跑。
②有個人落後所有人。
③吊車尾抵達終點。
進一步應用。
這個人活著呢？還是死了呢？
咦？活著不是嗎？
可惜答錯了！
這是屍體!!
嗡
嗡
流
漫畫和影片不同，
並不會動，
因此無法區別生者和死者。

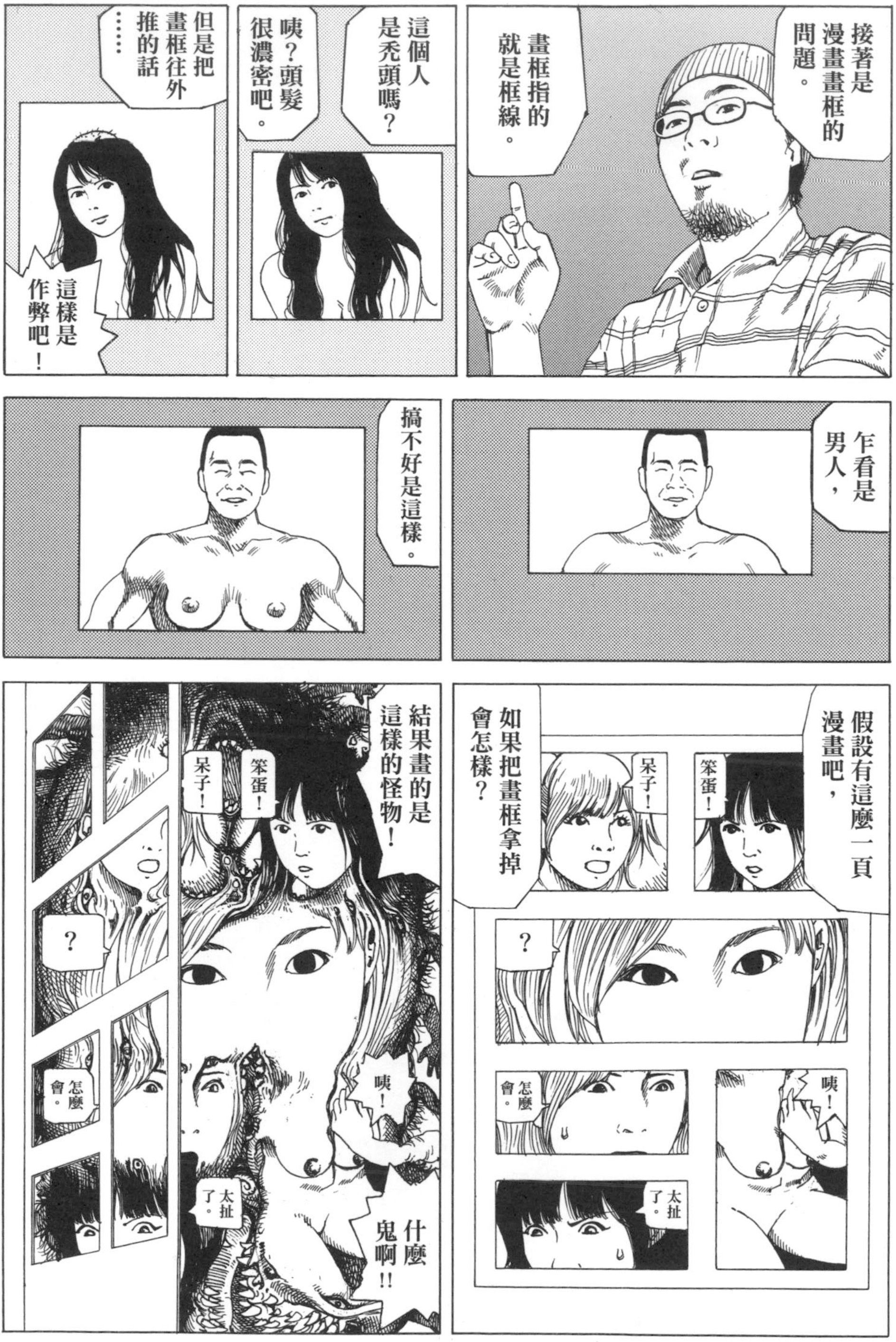
接著是漫畫畫框的問題。
畫框指的就是框線。
這個人是禿頭嗎？
咦？頭髮很濃密吧。
但是把畫框往外推的話……
這樣是作弊吧！
乍看是男人，
搞不好是這樣。
假設有這麼一頁漫畫吧，
如果把畫框拿掉會怎樣？
笨蛋！
呆子！
？
咦！
怎麼會。
太扯了。
結果畫的是這樣的怪物！
笨蛋！
呆子！
？
咦！
怎麼會。
太扯了。
什麼鬼啊!!

哎，總之呢，只要稿子沒做出血，讀者就無法看到畫框的外側。
反過來說，如果有想要隱藏的事物，只要刻意放在畫框外就行了。
那這樣的哏如何呢？
乍看是普通人，
其實被剖開了……
很棒耶！
跟那起連續剖人事件很相像呢。
像吧。
話說回來，那篇漫畫的畫框只要稍微位移一下就會變得很可怕呢。
笨蛋！
呆子！
要小心才好。
咦！
太扯了。
位移畫框……嗎？也就是使視線偏移呢。
位移的方向也想得到許多種。

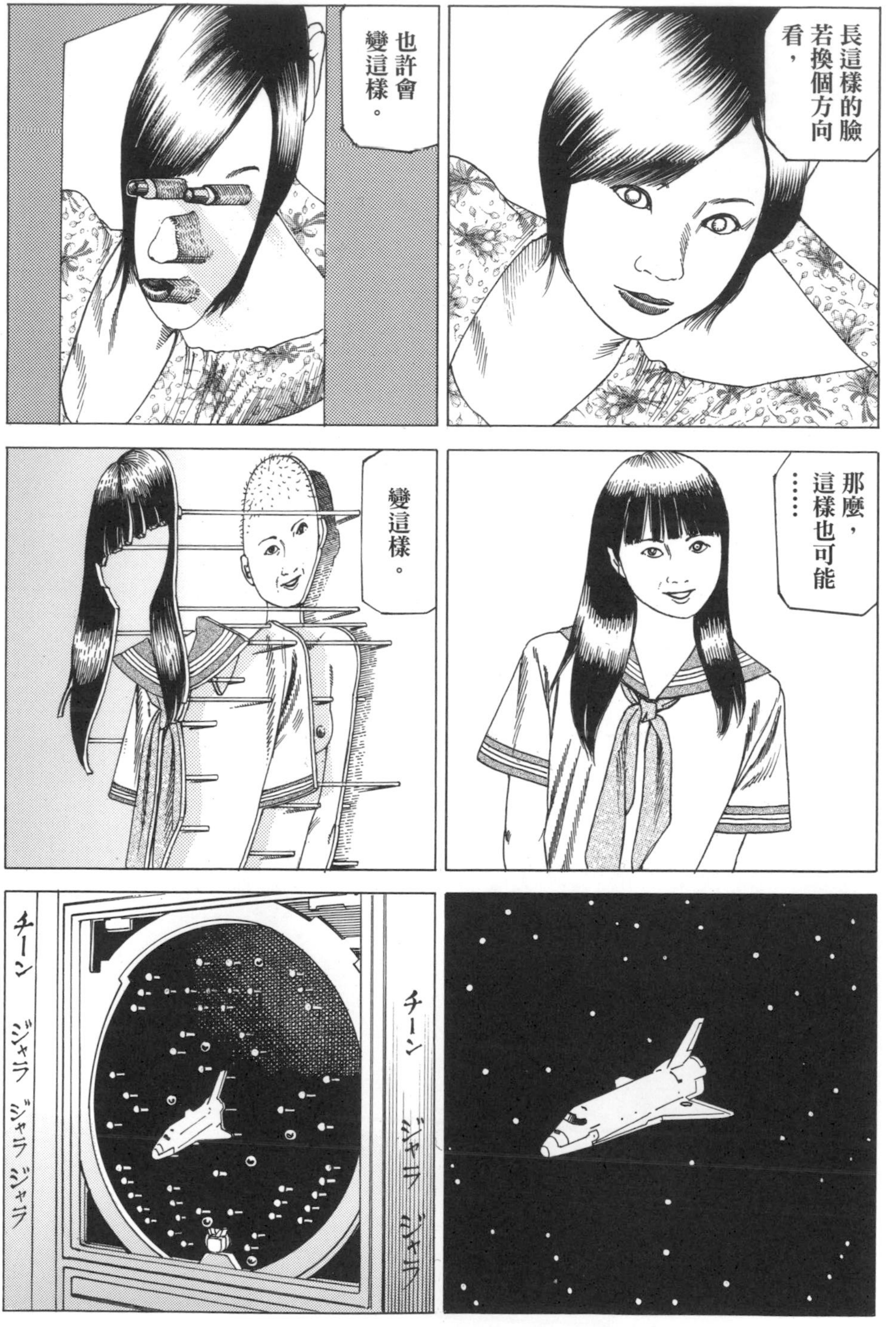
長這樣的臉若換個方向看，
也許會變這樣。
那麼，這樣也可能……
變這樣。
チーン
ジャラ ジャラ
チーン
ジャラ ジャラ ジャラ
(叮 喀啦喀啦 叮 喀啦喀啦喀啦喀啦)

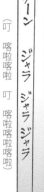

想這些會沒完沒了呢，繼續往下討論吧。
接著是對話框問題。
對話框？
在這場景中，是哪一方在說話？
我想要小孩。
……不是女人嗎？
啊，等等，這也是陷阱題！
乍看是女人在說話，
但男人其實是人妖，所以答案是男人！
可惜啦！是躲在女人後面、讀者看不到的大媽在說話！
我想要小孩。
什麼鬼啊！
總之，漫畫的台詞不帶聲音，所以有時候讀者不會知道是誰的。
這樣啊……所以女人的台詞才會用「……的唷（なのよ）」「……的呀（ですわ）」來強調女性感吧。
不過我平常講話就不怎麼像女孩子呢。
還可以有這種應用。
尿真臭啊。
好啦，這台詞是誰說的？
……躺在旁邊的狗……之類的。
可惜啊！是寫在地板上的文字！
夠了啦！

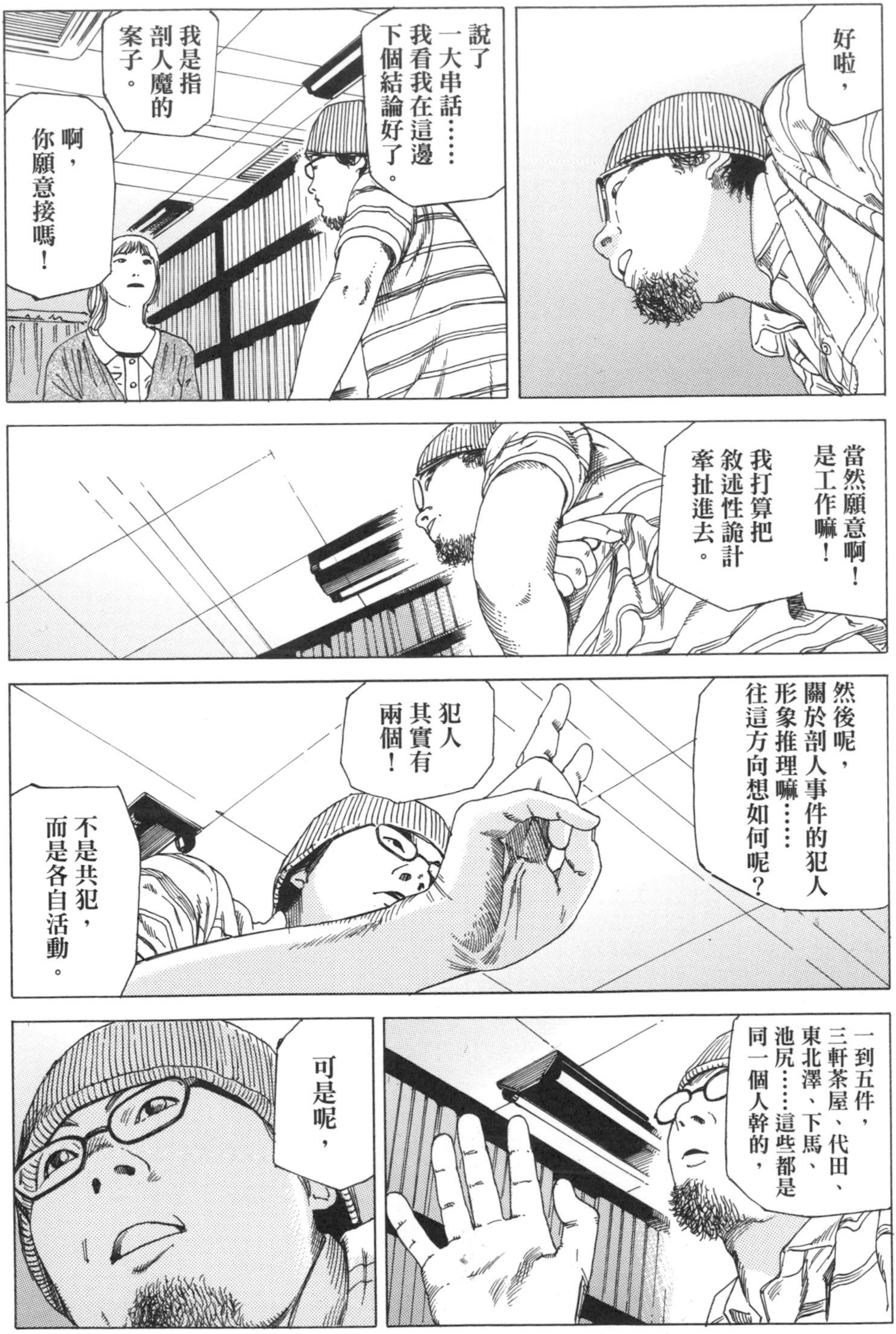
好啦，
說了一大串話……我看我在這邊下個結論好了。
我是指剖人魔的案子。
啊，你願意接嗎！
當然願意啊！是工作嘛！
我打算把敘述性詭計牽扯進去。
然後呢，關於剖人事件的犯人形象推理嘛……往這方向想如何呢？
犯人其實有兩個！
不是共犯，而是各自活動。
一到五件，三軒茶屋、代田、東北澤、下馬、池尻……這些都是同一個人幹的，
可是呢，

第六到八件，羽根木、大原、代澤事件的凶手，則是另有其人。
咦？你這麼說的根據是什麼!?
沒有什麼根據啦……但那就是事實呀。
因為我就是第六到第八起案件的剖人魔。
啥!?
而妳是剖身殺人事件的被害者喔。
啥？什麼意思？

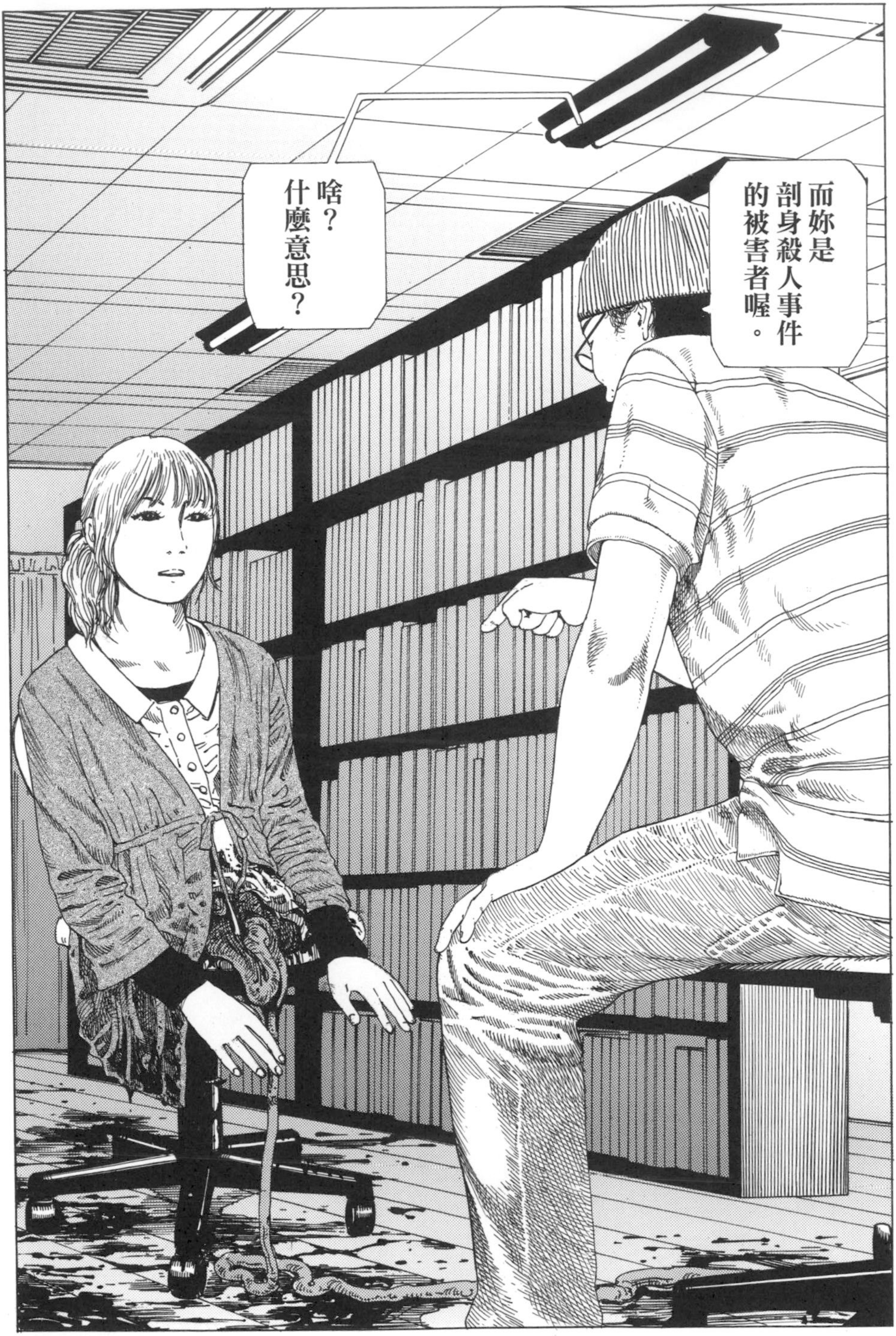
而妳是剖身殺人事件的被害者喔。
啥？什麼意思？

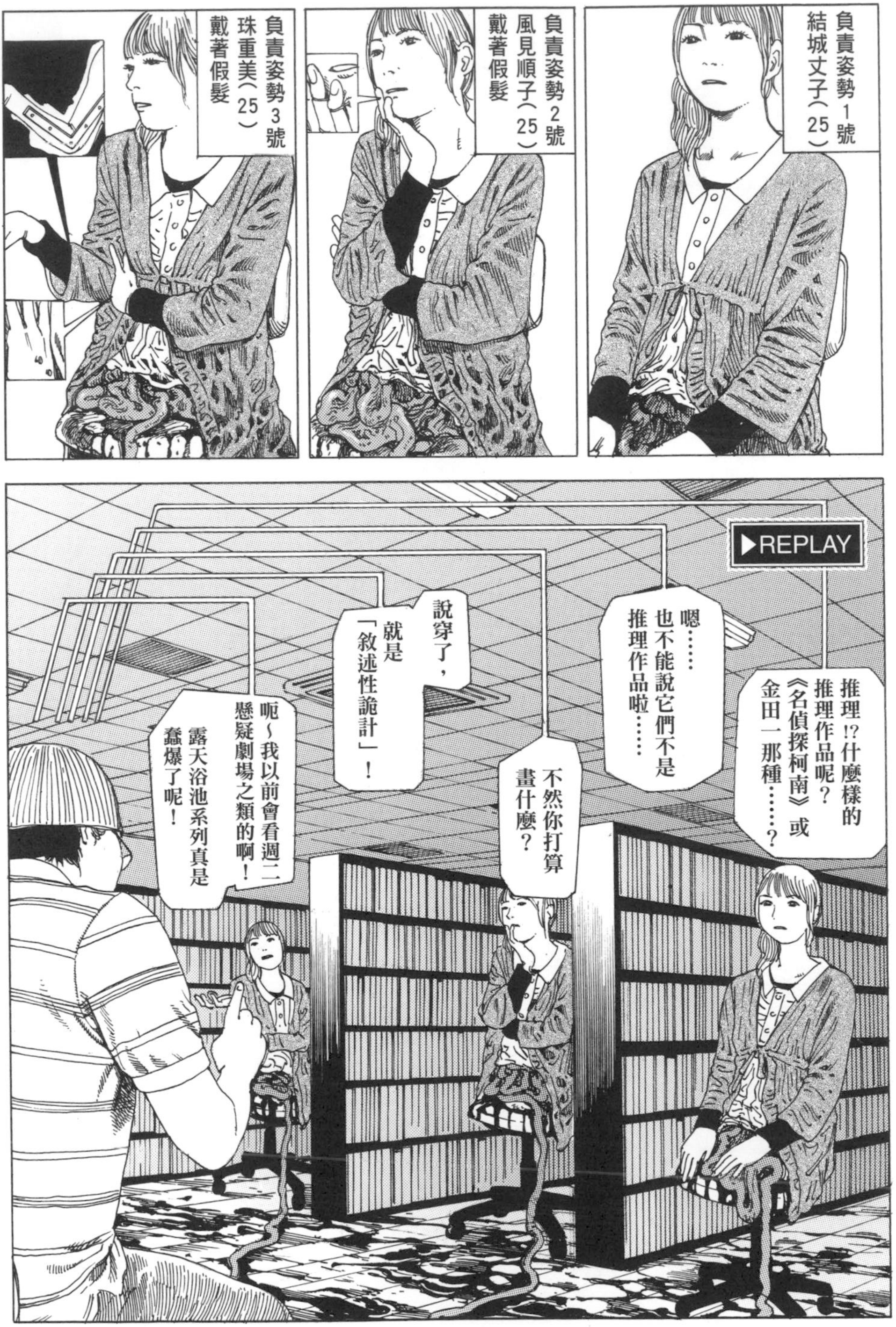
負責姿勢1號
結城丈子(25)
負責姿勢2號
風見順子(25)
戴著假髮
負責姿勢3號
珠重美(25)
戴著假髮
▶REPLAY
推理!?什麼樣的推理作品呢?《名偵探柯南》或金田一那種……?
嗯……也不能說它們不是推理作品啦……
不然你打算畫什麼?
說穿了,就是「敘述性詭計」!
呃~我以前會看週二懸疑劇場之類的啊!
露天浴池系列真是蠢爆了呢!

駕籠先生要是拿掉情色怪誕，還剩什麼呀！
▶REPLAY
8月2日（日） 15:00
駕籠真太郎　工作室
……
啊，抱歉，我說得太過頭了。
不過，您有想畫的類型嗎？
推理啊!!
ズブ
（嚓噗）

推理!?什麼樣的推理作品呢?
《名偵探柯南》或金田一那種……?
嗯……也不能說它們不是推理作品啦……
Who done it，也就是「誰殺的」，How done it，也就是「如何殺的」，
8月3日（一）8:00
駕籠真太郎　工作室
這兩者在推理作品中是最最王道的路線，我現在才畫這種東西也沒意思。
不然你打算畫什麼？
說穿了，就是「敘述性詭計」！
嗯，動作實在太缺乏其他變化了呢……
！
對了，她說她們家有三姊妹呀。
喔，太好了，就是這個。
▲正在查女性編輯的通訊錄

WAGIRI-MA
剖人魔

4

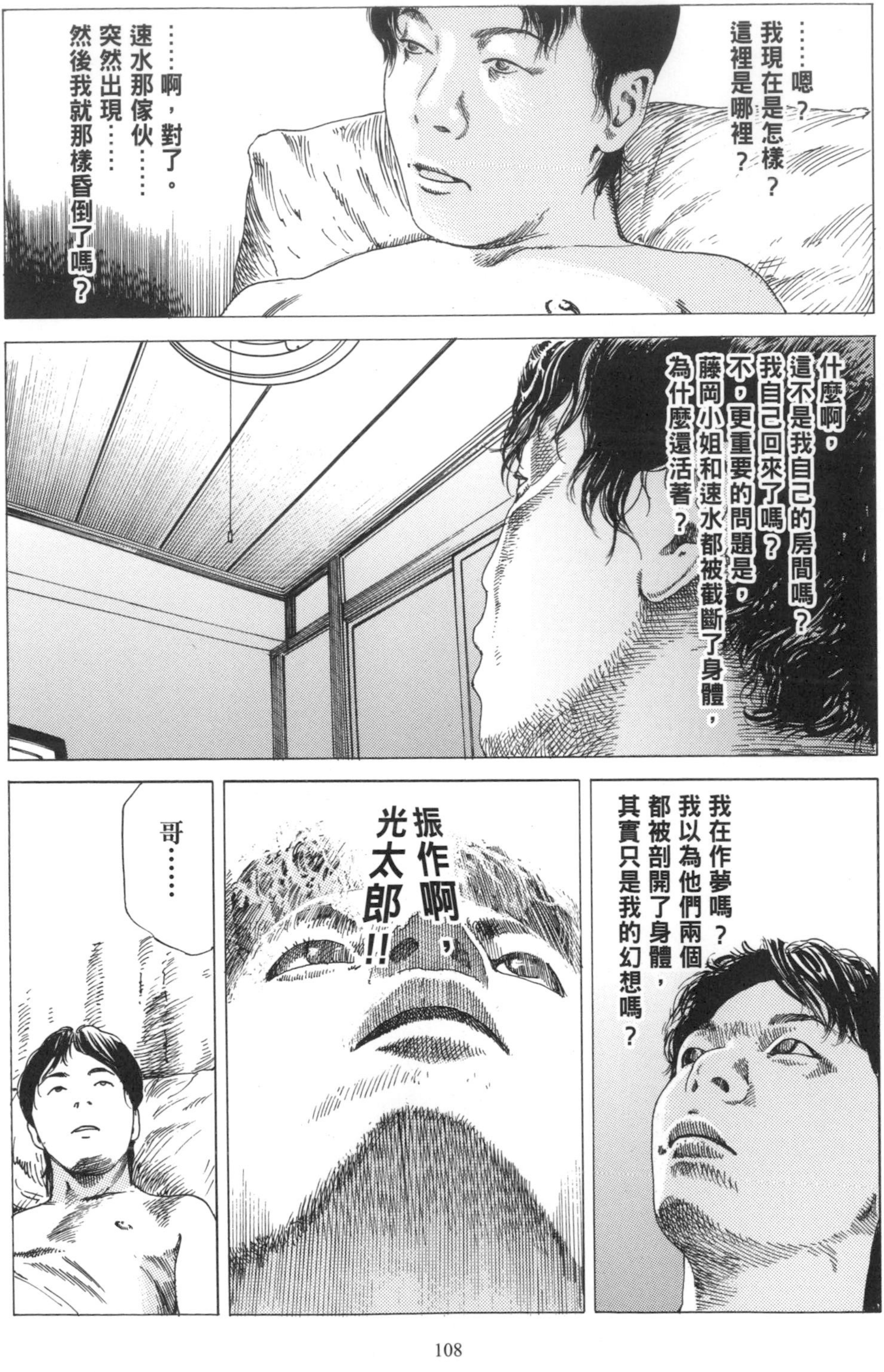
……嗯？
我現在是怎樣？
這裡是哪裡？
……啊，對了。
速水那傢伙……
突然出現……
然後我就那樣昏倒了嗎？
什麼啊，
這不是我自己的房間嗎？
我自己回來了嗎？
不，更重要的問題是，
藤岡小姐和速水都被截斷了身體，
為什麼還活著？
我在作夢嗎？
我以為他們兩個
都被剖開了身體，
其實只是我的幻想嗎？
振作啊，
光太郎!!
哥……

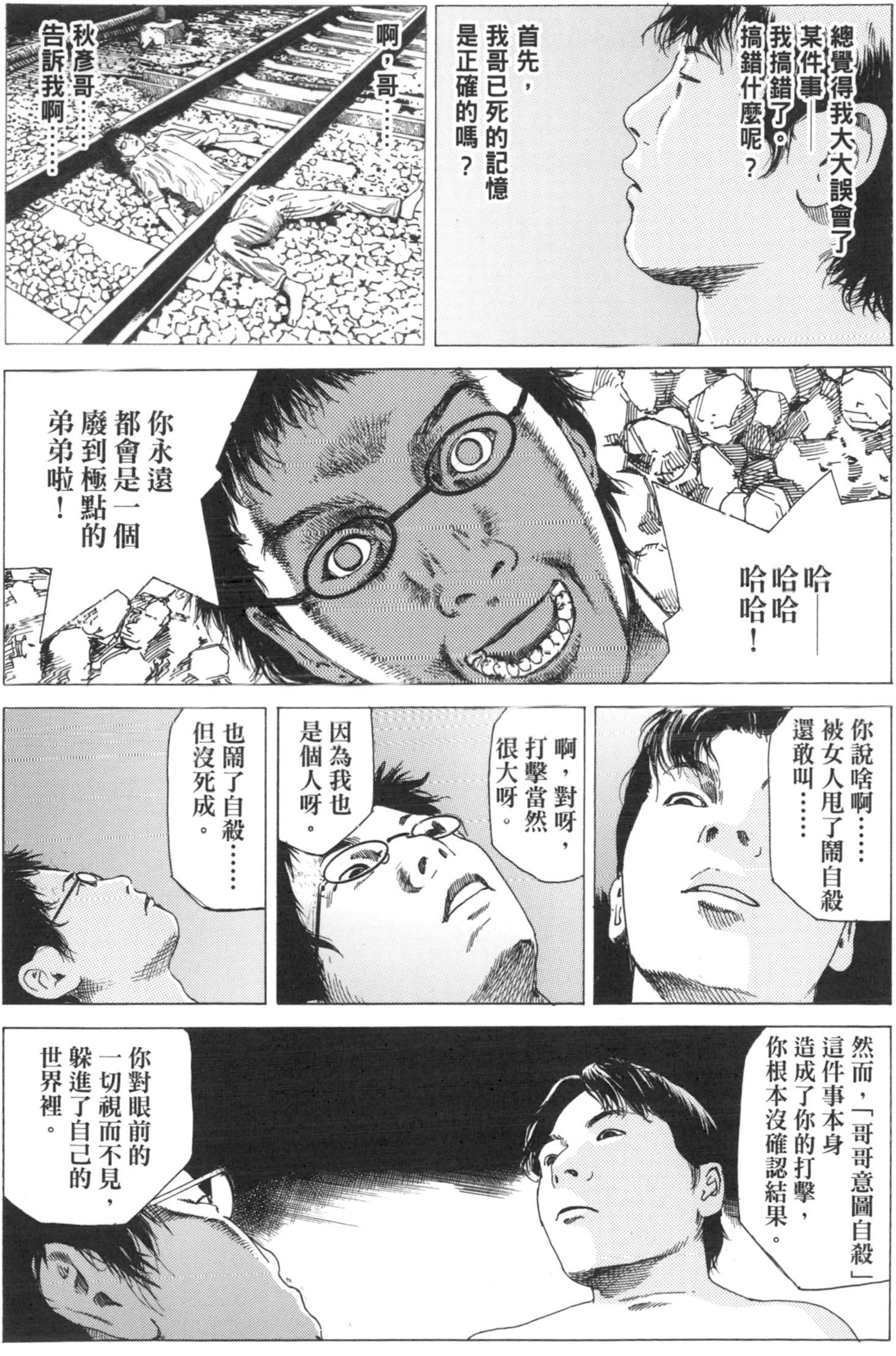
總覺得我大大誤會了某件事——
我搞錯了。搞錯什麼呢？
首先，我哥已死的記憶是正確的嗎？
啊，哥……
秋彥哥……告訴我啊……
哈——哈哈哈哈！
你永遠都會是一個廢到極點的弟弟啦！
你說啥啊……被女人甩了鬧自殺還敢叫……
啊，對呀，打擊當然很大呀。
因為我也是個人呀。
也鬧了自殺……但沒死成。
然而，「哥哥意圖自殺」這件事本身造成了你的打擊，你根本沒確認結果。
你對眼前的一切視而不見，躲進了自己的世界裡。

我當然也有責任，所以才決定幫助你。
哥哥幫助弟弟是當然的……哎，不過也有其他像我們這樣的傢伙就是了。
你為了幫我復仇，開始剖殺女人，嚇了我一跳，不過那也是理所當然的發展。我們有權利那麼做。
那速水和藤岡，是哥下手的嗎？
不，我什麼都沒做喔。
那果然是幻覺……
不對，你看到的事情確實發生了。
怎麼會！你是要說死人復活嗎！
真是的……不要把別人說得像喪屍好嗎？
ガラ
(喀啦)
!?

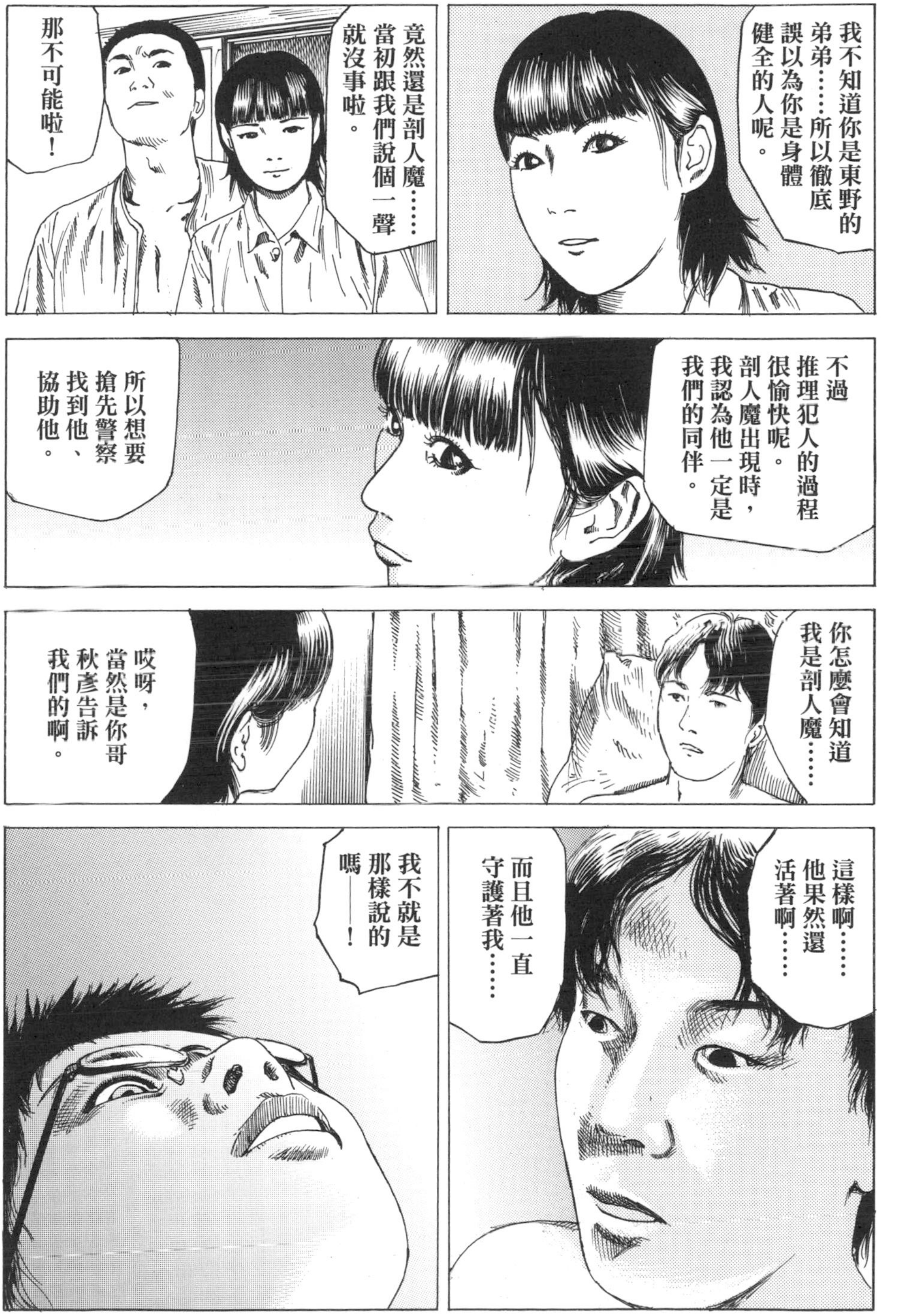
我不知道你是東野的弟弟……所以徹底誤以為你是身體健全的人呢。
竟然還是剖人魔……當初跟我們說個一聲就沒事啦。
那不可能啦！
不過推理犯人的過程很愉快呢。剖人魔出現時，我認為他一定是我們的同伴。
所以想要搶先警察找到他、協助他。
你怎麼會知道我是剖人魔……
哎呀，當然是你哥秋彥告訴我們的啊。
這樣啊……他果然還活著啊……
而且他一直守護著我……
我不就是那樣說的嗎——！

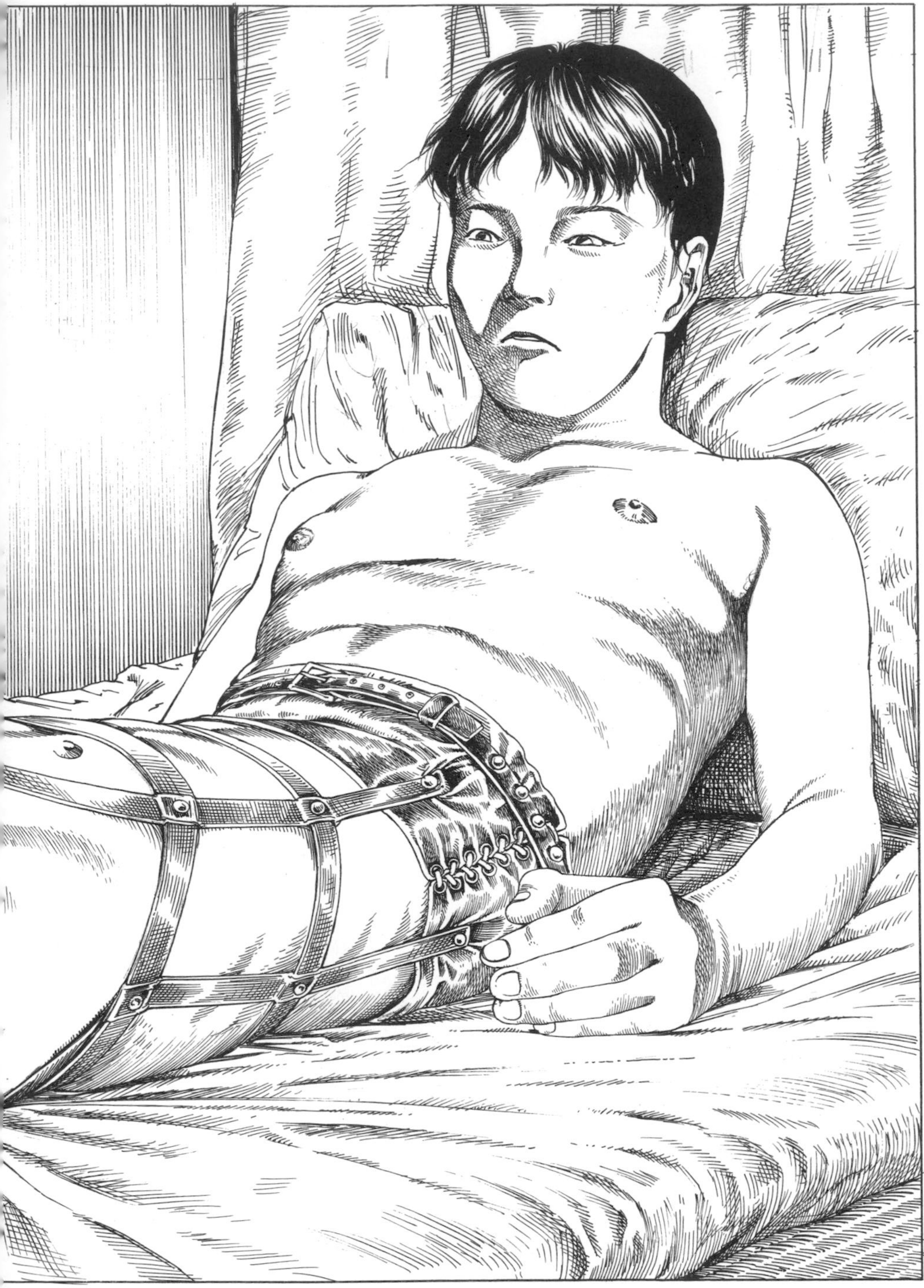

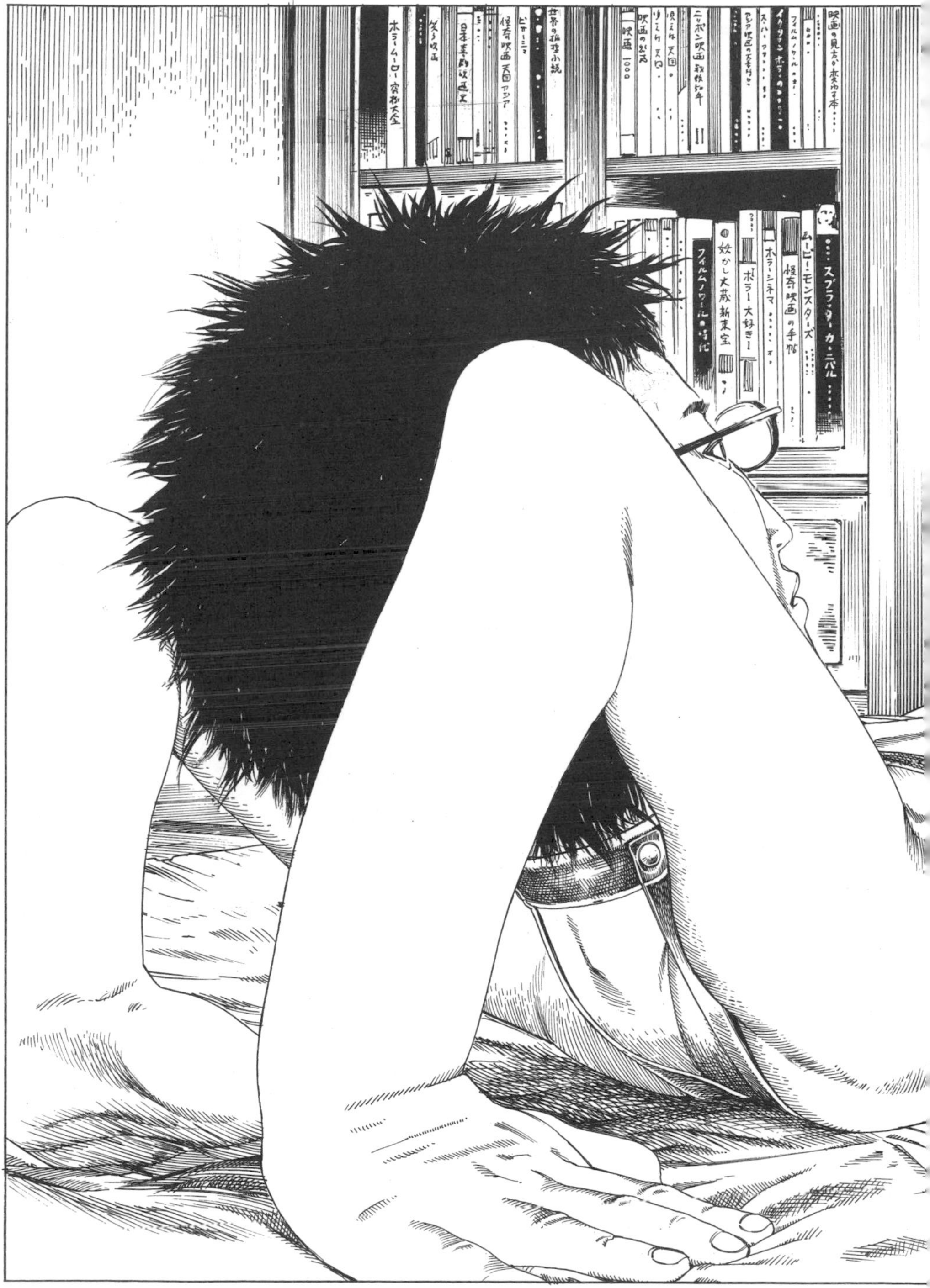
映画の見方が変わる本
ニッポン映画戦後50年
映画1000
怪奇映画天国アジア
世界の推理小説
スプラッター・カーニバル
ムービー・モンスターズ
怪奇映画の手帖
ホラー・シネマ
ホラー大好き!
フィルムノワールの時代

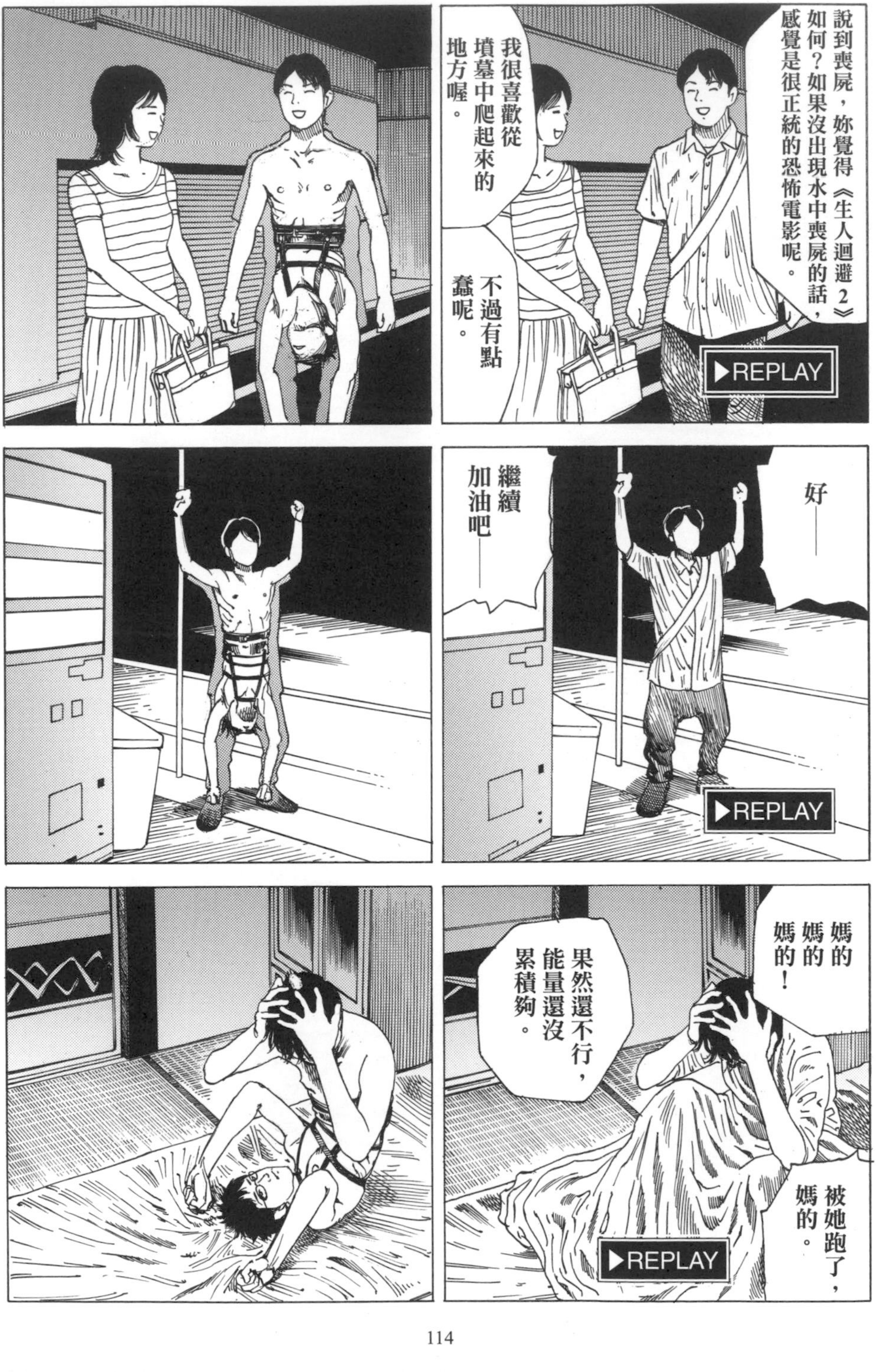
說到喪屍，妳覺得《生人迴避2》如何？如果沒出現水中喪屍的話，感覺是很正統的恐怖電影呢。
我很喜歡從墳墓中爬起來的地方喔。
不過有點蠢呢。
▶REPLAY
好——
繼續加油吧——
▶REPLAY
媽的媽的媽的！
果然還不行，能量還沒累積夠。
被她跑了，媽的。
▶REPLAY

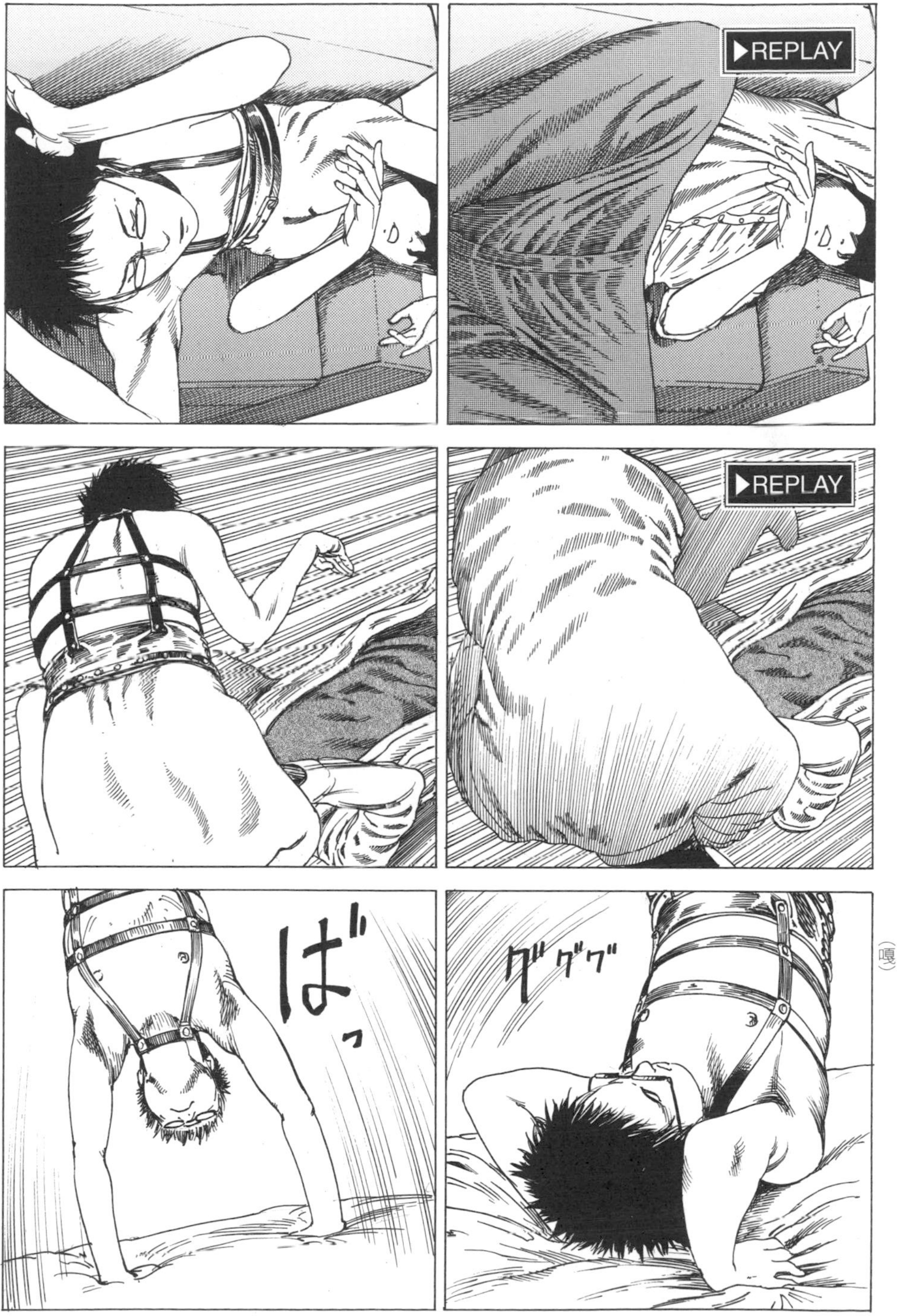
▶REPLAY
▶REPLAY
グググ
（嘎）
ばっ
（嘩）

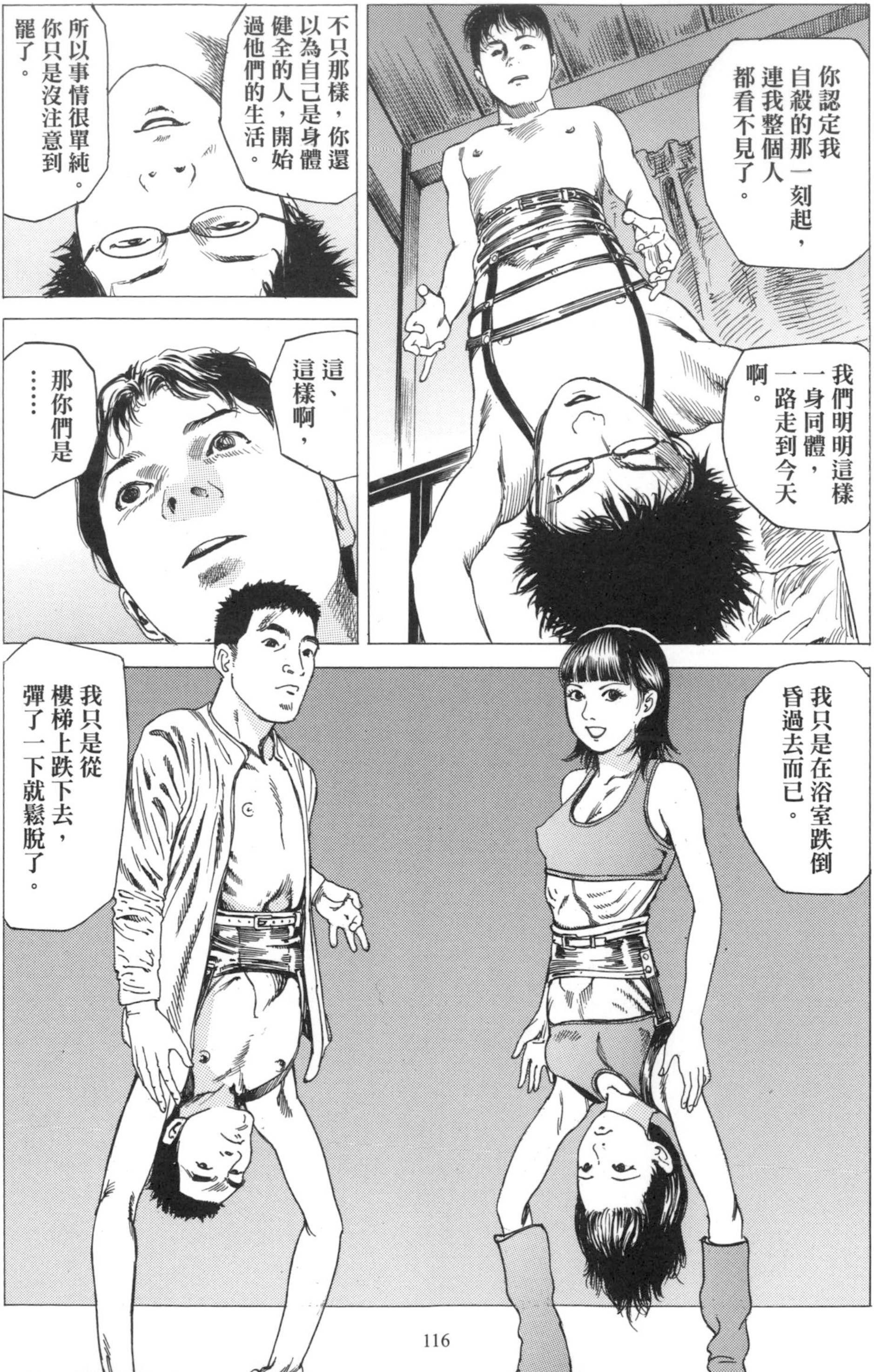
你認定我自殺的那一刻起，連我整個人都看不見了。
不只那樣，你還以為自己是身體健全的人，開始過他們的生活。
所以事情很單純，你只是沒注意到罷了。
我們明明這樣一身同體，一路走到今天啊。
這、這樣啊，
那你們是……
我只是在浴室跌倒昏過去而已。
我只是從樓梯上跌下去，彈了一下就鬆脫了。

REPLAY
啊~~~痛痛痛痛。
姊姊，妳沒事吧？
東野好像沒確認狀況就走了呢。
REPLAY
嘖……真慘啊……
喂喂喂，那個凶巴巴的傢伙是怎樣？

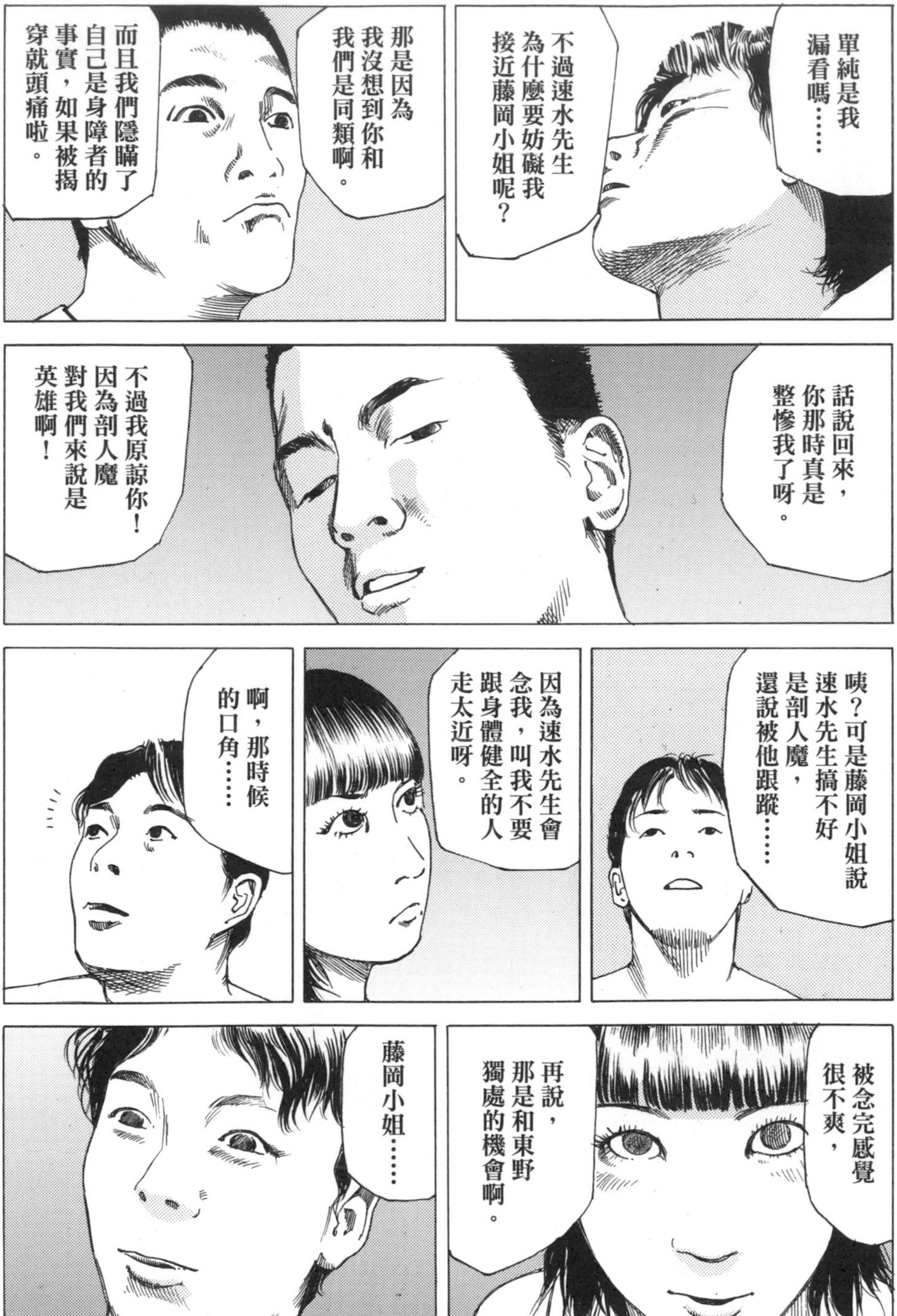
單純是我漏看嗎……
不過速水先生為什麼要妨礙我接近藤岡小姐呢？
那是因為我沒想到你和我們是同類啊。
而且我們隱瞞了自己是身障者的事實，如果被揭穿就頭痛啦。
話說回來，你那時真是整慘我了呀。
不過我原諒你！因為剖人魔對我們來說是英雄啊！
咦？可是藤岡小姐說速水先生搞不好是剖人魔，還說被他跟蹤……
因為速水先生會念我，叫我不要跟身體健全的人走太近呀。
啊，那時候的口角……
被念完感覺很不爽，
再說，那是和東野獨處的機會啊。
藤岡小姐……

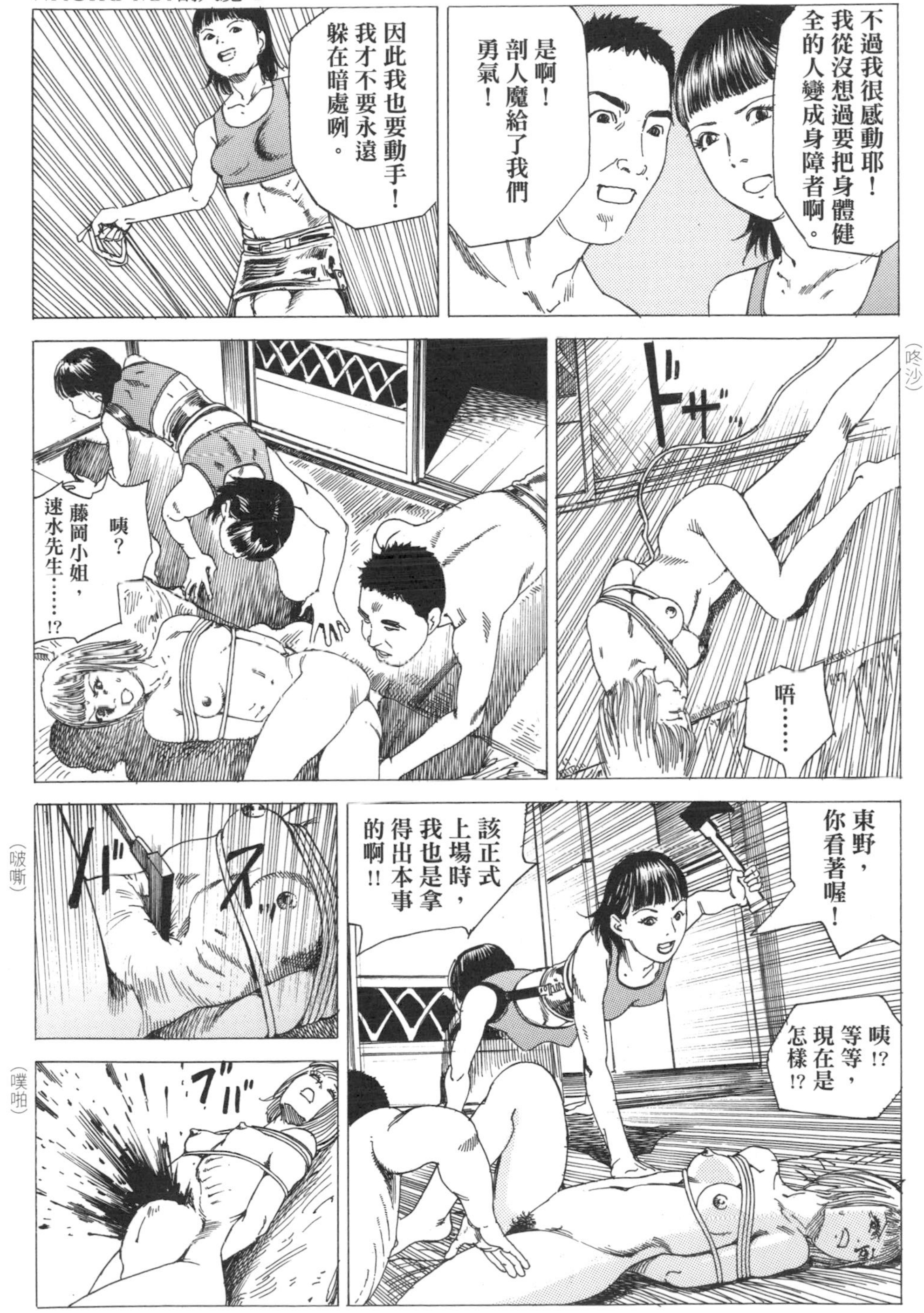
不過我很感動耶！我從沒想過要把身體健全的人變成身障者啊。
是啊！剖人魔給了我們勇氣！
因此我也要動手！我才不要永遠躲在暗處咧。
(咚沙)
唔……
咦？
藤岡小姐，速水先生……!?
東野，你看著喔！
該正式上場時，我也是拿得出本事的啊!!
咦!? 等等，現在是怎樣!?
(啵嘶)
(噗啪)

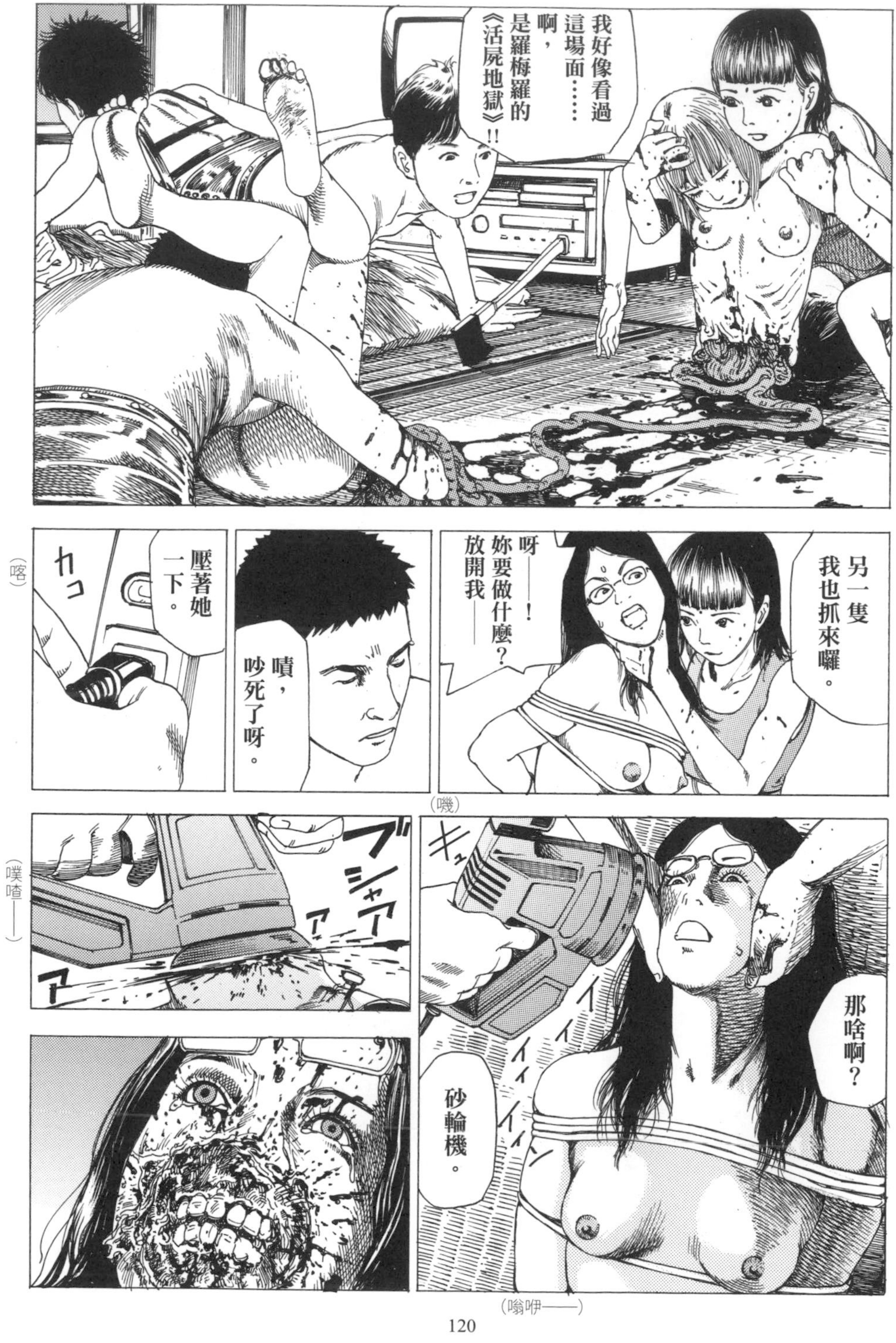
我好像看過這場面……啊，是羅梅羅的《活屍地獄》!!
另一隻我也抓來囉。
呀——！妳要做什麼？放開我——
嘖，吵死了呀。
壓著她一下。
カッ
（喀）
（嘰）
キュ
イイイイイイイン
那啥啊？
砂輪機。
ブシャアアア
（噗喳——）
（嗡咿——）

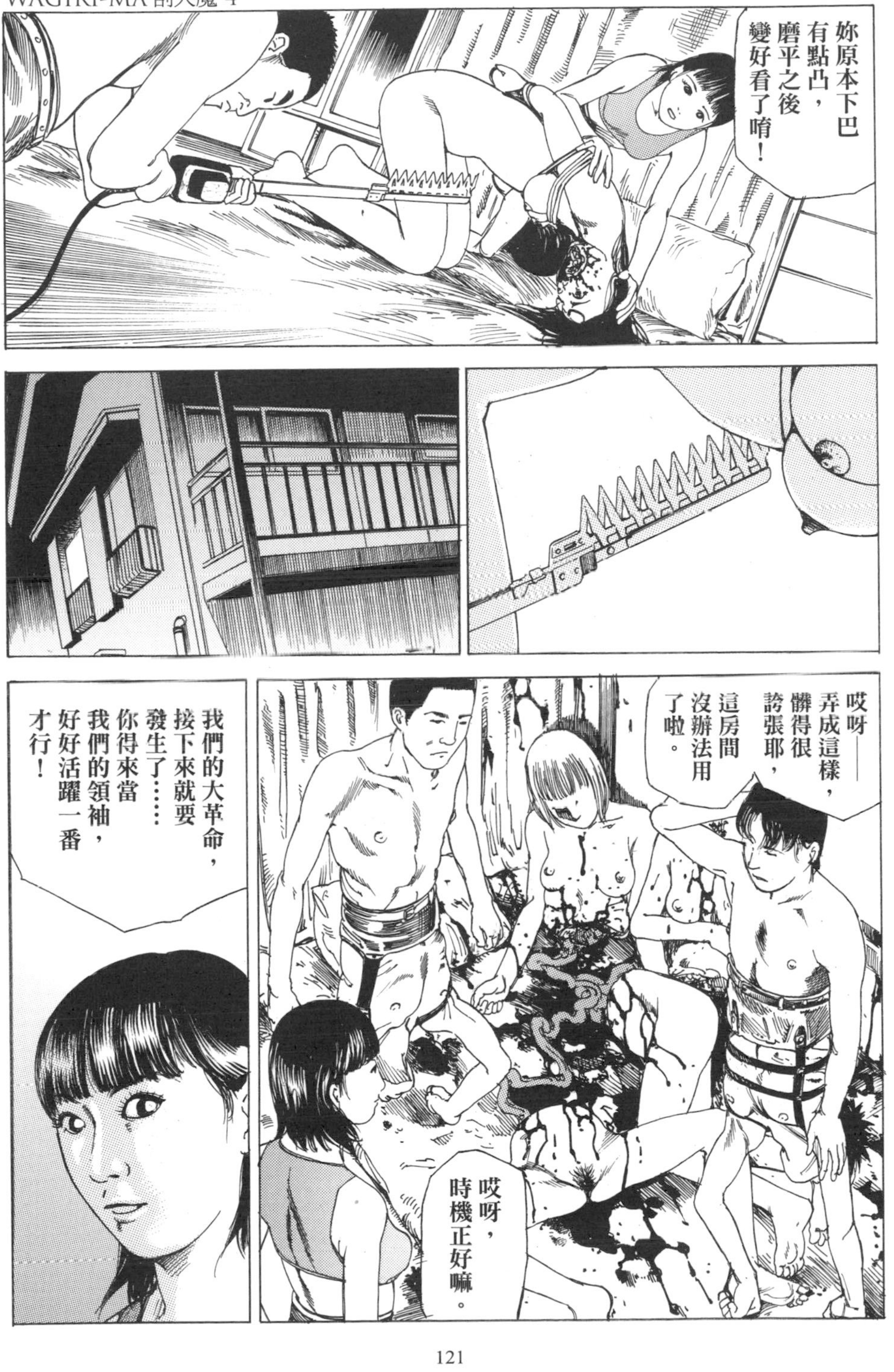
妳原本下巴有點凸，磨平之後變好看了唷！
哎呀——弄成這樣，髒得很誇張耶，這房間沒辦法用了啦。
哎呀，時機正好嘛。
我們的大革命，接下來就要發生了……你得來當我們的領袖，好好活躍一番才行！

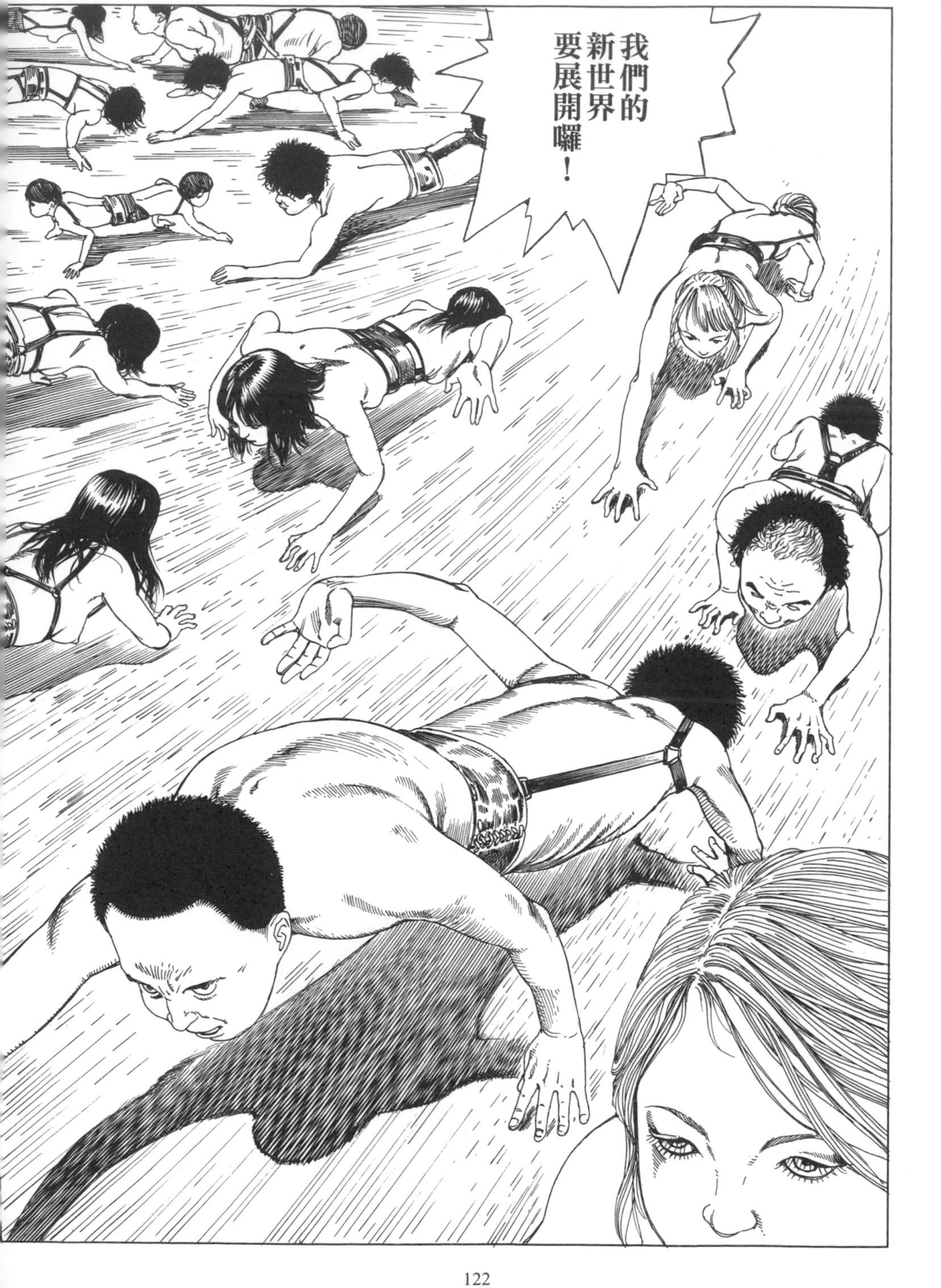
我們的新世界要展開囉！

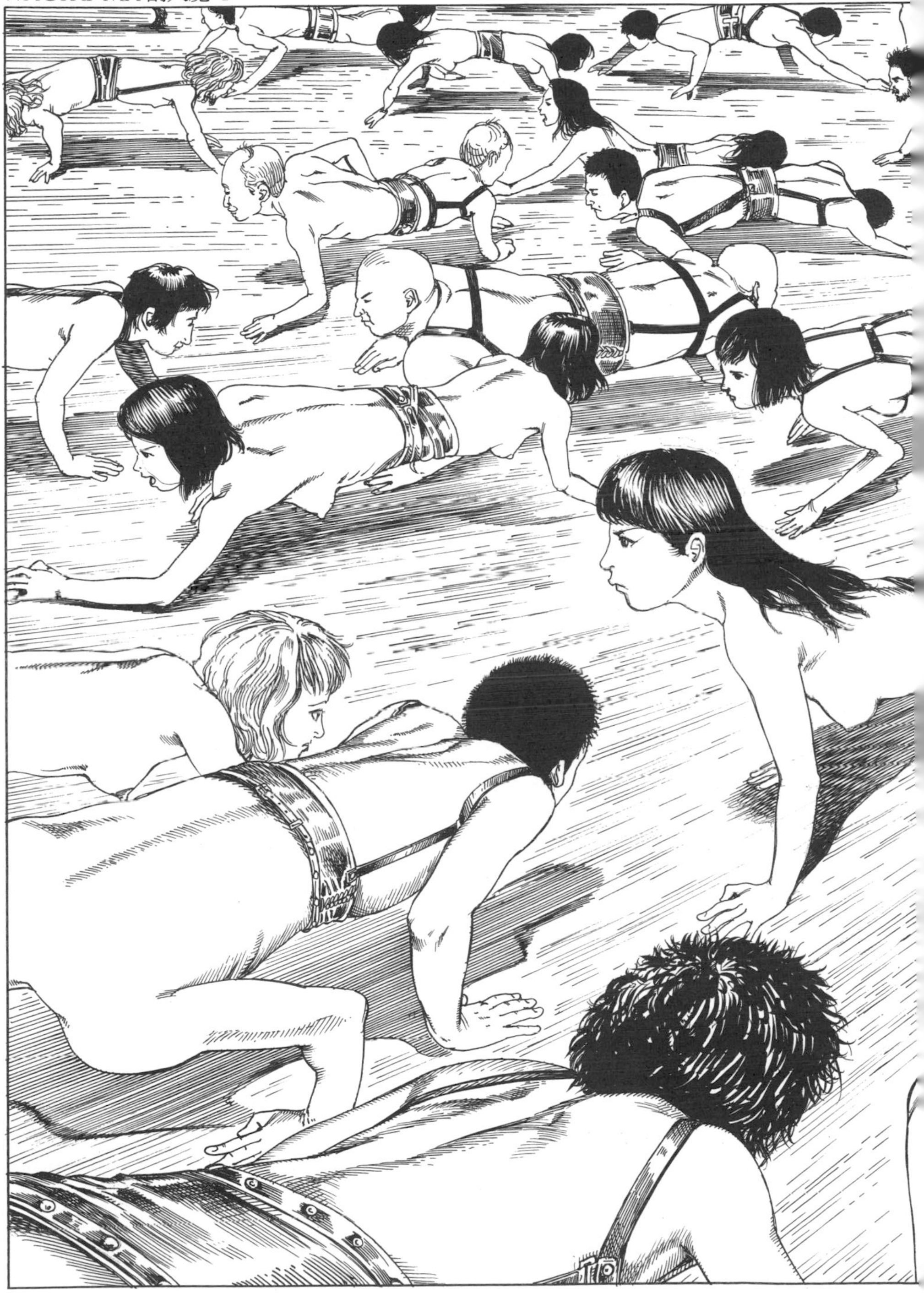

MANGA-KA
漫畫家
4
……於是，
沒有下半身的身障者展開了大叛變。
這就是結局。
這樣的發展如何啊？
咦～那什麼故事啊，太缺乏真實感了吧？
首先，沒有下半身的人能夠活蹦亂跳成那樣嗎？
他們應該會癱瘓之類的……就算能動，至少也得坐輪椅才行吧？
不不不，那樣是歧視啊。最近幾乎已經看不到了，不過以前有很多身障者會在怪胎秀工作喔。
你聽過《怪胎》這部電影嗎？托德・布朗寧在一九三二年執導的作品，裡頭有許多真正的畸形人登場，包括怪胎秀的紅牌。

電影中有個演員叫強尼・艾克，有先天性身體障礙，出生時原本就欠缺下半身。
只要看《怪胎》就會知道，他光靠上半身也能靈活地四處移動，把手當成腳似的。
是喔……我下次看看。
還有其他例子嗎？
巴尼斯・艾芙琳・「喬安妮」・史密斯。她是女性，出生時就沒有雙腳。
聽說三歲開始在馬戲團工作，倒立和側手翻都能完美演出。
是喔～
還有一個人叫肯尼・伊斯特戴，因為電影的關係，他在我們這邊也引起許多討論。
電影《肯尼》和《怪胎》很不一樣，是肯尼少年時代的紀錄片，他在裡頭運用滑板靈活來去喔。
他出生時有腳，但脊髓只有一般人的一半，因此動手術切斷了雙腳。

一直在講電影真對不起……不過有部叫《天殘地缺》的香港電影也很狂……
是喔，怎麼說？
雖然是功夫片……但內容是沒有雙手的畸形人和雙腳虛弱的畸形人「合體」對抗強敵呢。
哇！好像很有趣！
然後呢，飾演畸形人的演員真的是「沒有雙手的人」和「雙腳虛弱的人」，是貨真價實的畸形人喔。
哇，真寫實！
不過這兩個人活動自如……雙腳虛弱的人下半身完全動彈不得，但光靠手就能走路，也做得出武打動作。
嗯，畢竟是功夫片，演員不動就沒有意義了。
這樣啊，原來真的有啊。光靠上半身就能正常移動的人……
那你剛剛說的故事，好像也不是毫無真實性呢。
對吧？
真想乾脆請真正的畸形人合體拍真人版影片呢！

嗯，就算光靠上半身真的能動好了……主角的下半身由哥哥來擔任，而他一直沒發現——這設定不會太勉強嗎？
肉體沒有相連對吧？這樣一來，主角就無法按照自己的意思做出動作不是嗎？
別的先不說，上廁所要怎麼辦呢？
嗯……
那我問妳，妳自己走路的時候會對腳說「腳啊，給我動」嗎？會一遍又一遍地想嗎？
咦？呃，是不會每次動都意識到腳的動作啦。
對吧？再說，他們原本就是感情很好的兄弟，哥哥會早半步預測弟弟的行動，然後採取行動——用這樣的方式扮演下半身。
至於上廁所嘛……我又要問妳問題了：妳是怎麼大小便的？
試著回答看看吧，妳是怎麼辦事的？
呃……呃……
就普普通通地坐在馬桶上……上廁所……
什麼意思？

普通？普通是什麼？其他人類的排泄方法，妳全都確認過的意思嗎？
是沒有啦……
那妳就不能斷定自己的方法普通吧。
我們也不知道腰部以下不存在的身障者的排泄器官長成什麼樣子，無從得知他們如何排泄。
他們也許使用了超越我們想像的方法……例如接一條管子到膀胱，轉水龍頭來排尿。
這對他而言是極為理所當然的方法，他應該也從來沒意識到除了他以外的人類都是用其他方法排泄的。
就是因為這樣……
啊。

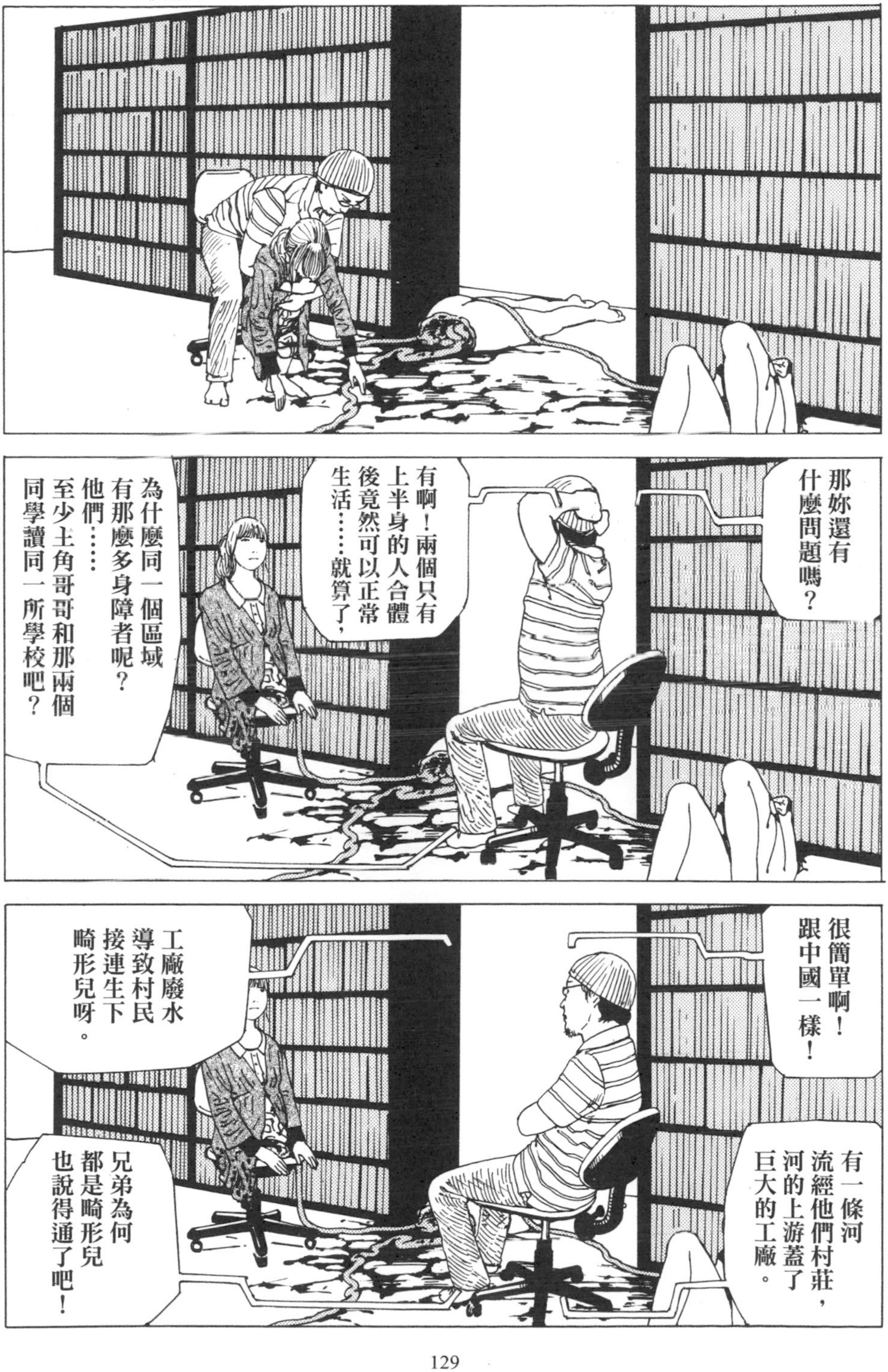
那妳還有什麼問題嗎？
有啊！兩個只有上半身的人合體後竟然可以正常生活……就算了，
為什麼同一個區域有那麼多身障者呢？他們……至少主角哥哥和那兩個同學讀同一所學校吧？
很簡單啊！跟中國一樣！
有一條河流經他們村莊，河的上游蓋了巨大的工廠。
工廠廢水導致村民接連生下畸形兒呀。
兄弟為何都是畸形兒也說得通了吧！

原來如此!!
……個頭啊，那樣想真的行嗎？日本公害問題是發生在七〇年代啊！太沒說服力了！
對對對，公害風潮，《哥吉拉對黑多拉》、《電子分光人》等等的。
不要扯開話題啦！
不過食物安全還沒有獲得保障啊，現在還有假食品，外加污染米，還有中國輸入的含殺蟲劑食品！
就算對胎兒造成什麼影響也不奇怪啊。「大家都變成沒有下半身的畸形人」可能是有點過火啦，但那部分就當作虛構故事元素。
啊。

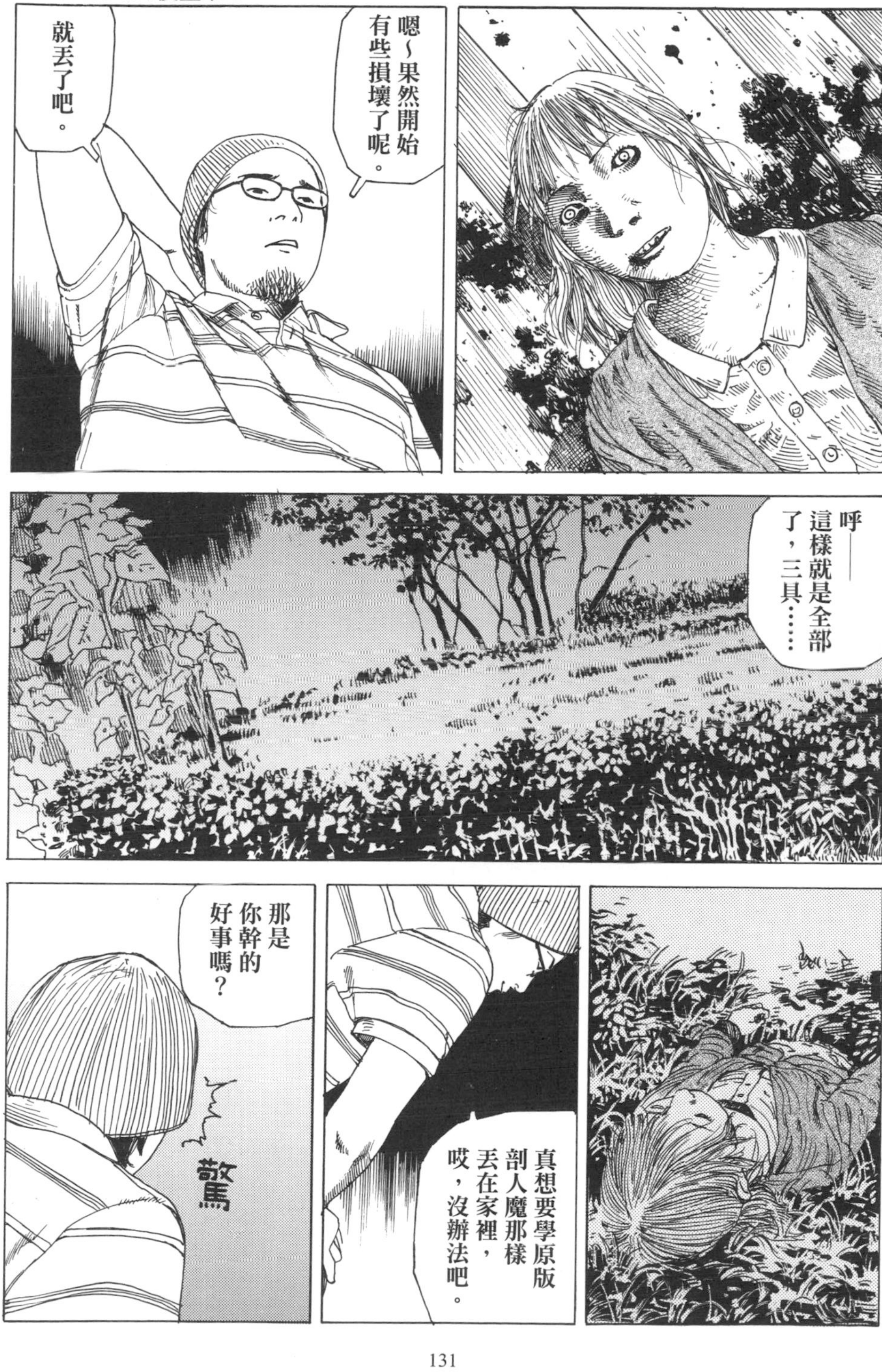
嗯~果然開始
有些損壞了呢。
就丟了吧。
呼——
這樣就是全部
了，三具……
那是
你幹的
好事嗎？
驚
真想要學原版
剖人魔那樣
丟在家裡，
哎，沒辦法吧。

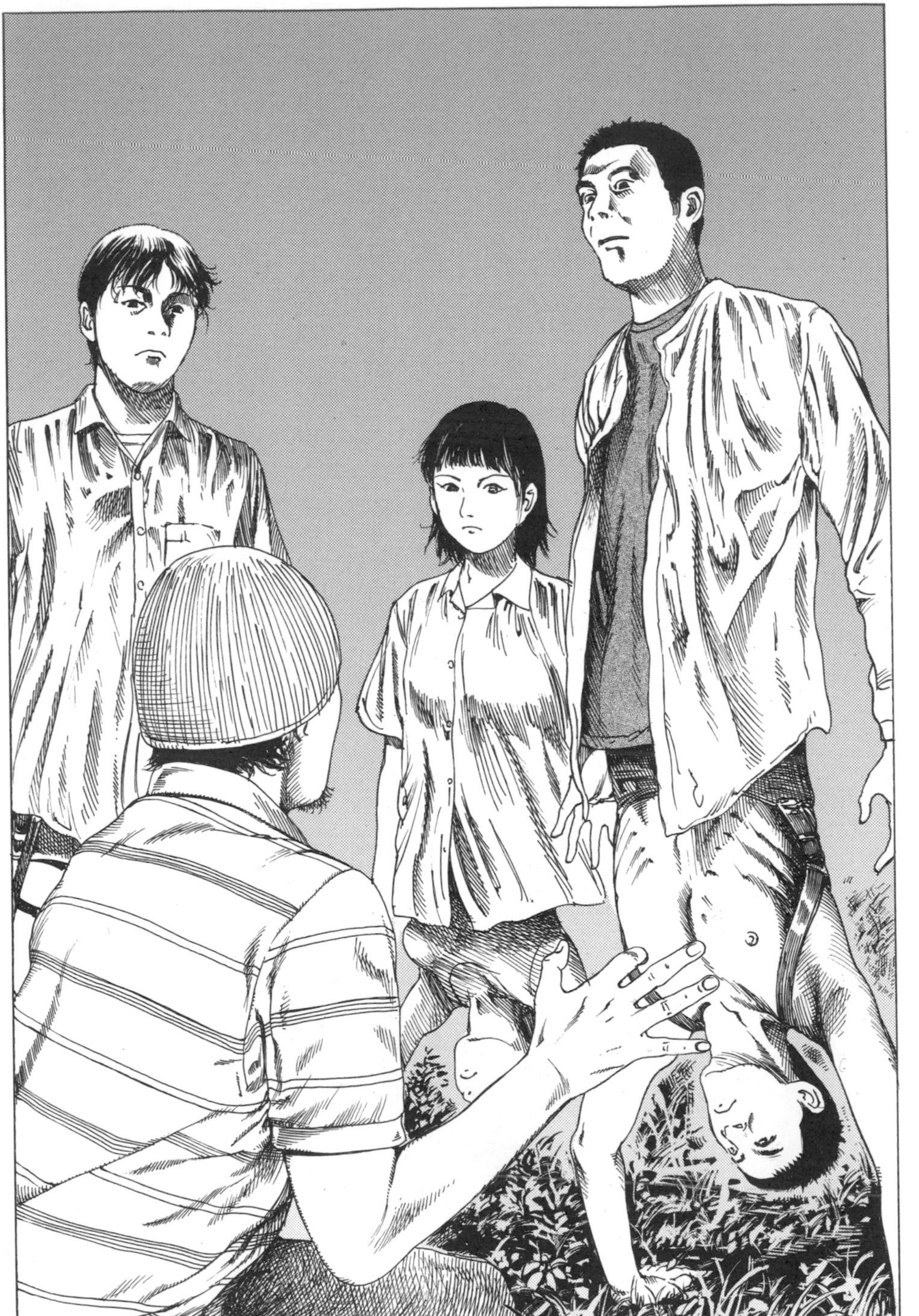

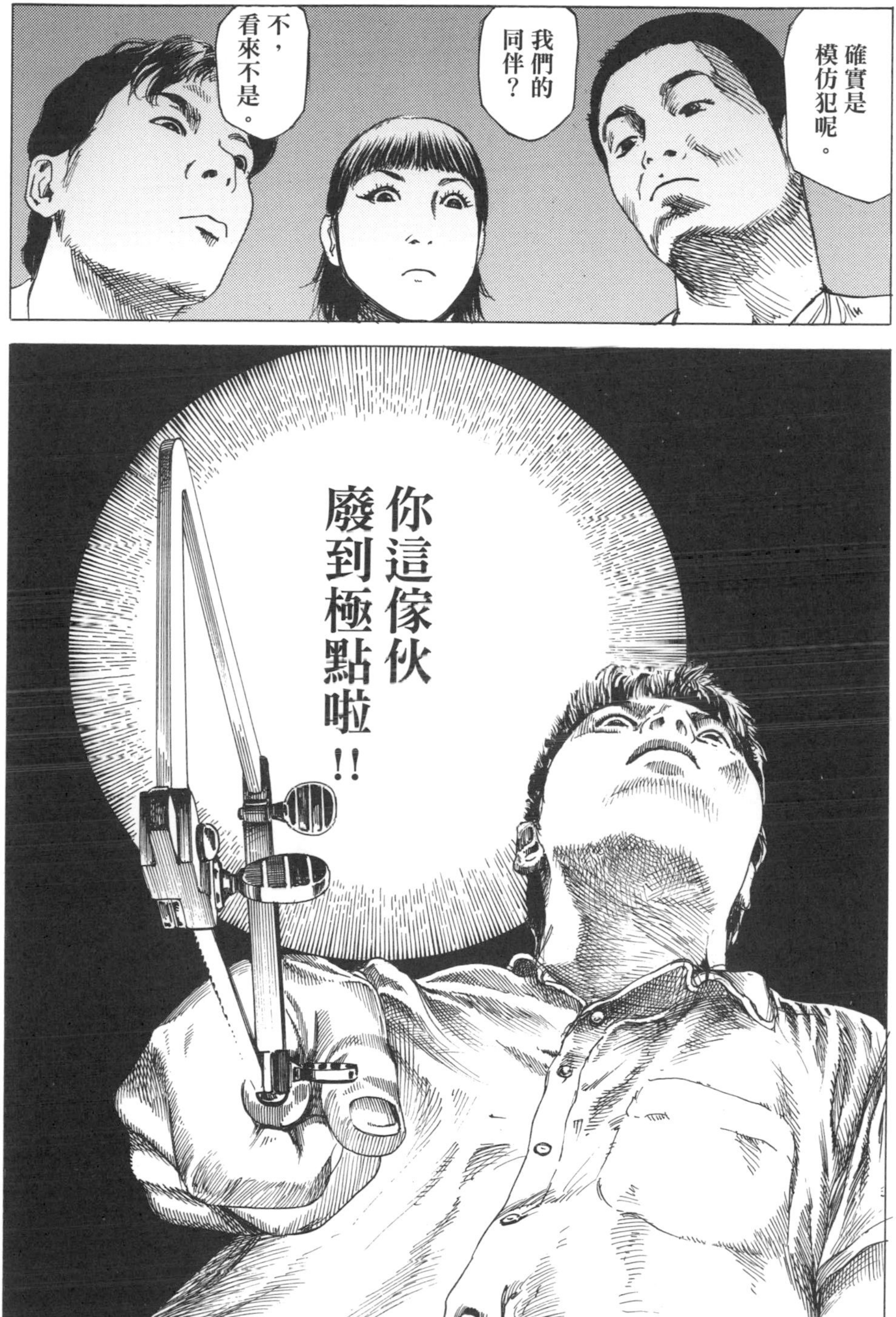
確實是模仿犯呢。
我們的同伴？
不，看來不是。
你這傢伙廢到極點啦!!

fraction
SHINTAROU KAGO

關鍵字解說集

【あ行】

羅傑・艾克洛命案：推理小說的書名，阿嘉莎・克莉絲蒂作品。

帥：蟋蟀的帥。

《天魔2：天劫》：恐怖片名，一九七八年美國電影，唐・泰勒執導，賣座電影《天魔》的續作。

「我記錯了嗎？」〔台詞〕：立了生存旗。

【か行】

被噴到血的話也能立刻洗掉〔台詞〕：確實沒錯，但起碼脫個襯衫比較好吧？

封箱膠帶：綁架別人，可以用這個封住他的嘴，撕下海報的背面如果有殘膠，可以用這個清除，很方便。

週二懸疑劇場：簡稱二懸，日本電視台晚上九點的連續劇播映時段，兩小時單元。

發瘋結局：讀者認為故事是由主角的主觀觀點推動，結果主角其實是瘋子，他主觀訴說的內容並不可靠。敘事手法「不可靠敘事者」的模式之一。

喫茶店：最近「咖啡店」變成主流的稱呼了，以前的純喫茶店逐漸消失，令人落寞。

分界電影：這類電影聚焦於「在人體拉出界線」的場面，被拉出界線的人體會上下分離。這類電影有《活屍地獄》、《天魔2》等等。乍看只是殘酷的電影，但據說它表現出東西德、南北韓等國民的悲哀。

美蘇的思慮，導致他們的祖國分斷。

〔さ行〕

木乃伊博物館：恐怖片名，由義大利、美國共同製作的二〇〇七年電影，達里奧・阿基多執導，魔女三部曲的最後一部。雖說是魔女，但她不會用變身器變身，也不會和達令結婚等等的。

生人迴避2：恐怖片名。一九七九年義大利電影，盧西奧・弗爾茲執導的喪屍片，淒慘的殘酷描寫堆積如山，但我認為基本上是走在正道上的恐怖電影。水中喪屍除外。濱村純以前在日本電視台白天時段的情報節目《2點的wideshow》介紹這部電影，大白天就播出咬開喉頭的場面，如今都成為過去了。

淋浴間殺人：就像希區考克《驚魂記》演的那樣，淋浴間和殺人很搭。

「沖澡沖真久呢」（台詞）：立了死旗。

週刊雜誌的受害者照片：如果無法弄到幾乎和死亡日同時期的照片，就會放受害者過去的照片。因此，死亡時的長相和照片中的模樣有時會給人不同的印象。受害者超過三十歲，結果放她穿水手服的照片，這種狀況實在令人難以接受。

殘障者電影：身障或精障者登場的電影，如果是拍身障者的故事，往往會讓現實生活中有身體障礙的人物來演出。

喬治・A・羅梅羅：電影導演，向神發誓一輩子都要製作喪屍電影的master of zombie。

敘述性詭計：利用讀者的主觀認定或偏見加以欺騙的編劇技巧。閱讀小說不會看到畫面，因此推理小說經常運用這技巧。例如，「讓你以為是男人，其實是女人」、「讓你以為是青年，其實是老人」、「讓你以為是白人，其實是黑人」、「讓你以為A是某個角色，但其實同姓的角色有兩個」等等，此外還有令人誤認場所、令人誤判時間前後之類的，有許許多多的作家嘗試了各種模式。

使用敘事性詭計的作品（小說）：有許多作品是公認的敘述性詭計名作，但要實際公開書名是相當困難的。因為在事先知情和事先不知情的情況下閱讀作品，衝擊度是完全不同的。不過推理作家折原一的作品大多會使用敘述性詭計，大部分讀者都懷著如此預期閱讀。他是破哏也沒關係的稀有案例。

使用敘事性詭計的作品（電影）：許多敘述性詭計，當然都是應用在「不會呈現畫面的作品」之中，不過電影其實偶爾也會運用，大多用在超自然或科幻電影，例如「讓觀眾誤以為是活人，其實是死人」，「讓觀眾誤以為是地球，其實在別的星球」等等。

活屍地獄：恐怖片名。一九八五年美國電影，喬治・A・羅梅羅執導，繼《活死人之夜》、《活人生吃》之後的喪屍三部曲最終作。

【た行】

打卡（time card）：第一時間看過《哆啦A夢》的人，會擅自深信「time○○○」這種名字的道具有時間移動功能。

達里奧・阿基多：電影導演，義大利恐怖電影界頂尖人物，他的《窒息》非常有名。

週六Wide劇場：簡稱六Wide，朝日電視台週六晚間九點的連續劇播映時段，兩小時單元。天知茂飾演明智小五郎的「江戶川亂步美女系列」也是這個單元播的。

圈套：連續劇名。沒闖出名堂的魔術師山田奈緒子（仲間由紀惠）和物理學家上田次郎（阿部寬）一同合作的推理劇。他們碰上的事件乍看是超自然現象，實際上有犯人設下的詭計，他們會加以拆穿。

〔な行〕

鋸子：將屍體大卸八塊時最上相的小道具。

〔は行〕

鬼界：恐怖片名，一九八一年義大利電影，盧西奧・弗爾茲執導。

蒐集洋芋片包裝袋：袋子內側會因為油脂變得黏膩，最好用濕紙巾好好擦一遍。

〔ま行〕

「等等，我去沖個澡。」（台詞）：人有時候也會對沒沖洗、滿身是汗的身體產生興奮感，因此大意不得。

馬里奧・巴瓦：電影導演，義大利恐怖電影界的大人物，《鞭子與肉體》、《撒旦的面具》等作品很有名。

〔ら行〕

盧西奧・弗爾茲：電影導演，義大利殘酷恐怖片的代名詞。

毀滅者／The Mutilator：恐怖片名，一九八三年美國電影，巴迪・庫珀執導。八〇年代量產的血腥虐殺電影之一。

露天浴池連續殺人事件系列：連續劇名，朝日電視台週六Wide劇場的人氣系列，劇中必定會有好幾個泡露天浴池且完全露出胸部的女性登場。

Special
特別對談

駕籠真太郎×霞流一
「漫畫與推理」

●霞流一
1959 年，岡山縣生，推理小說家。1994 年，以〈一墳之貉〉（暫譯）獲得第十四屆橫溝正史推理大獎佳作出道。以日本「白爛推理」界頂尖人物的身分活躍中。

●駕籠真太郎
1969 年，東京都生，漫畫家，1988 年於《Comic Box》出道，以「情色怪誕」、「糞便學」為核心元素，不斷描繪極不道德的漫畫。

1 推理漫畫的可能性

霞 Fraction 是什麼意思？

駕籠 「分數」。

霞 啊，真帥。

駕籠 這次有別以往，完全未經連載，畫了一個懸疑推理故事。小說會有未經連載直接寫出一本新書的情況，但漫畫不太能這樣搞呢。以畫完新作直接出書為前提，又有這麼多頁數，我才有辦法進行創作推理作品時的必要作業。

霞 如果是連載，絕對會變得無法自圓其說。

駕籠 確實是（笑）。

霞 寫小說的話，也得在統整連載內容時做大幅修改才行，不過漫畫很硬呢。

駕籠 因為要更改就得重畫呢。我自己不太會使用「先埋伏筆、最後露一手」的手法，不過畫這部作品時將它當成了重點。相應的結果是，故事前半的對話變得很多。

霞　推理故事一定會變成那樣。不先給予讀者情報，就沒辦法埋伏筆了，因此得請讀者忍耐一下，前半就算無聊也要讀下去。我的作法是會在這個環節加入一些耍笨要素，拉讀者一把。

駕籠　一面拉一面心想，再一下下就會到有趣的地方囉。

霞　對（笑）。有些不習慣讀推理小說的人會說某本書很無聊，讀三分之一就放棄了。我要是聽到就會很想說：再忍耐一下！甚至會想在書上畫一條藍線，說從這裡開始就會變有趣了。

駕籠　這招好耶（笑）。

2 影響深遠的推理／超自然體驗

駕籠　我這次畫推理故事是因為自己原本就喜歡推理小說，讀過各種作品。

霞　比方說亂步嗎？

駕籠　例如POPLAR社出的江戶川亂步系列，學校圖書館有擺呢。

霞　有（笑）。

駕籠　少年偵探團系列是小哏大放送，少年小林變身成郵筒之類的。

霞　作家之間經常會聊到的是，最一開始讀的是亞森・羅蘋、福爾摩斯，還是少年偵探團系列，會影響到日後的風格。讀福爾摩斯的人最多，其次是亞森・羅蘋，這兩種人都會踏上採取正面戰法的本格推理之路，不過先讀少年偵探團的人有很高的機率會走耍笨路線，例如我和某作家等等。最早接觸到的東西影響很大。

駕籠　70年代有超自然風潮，飛碟、幽靈、諾斯特拉達穆斯那一票玩意兒我小時候全都信呢。電影方面，《大法師》（*The Exorcist*）、《天魔》（*The Omen*）等超自然系作品都很受歡迎。

霞　在當時有一種「家常菜」感呢。比起「恐怖」，「超自然」是更精準的關鍵字。靈異照片大風行那陣子，《女性自身》之類大人讀的雜誌上刊的照片都超真實的。現在只要靠CG就能簡單做出來，以前的靈異照片感覺更拙劣呢。

駕籠　我現在偶爾也會用YouTube看靈異影片，但做得實在太精緻了，反而掃興呢。以前非常擅長營造「偶然拍的東西碰巧拍到怪畫面」。唱片裡插入的聲音也充滿偶然性，所以恐怖加倍。

3 影像作品與漫畫與小說

霞　看著本書《Fraction 分身事件》校樣，感覺是敘述性詭計系統呢。

駕籠　沒錯！那正是這次的主題。敘述性詭計像是專屬於小說的手法，我想嘗試用漫畫來搞，看行不行得通。

霞　電影的話是有例子啦。就算讀駕籠先生的其他作品，也會覺得您很喜歡電影呢。

駕籠　是呀（笑）。自己也有在拍。不過呢，動作的有無是漫畫和電影的差別，這在作品中也有提及。就算畫走路的圖，如果沒有「角色在走路」這種說明，在漫畫中也無法成立。反過來說，漫畫中毫無可看之處的場面，在電影中有可能發揮價值。

霞　我要說的只是我擅自的想像啦，不過小津安二郎的電影是不是很接近漫畫呢？快速回切鏡頭，拋出台詞的方法，難道不是很漫畫嗎？

駕籠　不過模仿小津反而會產生喜劇感。不知道是《晚春》還是哪部作品有台詞串得很棒的橋段，我在單行本《站前新娘》曾經完整再現。

霞　小說就無法再現小津啊。不是不能，應該說不有趣才對。「那裡有花瓶。那裡有紙門。」這樣寫，文章也只會顯得無聊。寫說「有味道」，也不會有感覺伴隨。

4 關於立體作品

駕籠　除了影像作品，我也製作公仔，大便或屍體之類的公仔。這種玩具真實存在，實際上有人販賣——連這事實本身也是一種哏。

霞　跟唐十郎的紅帳篷一樣呢。帳篷架了起來，有人來，機動隊包圍他們四周，這些也都被包含在戲劇之中。駕籠先生在搞的是「一人狀況劇場」啊，是漫畫界的紅帳篷。

駕籠　我不擅長和團體一起製作作品。因為有這個面向，所以總是會一個人搞下去。扭蛋也是。店家前面擺著肢解屍塊的扭蛋機，實際進行販賣。在我看來，這種狀況本身也是作品的一部分，因此真的是哏啊。

霞　走出家門的瞬間，作品就展開了。客人會有「好，我要去買」的意識不是嗎？

駕籠　扭蛋的重點是，不特定多數人會購買。上頭並沒有寫是駕籠真太郎做的。路過的人會購買它們。他們會說這什麼鬼？投入兩百塊硬幣，轉旋鈕，打開蛋殼，實際接觸到內容物，這什麼鬼？

霞　我剛剛搬出唐十郎的名字，

不過在街頭突然冒出來是寺山修司的感覺呢。

駕籠　我擺在友人開在高圓寺的雜貨店前。待在店內聽得到外面的聲音，有次聽到帶著小孩的媽媽經過，小孩子超感興趣，媽媽想要他趕快離開。看在眼裡是很有趣啦。小孩子都很喜歡大便啊、殘酷的東西等等的。

5 肩負類型的人

駕籠　大家稱霞先生的小說類型是「白爛推理」，您怎麼看呢？

霞　我沒什麼特別的想法，不過「白爛推理」這詞彙自己流傳開來，毀譽參半，我因此占過便宜，也因此吃過一點虧。說到這點，我認為駕籠先生也肩負著情色怪誕呢。

駕籠　大家會期待我這個面向呢，會想說「駕籠就該畫情色怪誕和大便吧」（笑）。

霞　編輯要是叫我「這次別加入白爛要素」，我的反應就會是：「什麼——！」有什麼毛病啊（笑）。一下子就會發火呢。

駕籠　確實，一旦禁止我畫大便，就會想設法加到某個地方去。也有人會問我「你會吃屎嗎」或者「你會肢解狗嗎」，但作品跟作者不能混為一談啊。

霞　我的作品中也有破壞人體之類的描寫，於是有人就會提出單純的疑問：「你看到屍體也不會怎麼樣吧？」我絕對沒辦法啊。恐怖片的血腥殘虐我受得了，但要我看醫學解剖紀錄片的話，我會臉色發白（笑）。愈是這樣，我愈認為幻想中的寫實是很重要的，也許是一種反彈吧。

駕籠　也就是要看了會覺得：「做得很細緻呢。」

霞　是呀，我會很希望駕籠先生今後畫「科幻系統下的數理科式精密要素」和「一直以來的怪胎要素」，將這兩個極端結合起來呢。

駕籠　原來如此。

霞　你從電影到什麼鬼東西都看，我會想要見識你活用自己寬廣的守備範圍，結合兩個極端所產生的化學反應。

駕籠　非常謝謝你。

霞　我很期待！

歸來的男人

哈
哈
哈
哈
哈
哈
哈
哈
哈
那個人已經連笑一個禮拜了。
到底有什麼事情那麼可笑？
我回來了，親愛的。

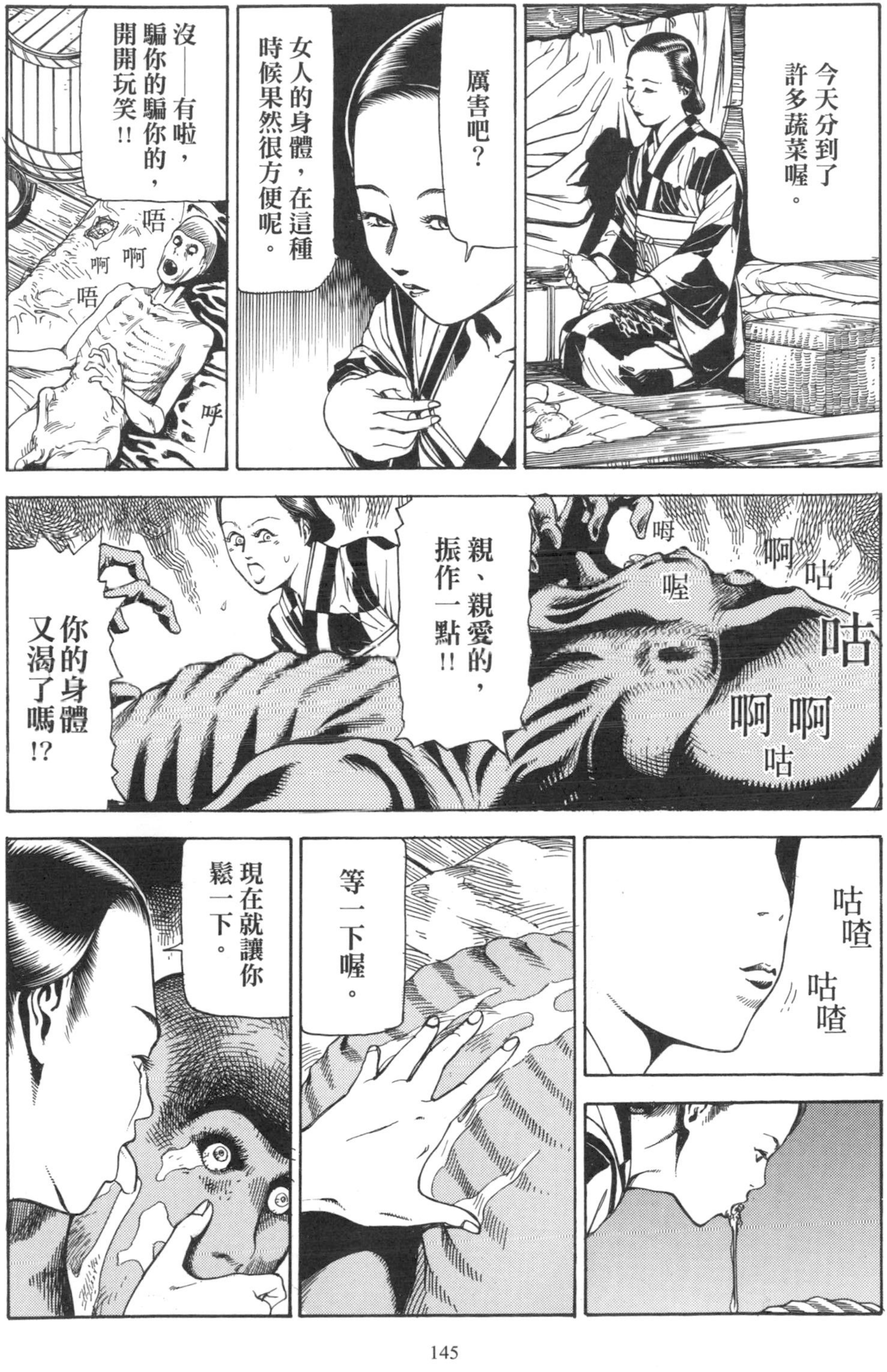
今天分到了許多蔬菜喔。
厲害吧？
女人的身體，在這種時候果然很方便呢。
沒——有啦，騙你的騙你的，開開玩笑!!
唔啊
啊唔
呼
咕
啊
咕
哷喔
啊啊
咕
親、親愛的，振作一點!!
你的身體又渴了嗎!?
咕喳
咕喳
等一下喔。
現在就讓你鬆一下。

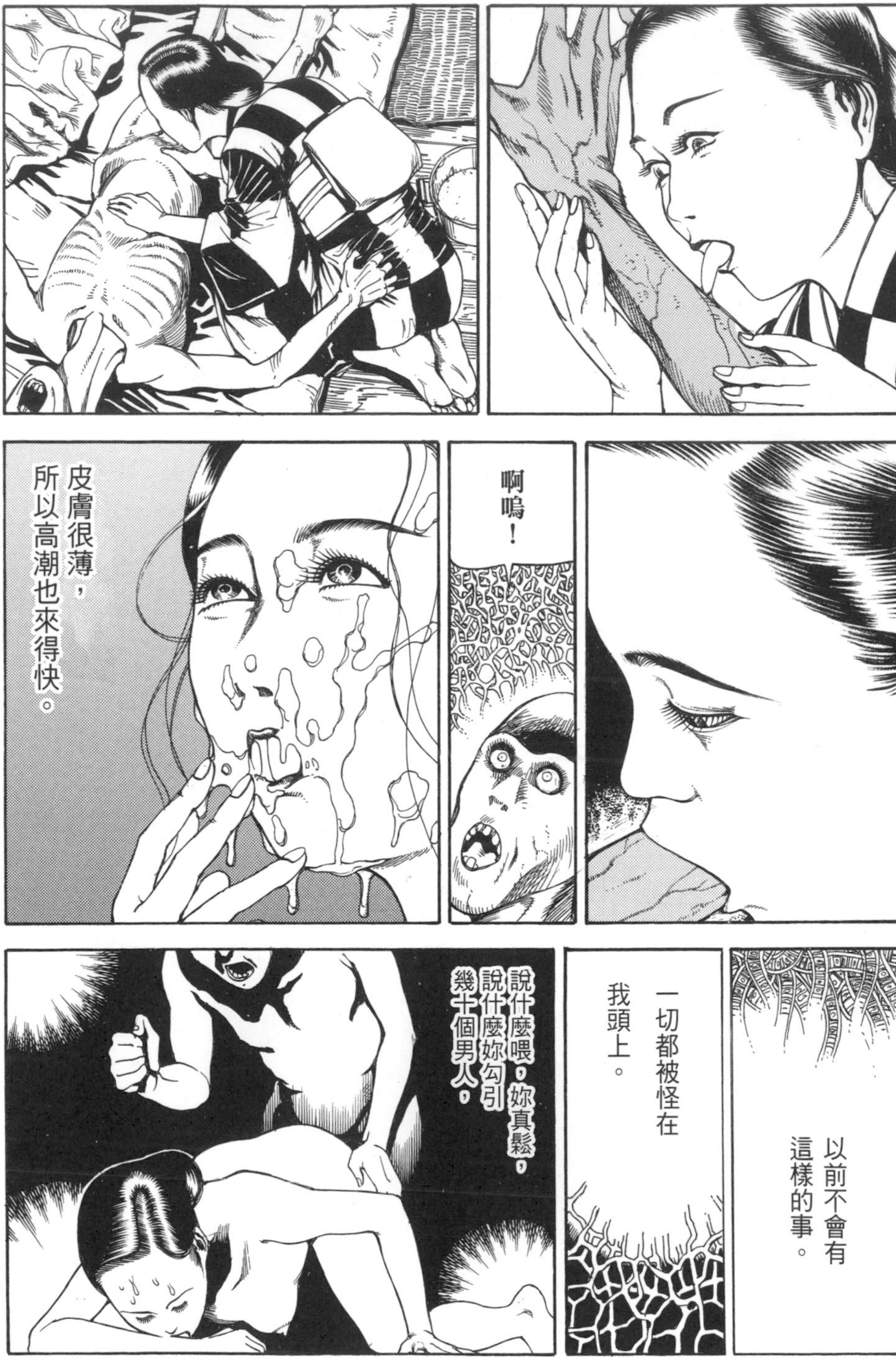
啊嗚！
皮膚很薄，所以高潮也來得快。
以前不會有這樣的事。
一切都被怪在我頭上。
說什麼喂，妳真鬆，說什麼妳勾引幾十個男人，

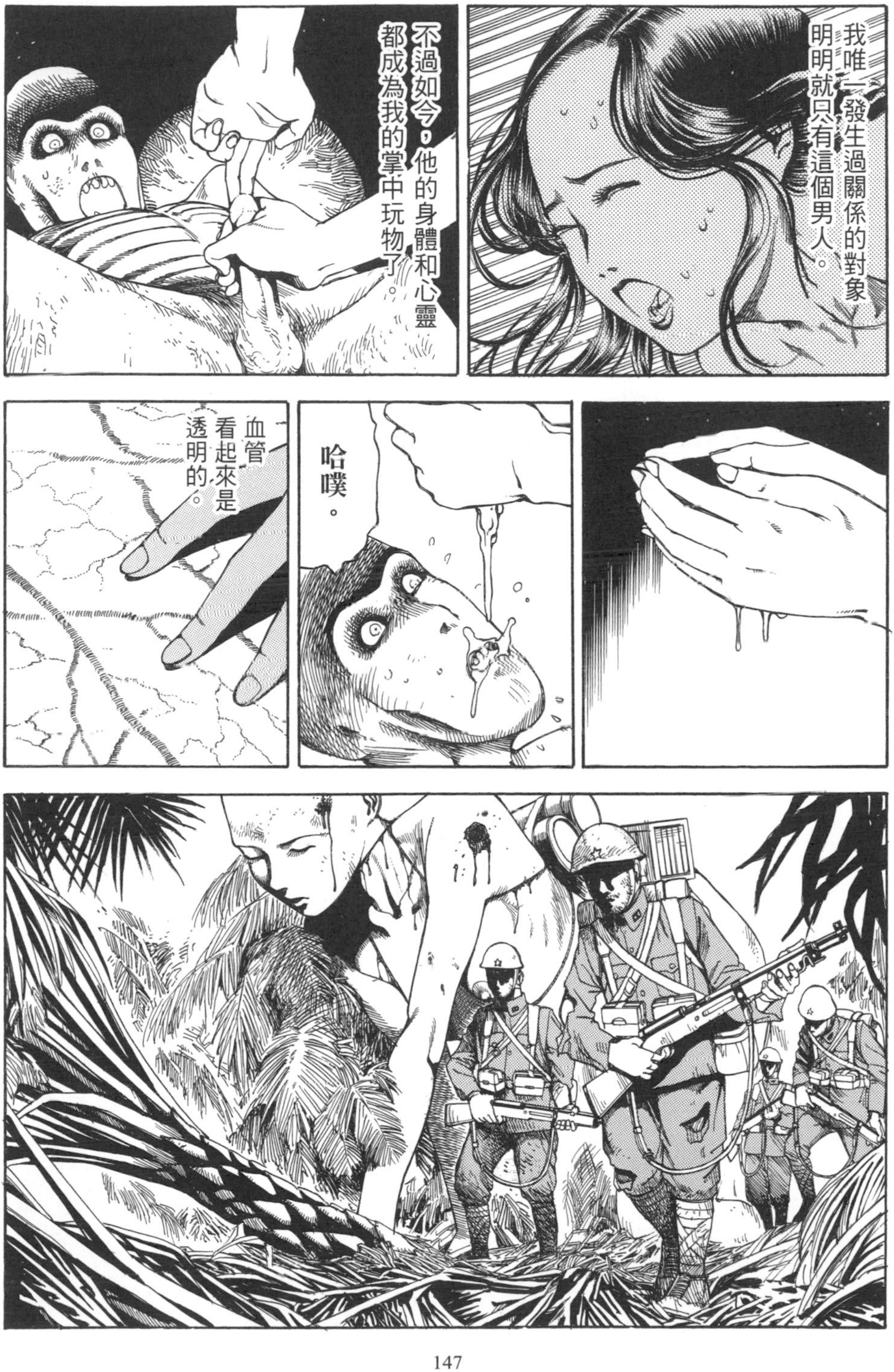
我唯一發生過關係的對象
明明就只有這個男人。
不過如今，他的身體和心靈
都成為我的掌中玩物了。
哈噗。
血管
看起來是
透明的。

親愛的，我找到好東西囉。
欸，如何啊？很舒服對不對？很舒服對不對？

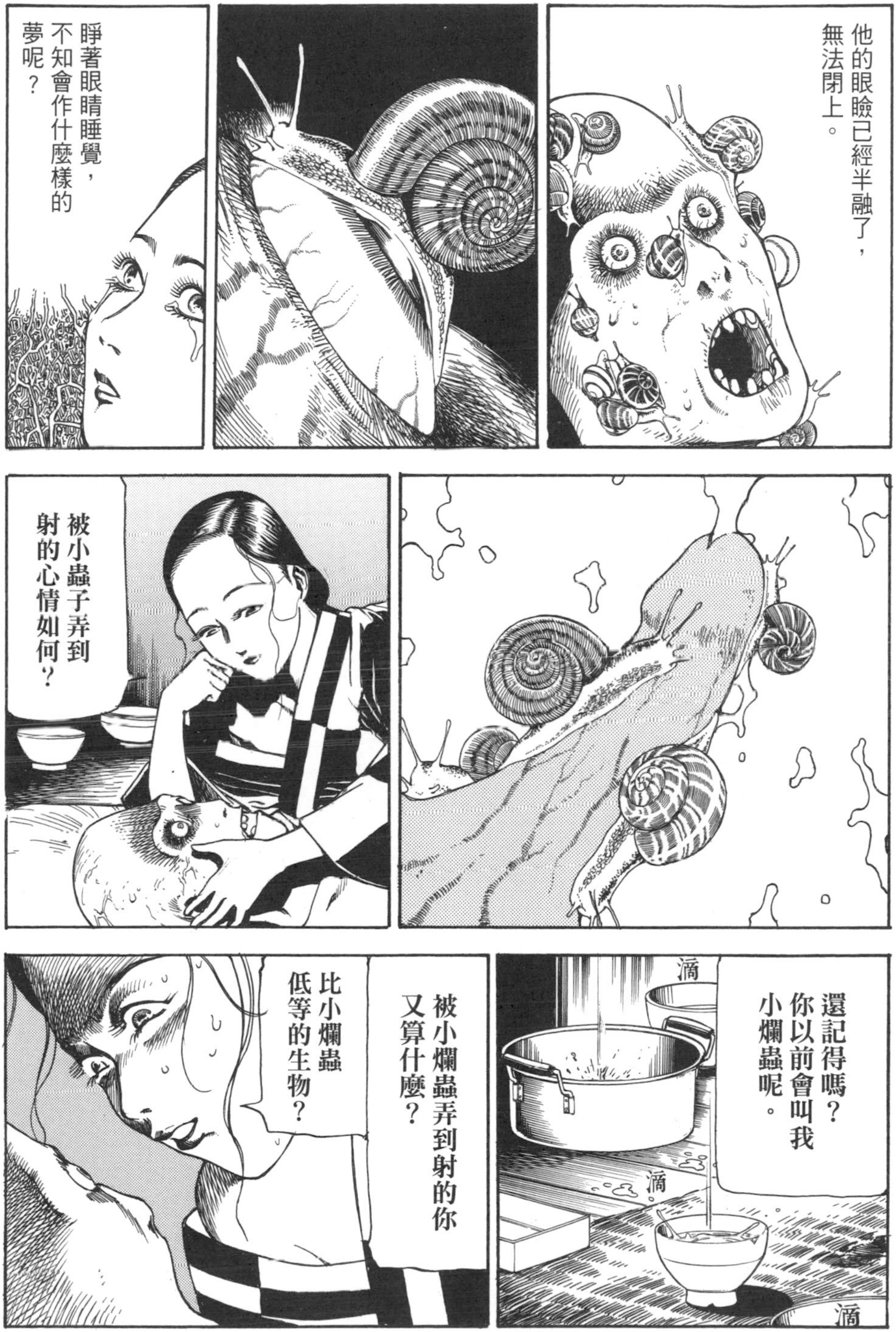
他的眼瞼已經半融了，
無法閉上。
睜著眼睛睡覺，
不知會作什麼樣的
夢呢？
被小蟲子弄到
射的心情如何？
滴
還記得嗎？
你以前會叫我
小爛蟲呢。
滴
滴
被小爛蟲弄到射的你
又算什麼？
比小爛蟲
低等的生物？

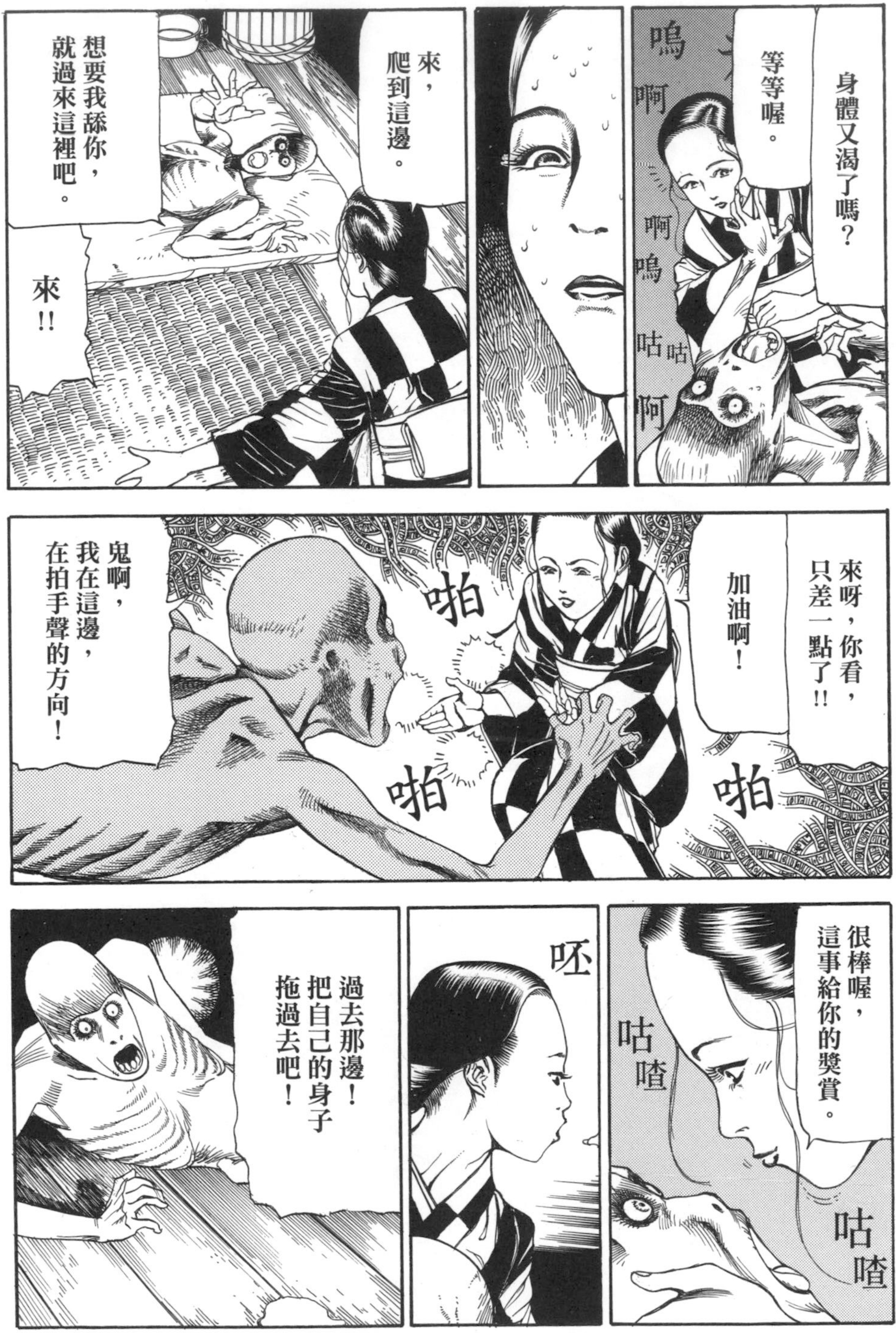
身體又渴了嗎？
等等喔。
嗚啊啊嗚咕咕啊
來，爬到這邊。
想要我舔你，就過來這裡吧。
來!!
來呀，你看，只差一點了!!
加油啊！
啪
啪
啪
鬼啊，我在這邊，在拍手聲的方向！
很棒喔，這事給你的獎賞。
咕喳
咕喳
呸
過去那邊！把自己的身子拖過去吧！

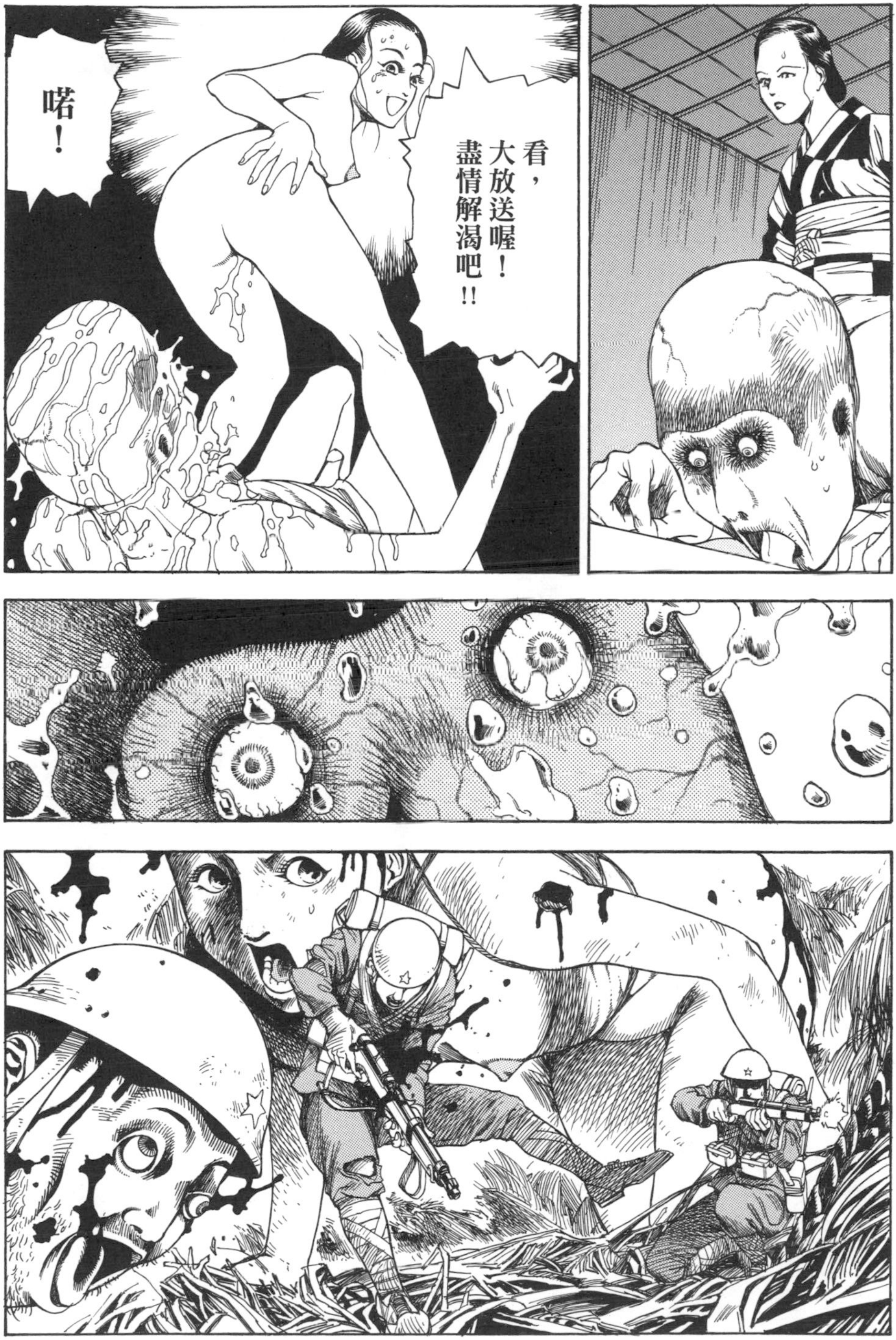
看，大放送喔！盡情解渴吧!!
喏！

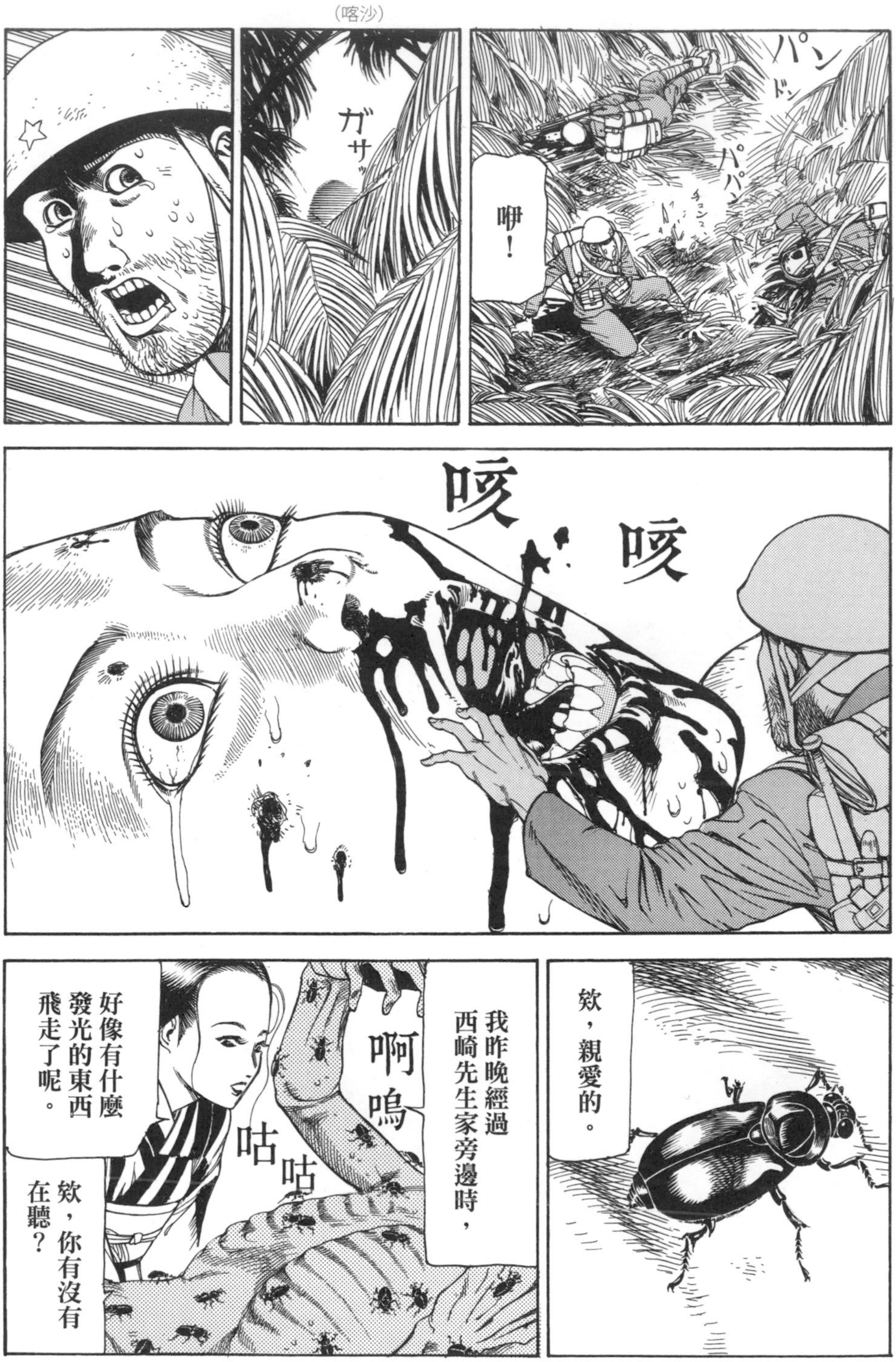
(砰咚砰砰鏗)
パン
ドン
パパン
咿!
(喀沙)
ガサッ
咳
咳
欸,親愛的。
我昨晚經過西崎先生家旁邊時,
啊嗚
咕咕
好像有什麼發光的東西飛走了呢。
欸,你有沒有在聽?

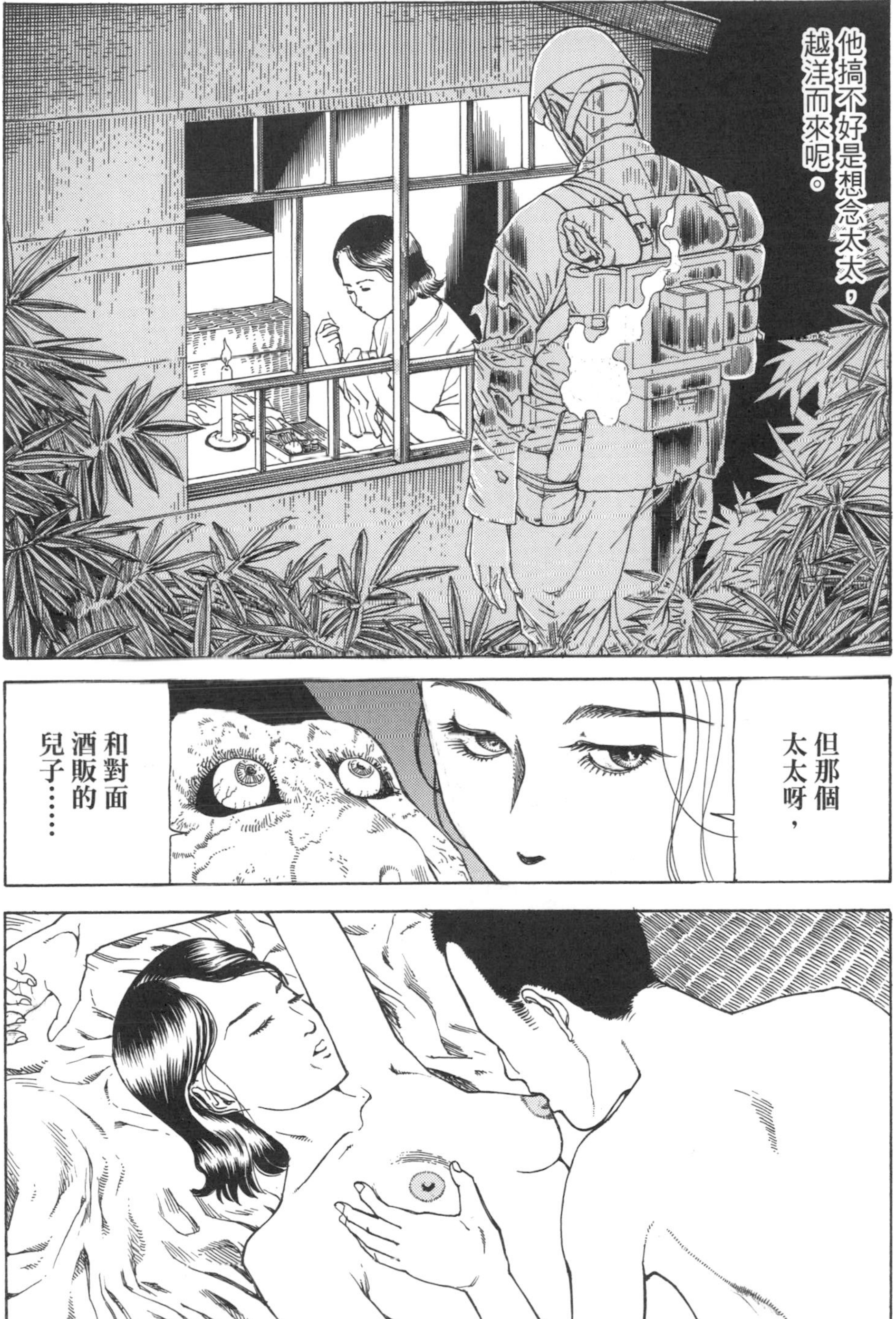
他搞不好是想念太太，
越洋而來呢。
但那個
太太呀，
和對面
酒販的
兒子……

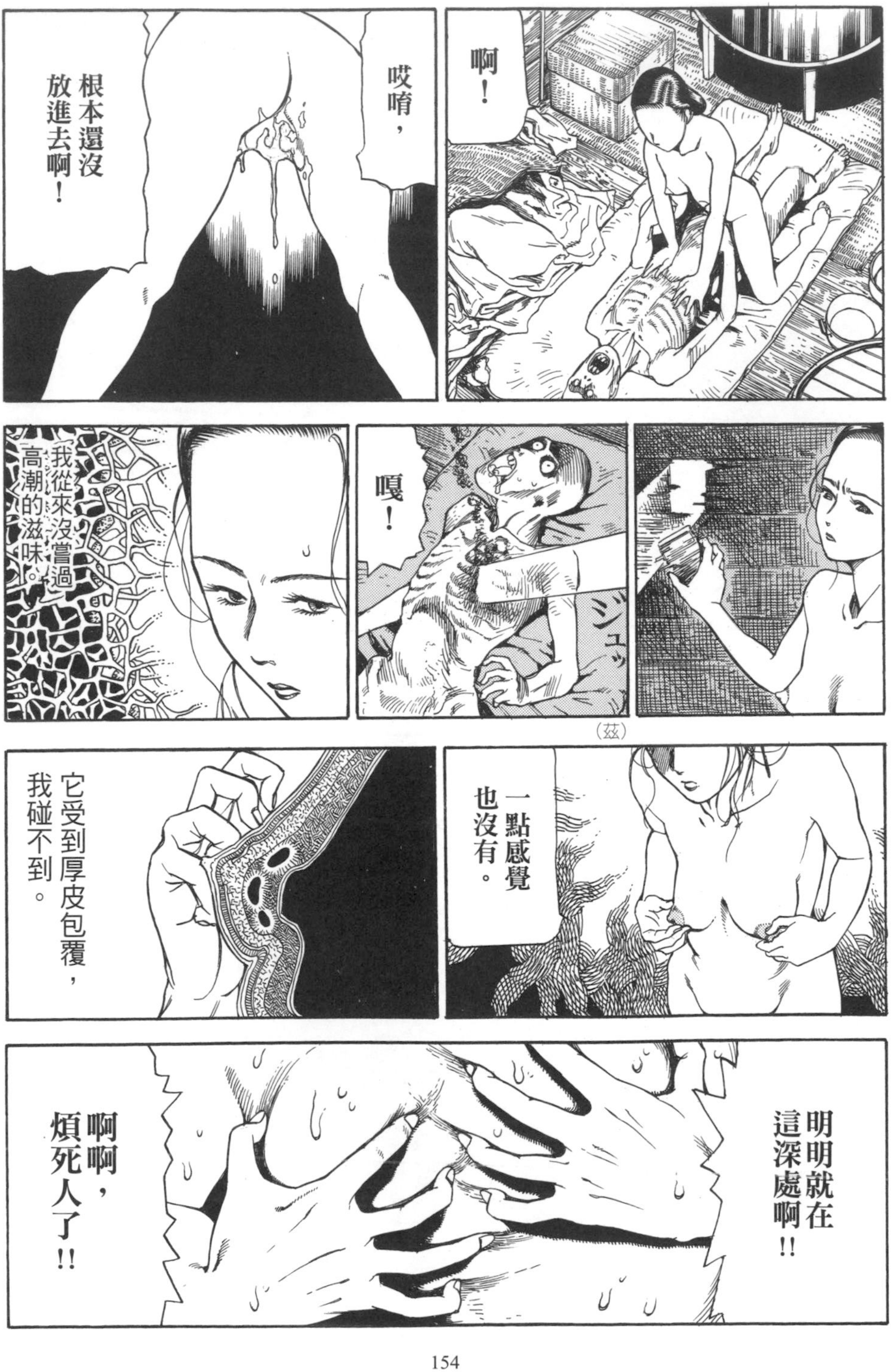
啊！
哎唷，
根本還沒放進去啊！
嘎！
ジュッ
(茲)
我從來沒嘗過高潮的滋味。
一點感覺也沒有。
它受到厚皮包覆，我碰不到。
明明就在這深處啊!!
啊啊，煩死人了!!

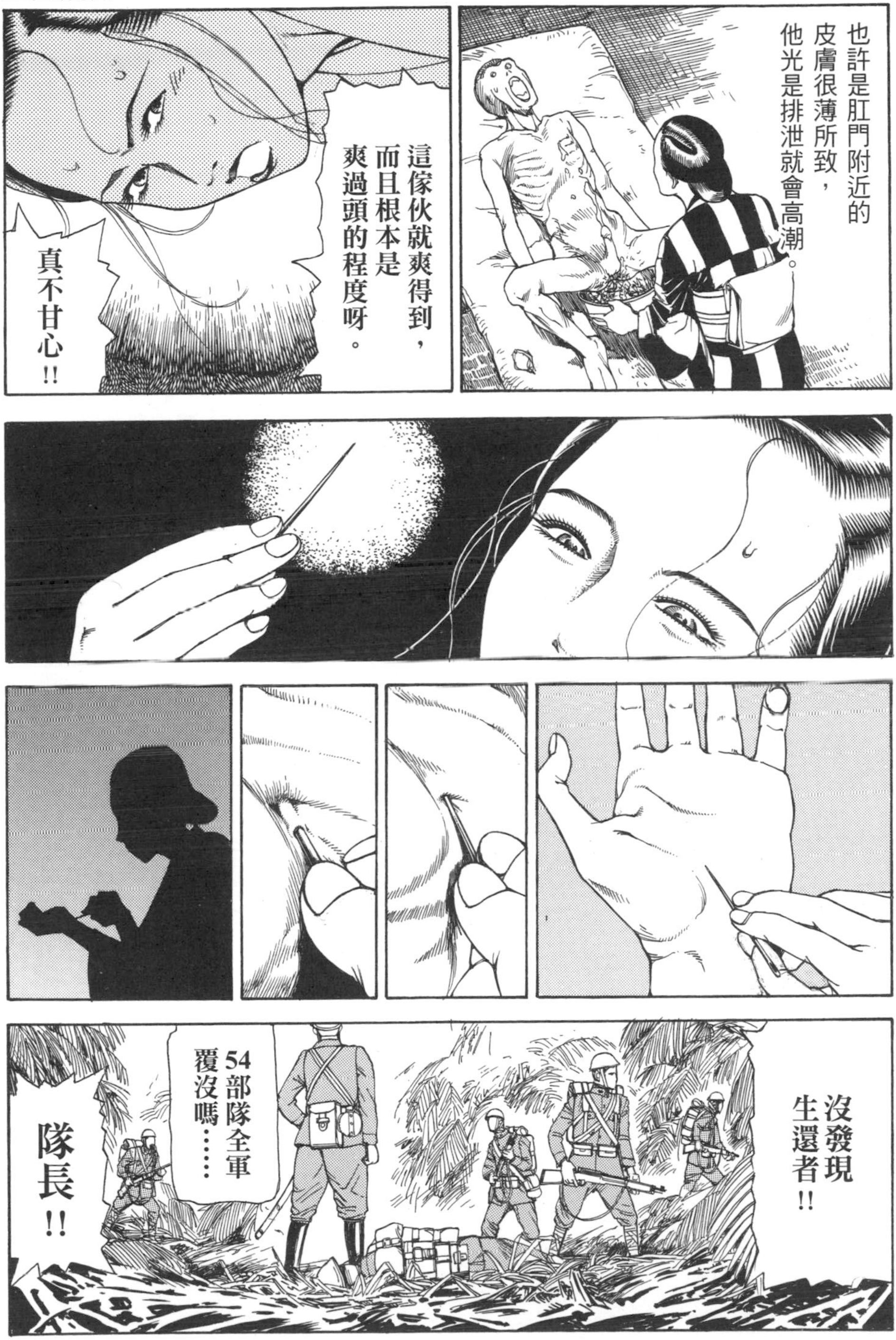
也許是肛門附近的皮膚很薄所致，
他光是排泄就會高潮。
這傢伙就爽得到，
而且根本是爽過頭的程度呀。
真不甘心!!
沒發現生還者!!
54部隊全軍覆沒嗎……
隊長!!

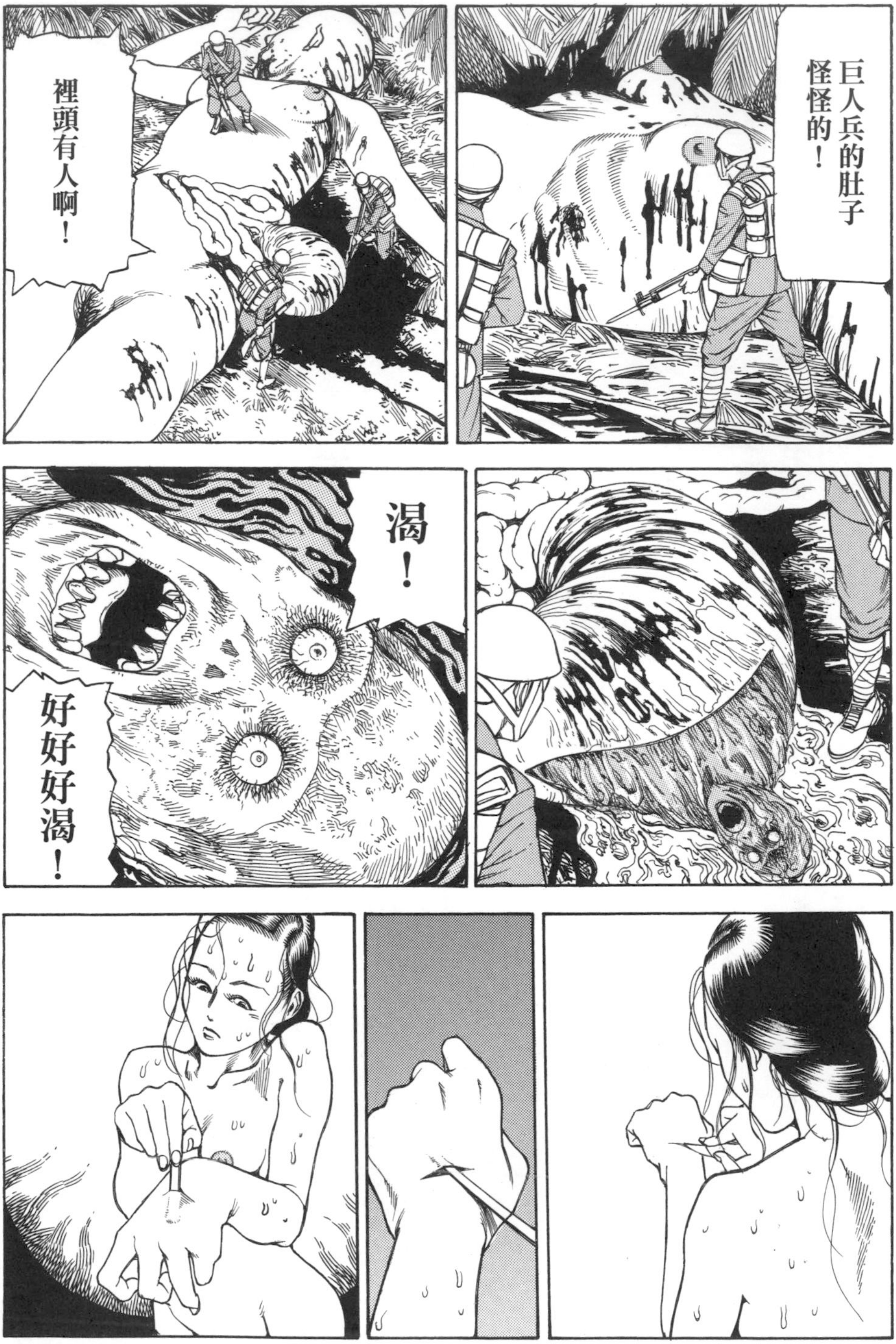
巨人兵的肚子怪怪的！
裡頭有人啊！
渴！
好好好渴！

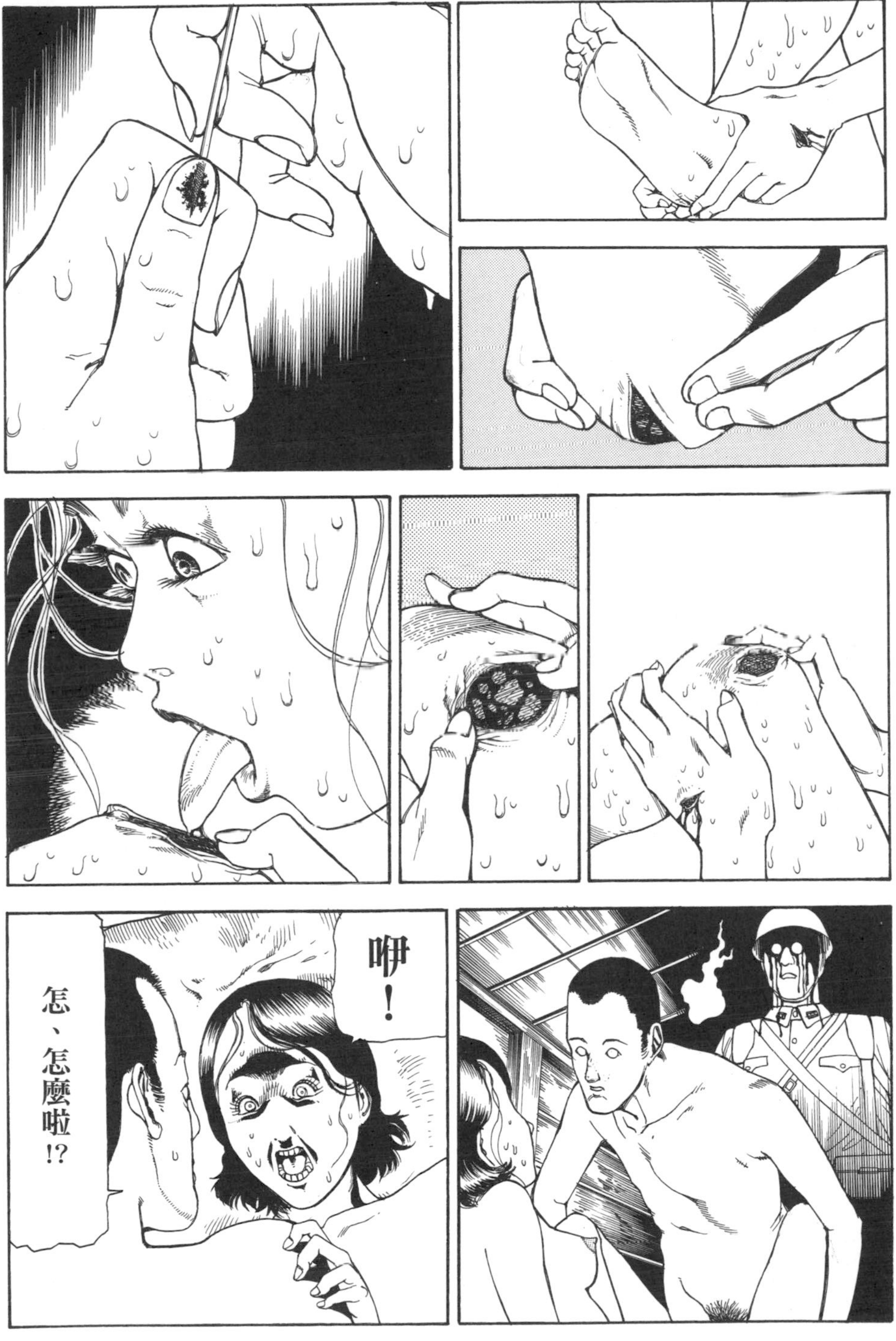
咿！
怎、怎麼啦!?

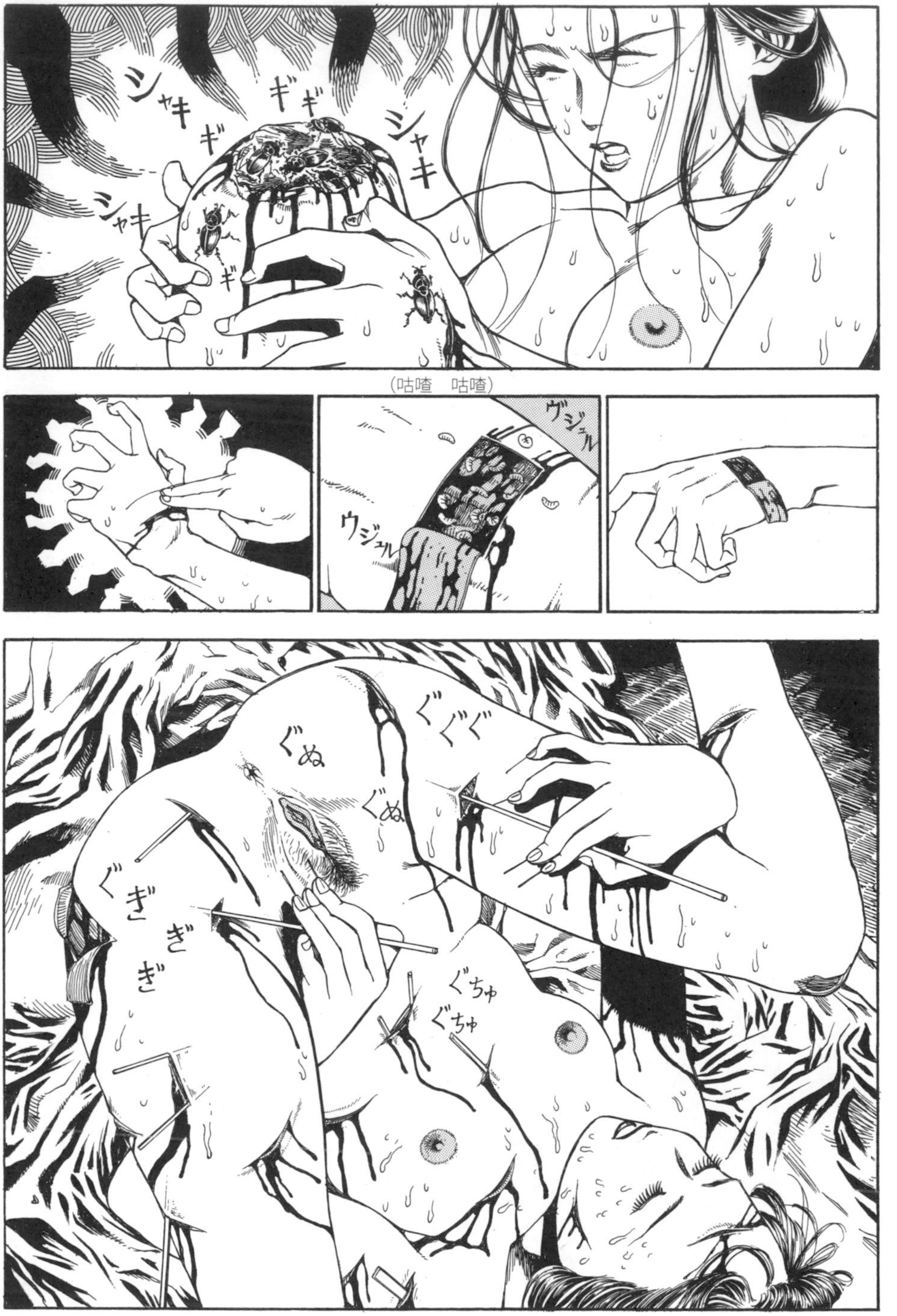
シャキ
ギギ
シャキ
ギ
シャキ
ギ
（嚓 嘰嘰 嚓嘰 嚓）
（咕喳　咕喳）
ヴジュル
ウジュル
ぐぐぐ
ぐぬ
ぐぬ
ぐぎぎぎ
ぐちゅ
ぐちゅ
（咕咕 咕扭咕扭 咕嘰嘰嘰 咕喳咕喳 喀哩）

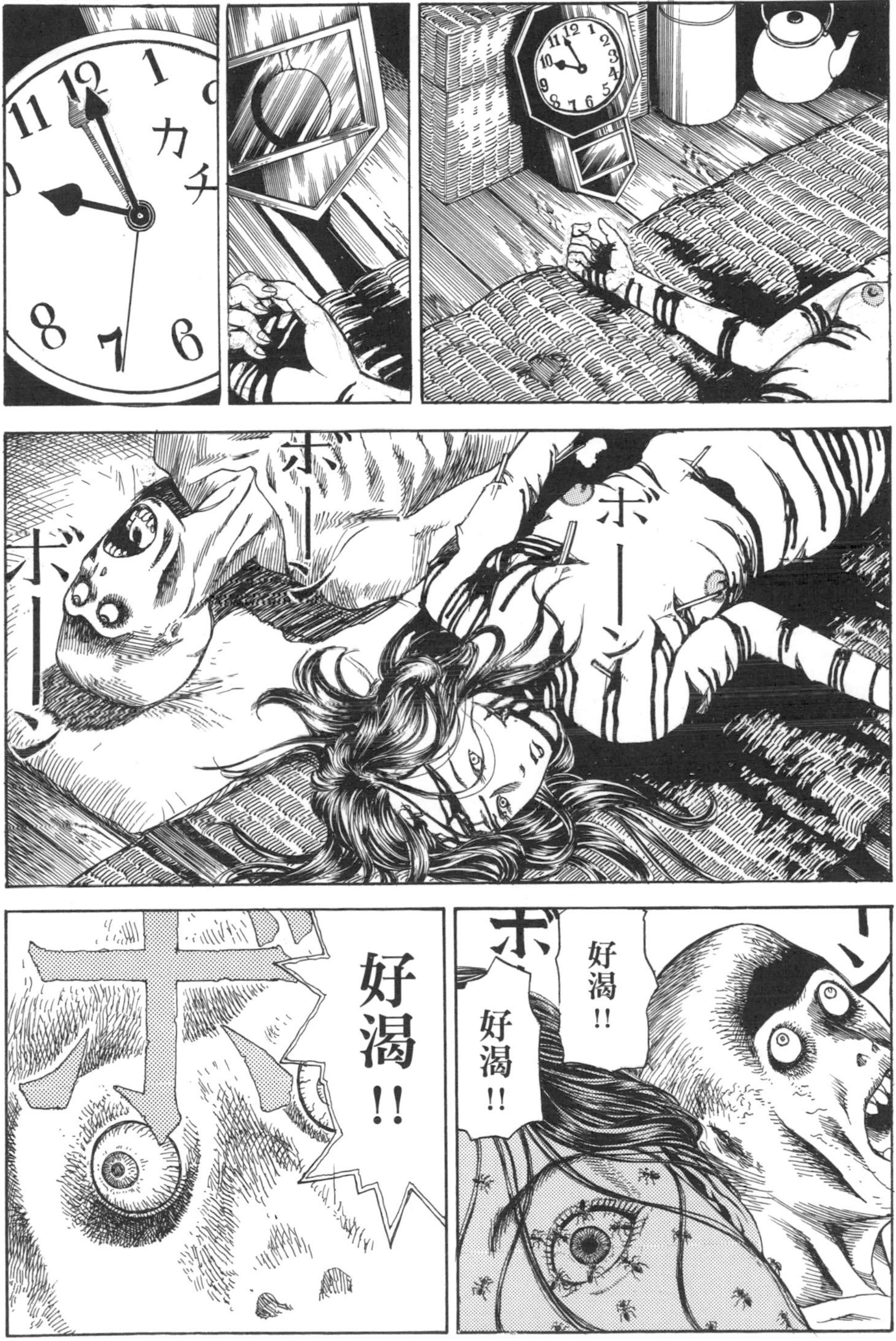
カチ
ボーン
ボーン
ボーン
(噹——噹——噹——)
ボ
好渴!!
好渴!!
(噹噹)
ボ
好渴!!
(噹)

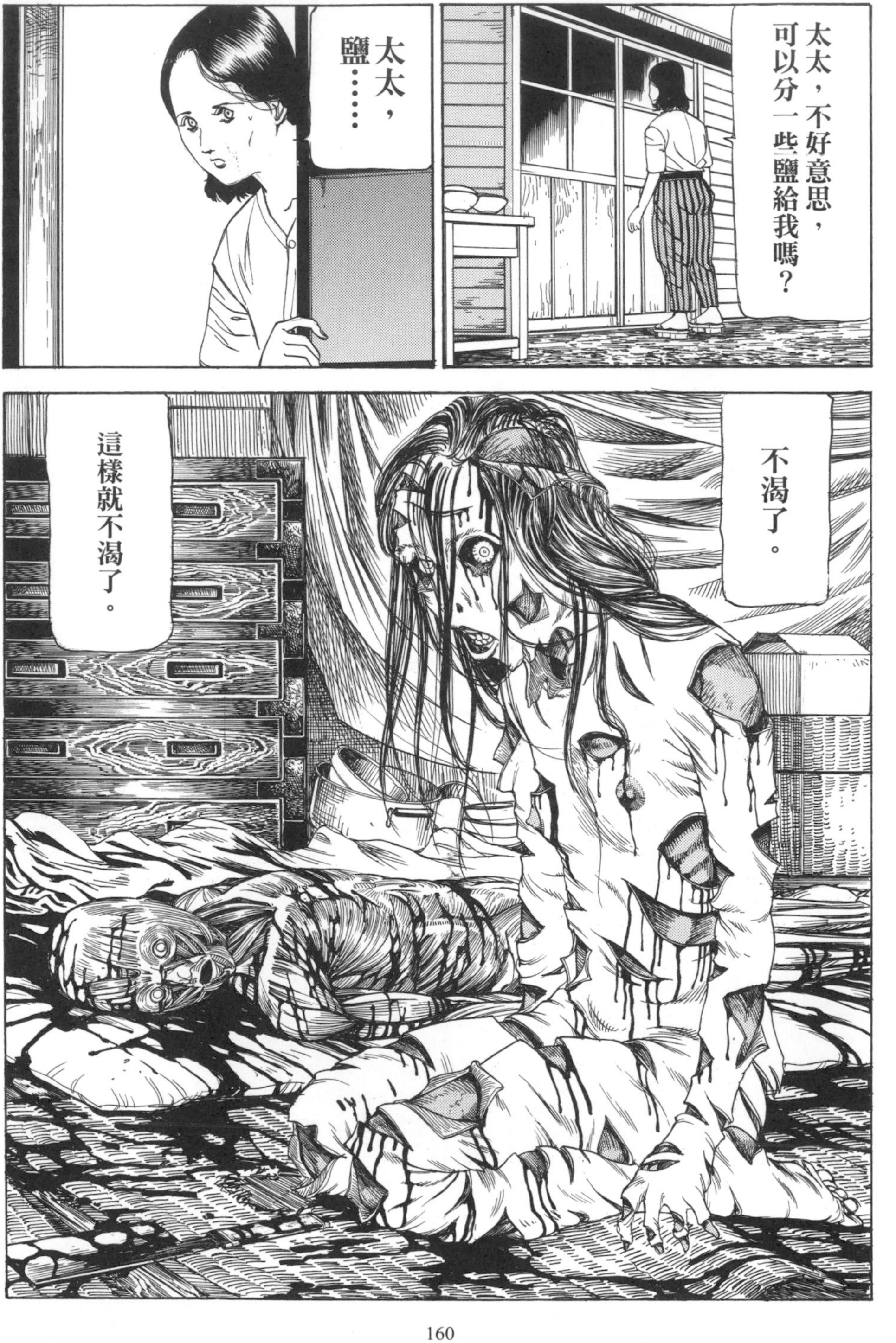
太太，不好意思，可以分一些鹽給我嗎？
太太，鹽……
不渴了。
這樣就不渴了。

震動

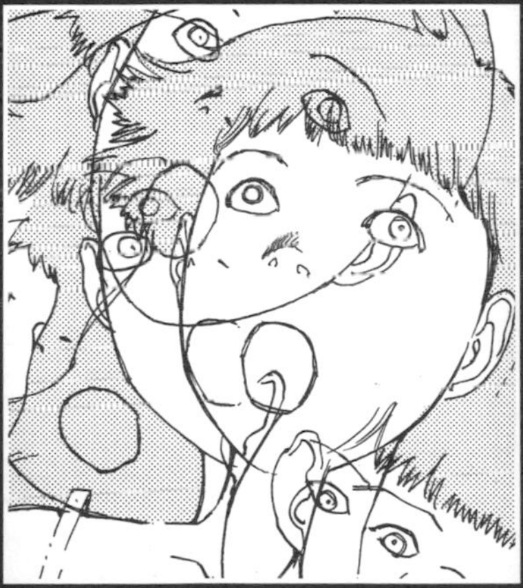

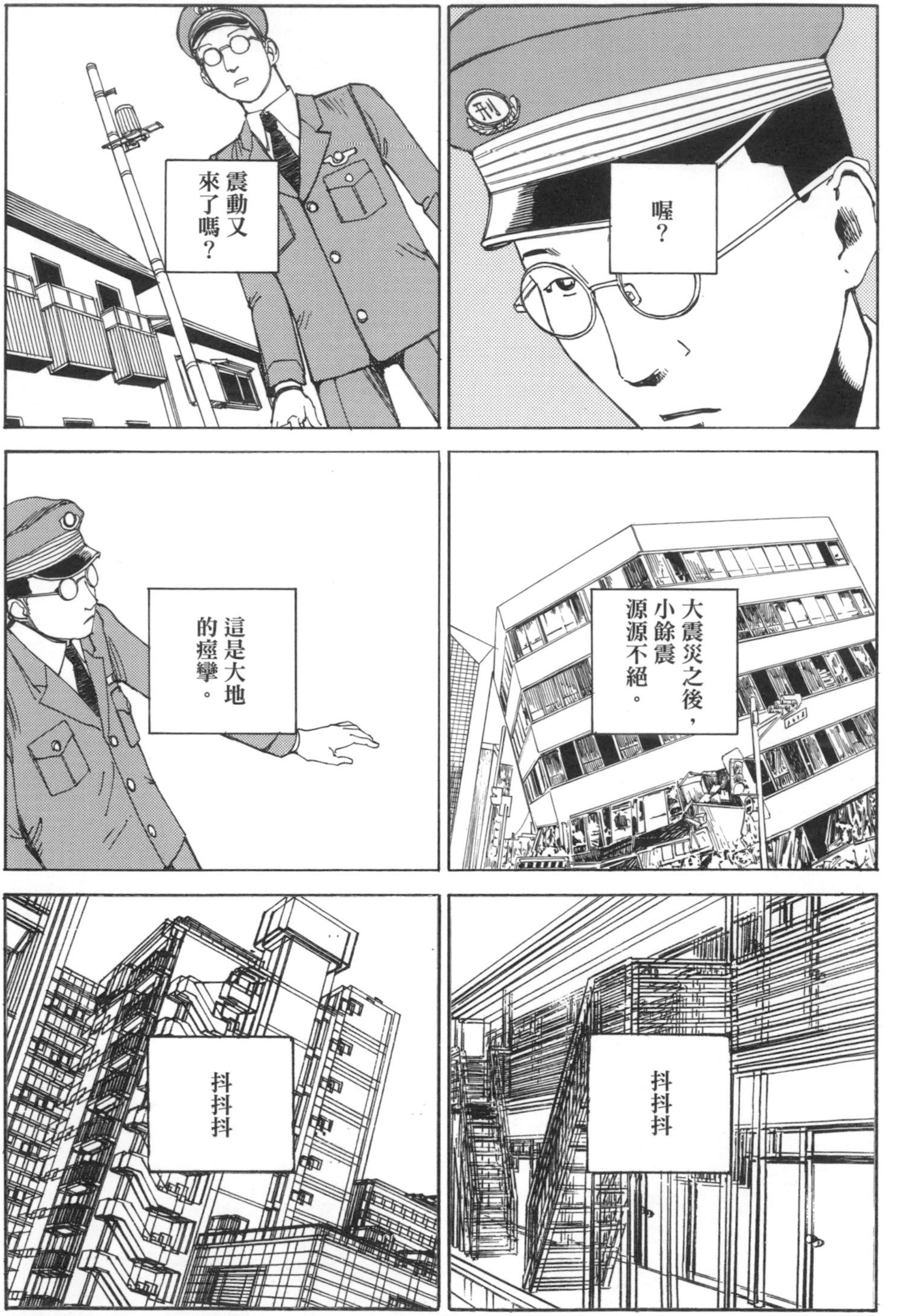
喔？
震動又來了嗎？
大震災之後，小餘震源源不絕。
這是大地的痙攣。
抖抖抖
抖抖抖

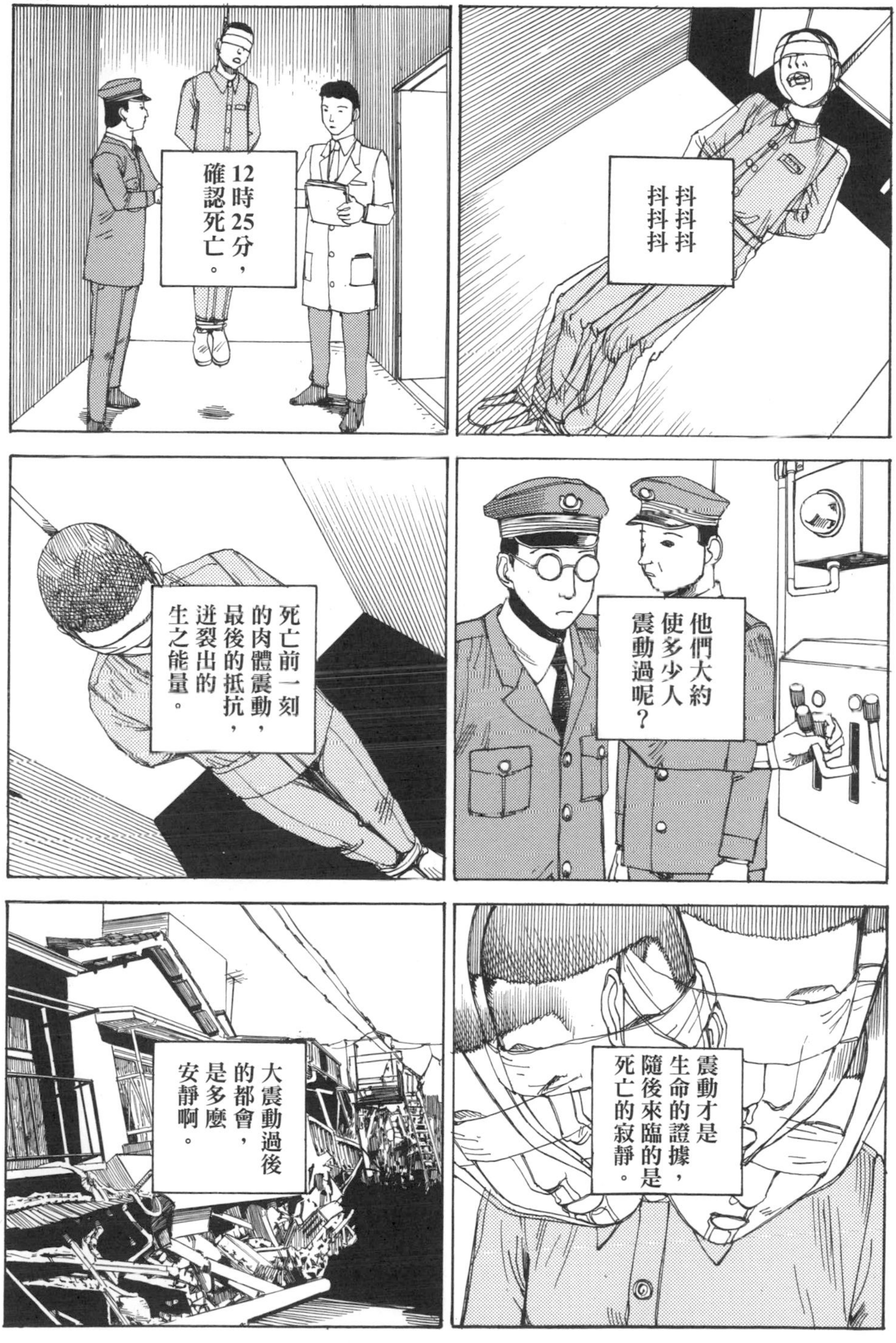
抖抖抖抖抖抖
12時25分，確認死亡。
他們大約使多少人震動過呢？
死亡前一刻的肉體震動，最後的抵抗，迸裂出的生之能量。
震動才是生命的證據，隨後來臨的是死亡的寂靜。
大震動過後的都會，是多麼安靜啊。

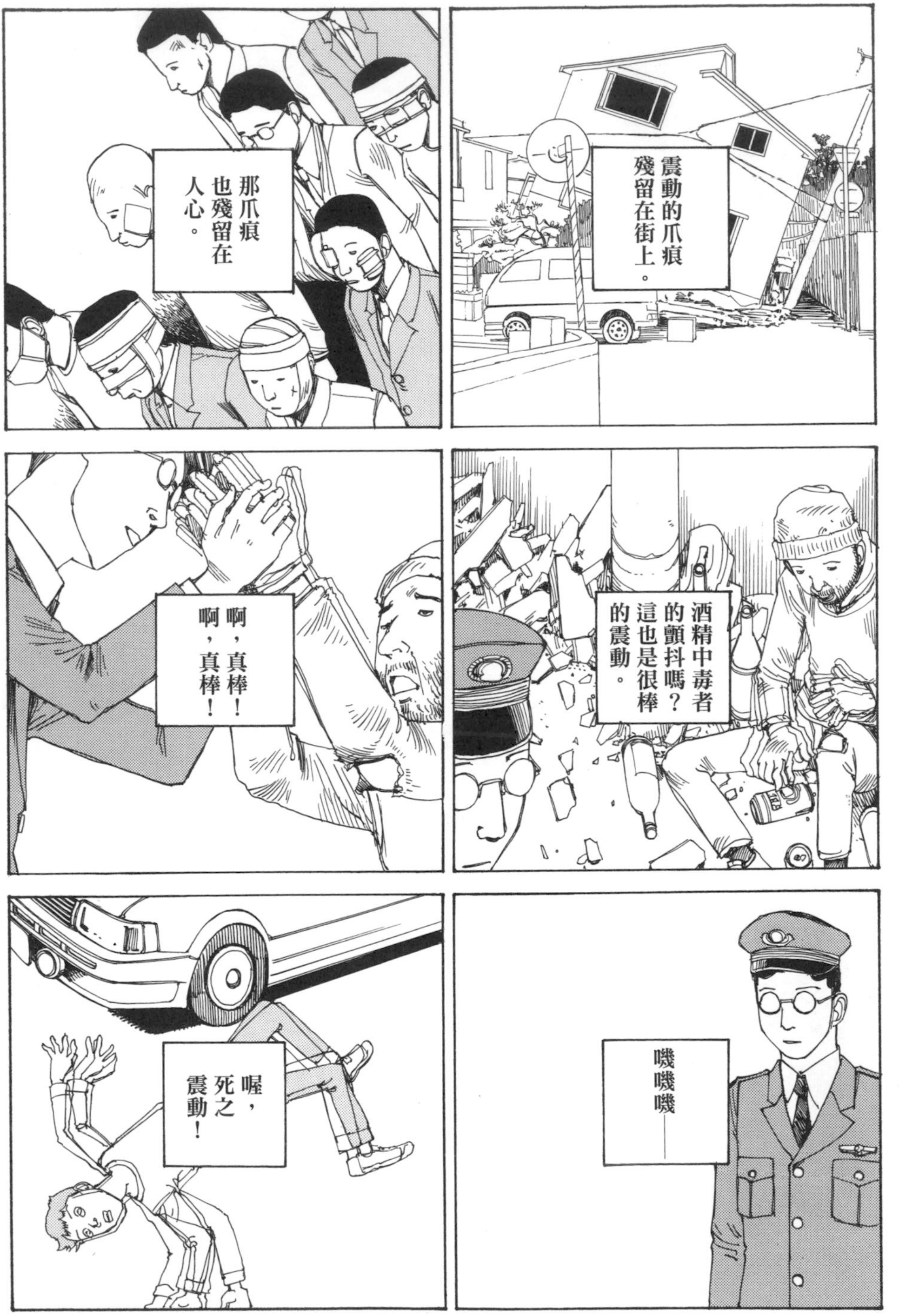
震動的爪痕殘留在街上。
那爪痕也殘留在人心。
酒精中毒者的顫抖嗎？這也是很棒的震動。
啊，真棒！啊，真棒！
嘰嘰嘰——
喔，死之震動！

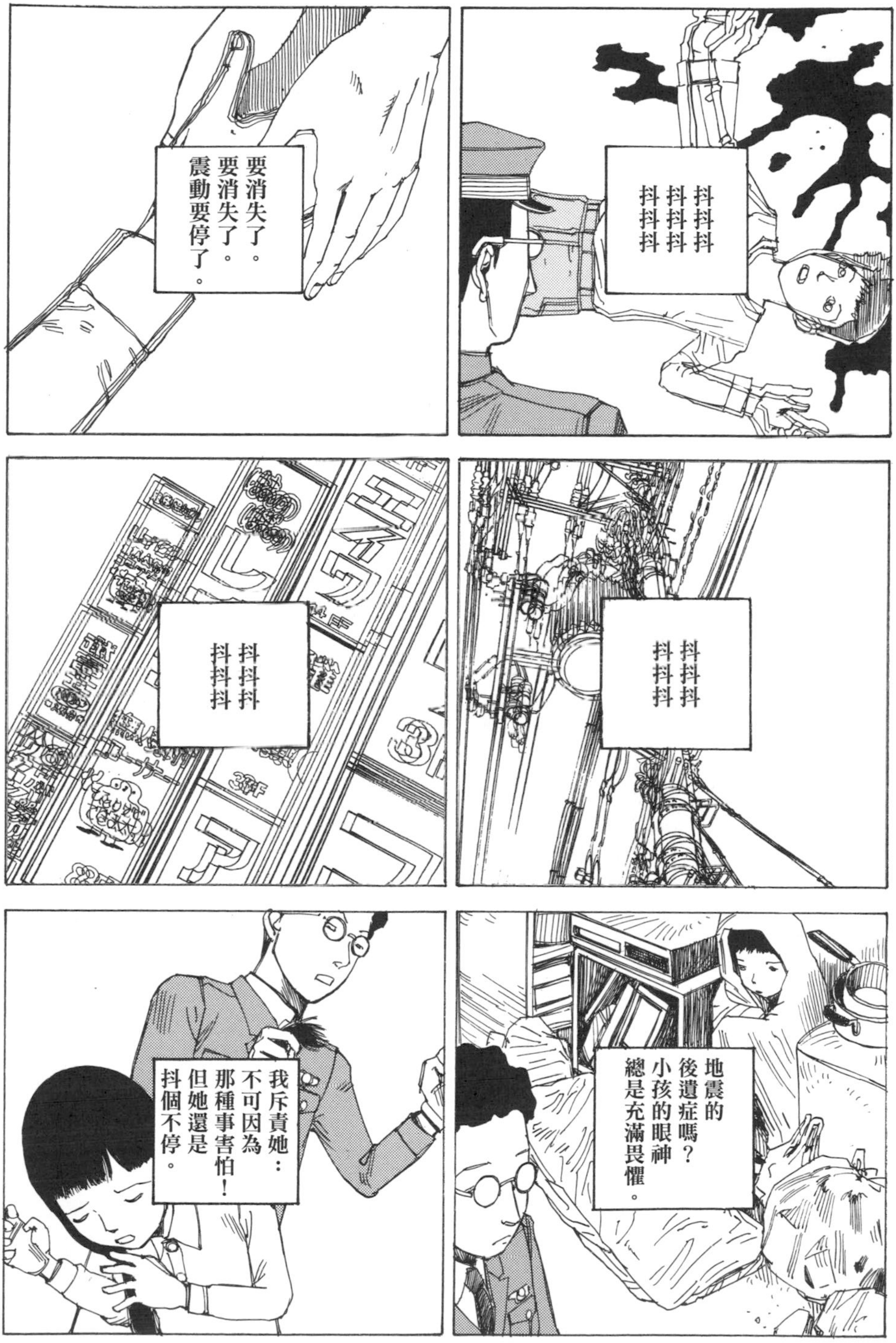
抖抖抖抖抖抖抖抖抖
要消失了。要消失了。震動要停了。
抖抖抖抖抖抖抖抖抖
抖抖抖抖抖抖
地震的後遺症嗎？小孩的眼神總是充滿畏懼。
我斥責她：不可因為那種事害怕！但她還是抖個不停。

沒出息的模樣，是遺傳自我死去的老婆呢。
她的屍體是在情夫家中被人發現的。
她被柱子壓住，痛苦了將近十天，最後死去。活該報應。
這傢伙的臉會讓我想起老婆。
別用那種眼神看我!!
我要把妳關進冰箱。怎樣？這也是一種教育。

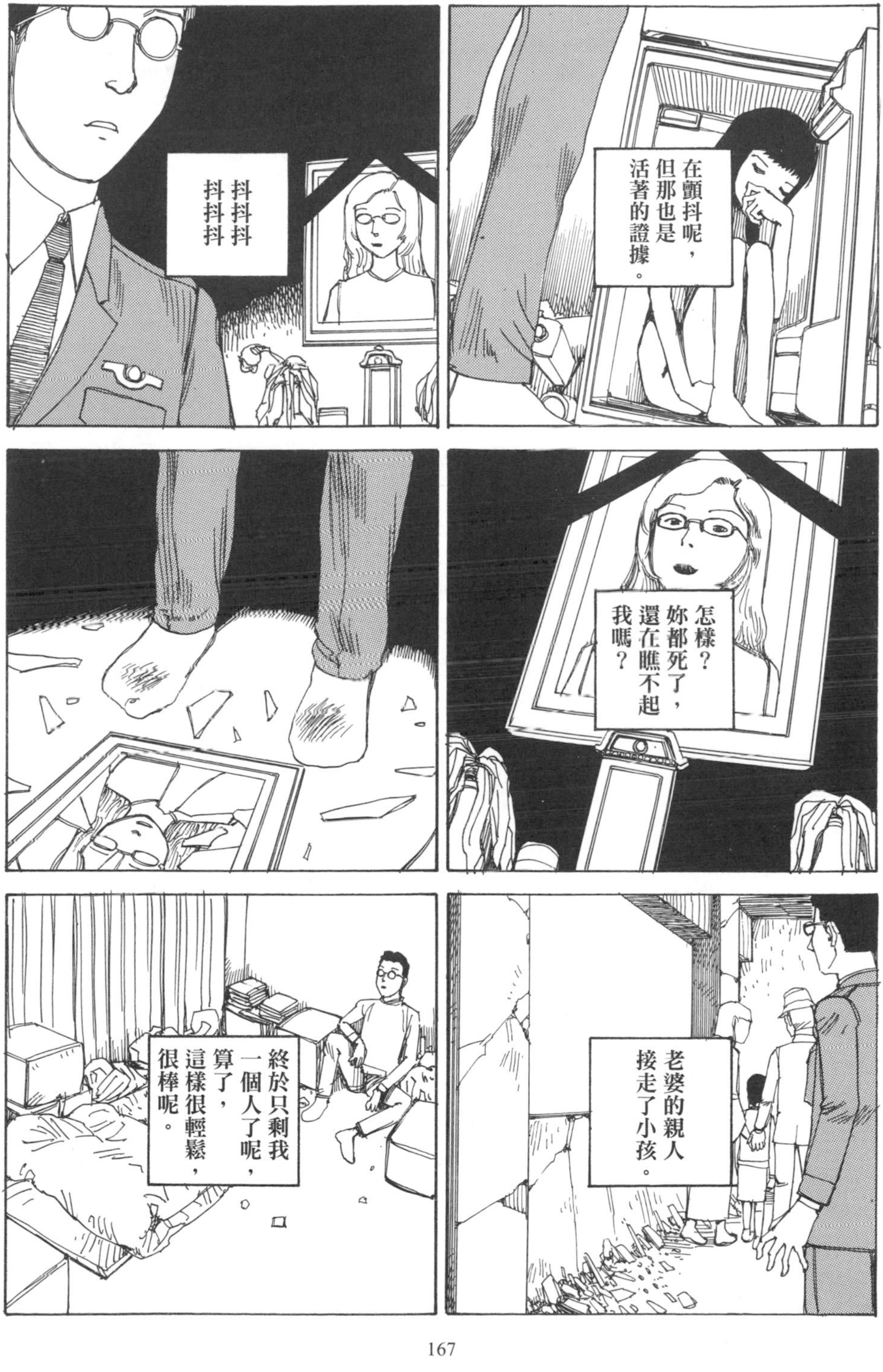
在顫抖呢，但那也是活著的證據。
抖抖抖抖抖抖
怎樣？妳都死了，還在瞧不起我嗎？
老婆的親人接走了小孩。
終於只剩我一個人了呢，算了，這樣很輕鬆，很棒呢。

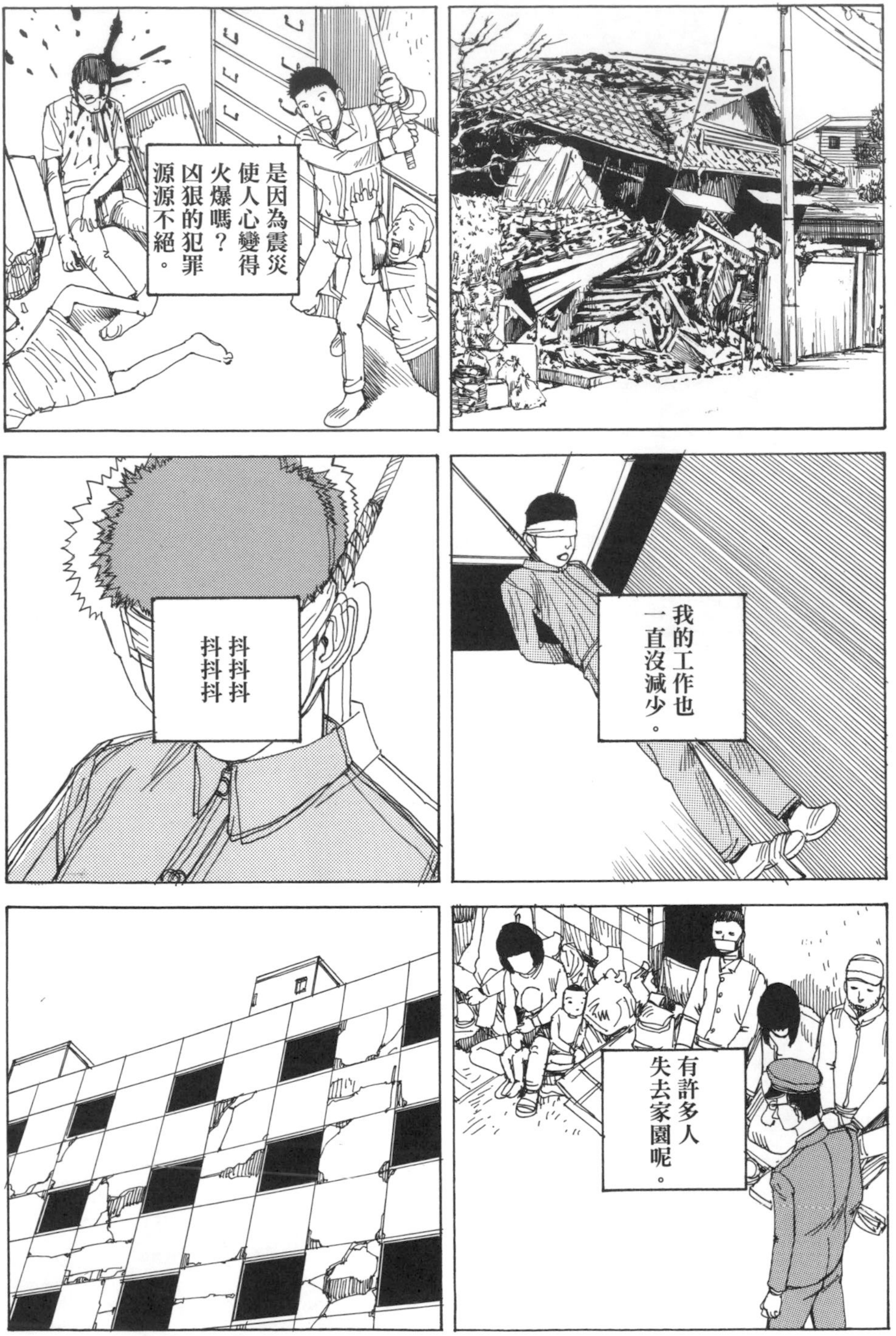
是因為震災使人心變得火爆嗎？凶狠的犯罪源源不絕。
我的工作也一直沒減少。
抖抖抖抖抖抖
有許多人失去家園呢。

我無家可歸。
妳這不就是在發抖嗎。
謝謝你。
何時要睡要醒，自己隨意就好。

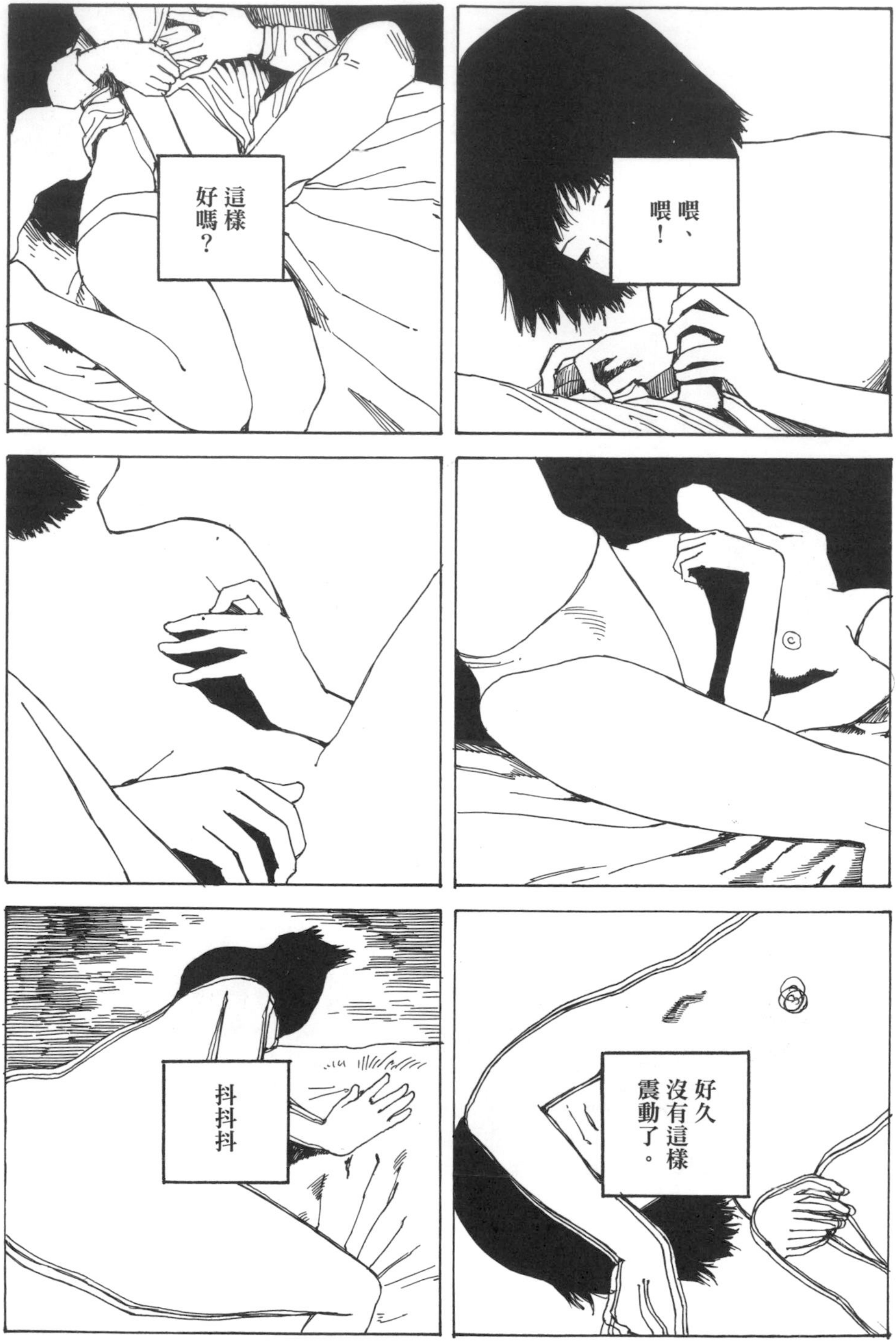
喂、喂！
這樣好嗎？
好久沒有這樣震動了。
抖抖抖

小時候，好像有次在家跟女孩子玩的時候發生了地震。
停止搖動後，她還是很害怕，不停發抖呢……
我的母親有○癇，總是在不停抖動呀。
我從小就很習慣她的搖晃，
然而有一天。

抖著抖著就消失了？怎麼會？
你不信也沒關係，不過我體內流的血液也帶著那種震動喔。
這麼說來，最近有些人的震動，跟餘震沒有關係。
16時30分，確認死亡。
嗯？那個驗屍官是怎麼了？

難道說是死刑犯的震動傳染給他了嗎？
咦？高原驗屍官下落不明？
他和那個人都因為震動過度消失了呀。
這陣子餘震變少了。
然而，震動的人增加了，總覺得這增加與餘震減少的程度成比例。

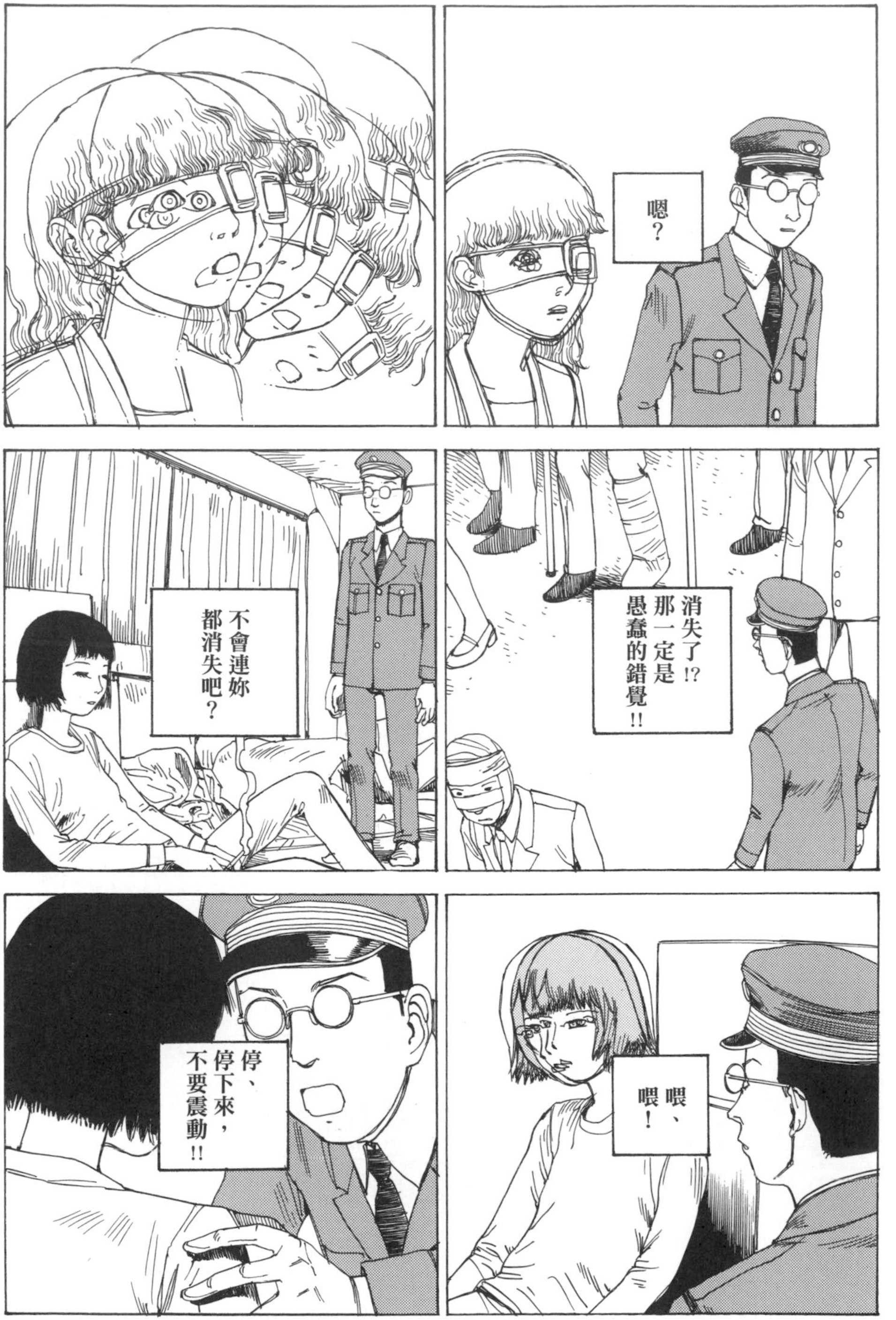
嗯？
消失了!?
那一定是愚蠢的錯覺!!
不會連妳都消失吧？
喂、喂！
停、停下來，不要震動!!

!?
他怕死，所以在發抖呢。
啊，快停啊，為什麼大家都在震動？
消、消失了!?
!? 妳怎麼啦!?
就像地震的搖晃使城鎮消失那樣，人類也將在搖晃後消失嗎……

振動停不下來呀!!
等、等等!!
消……消失了!?
太扯了，怎麼會，太扯了。
嚇，是怎樣啊，我的手……
!?

倒塌

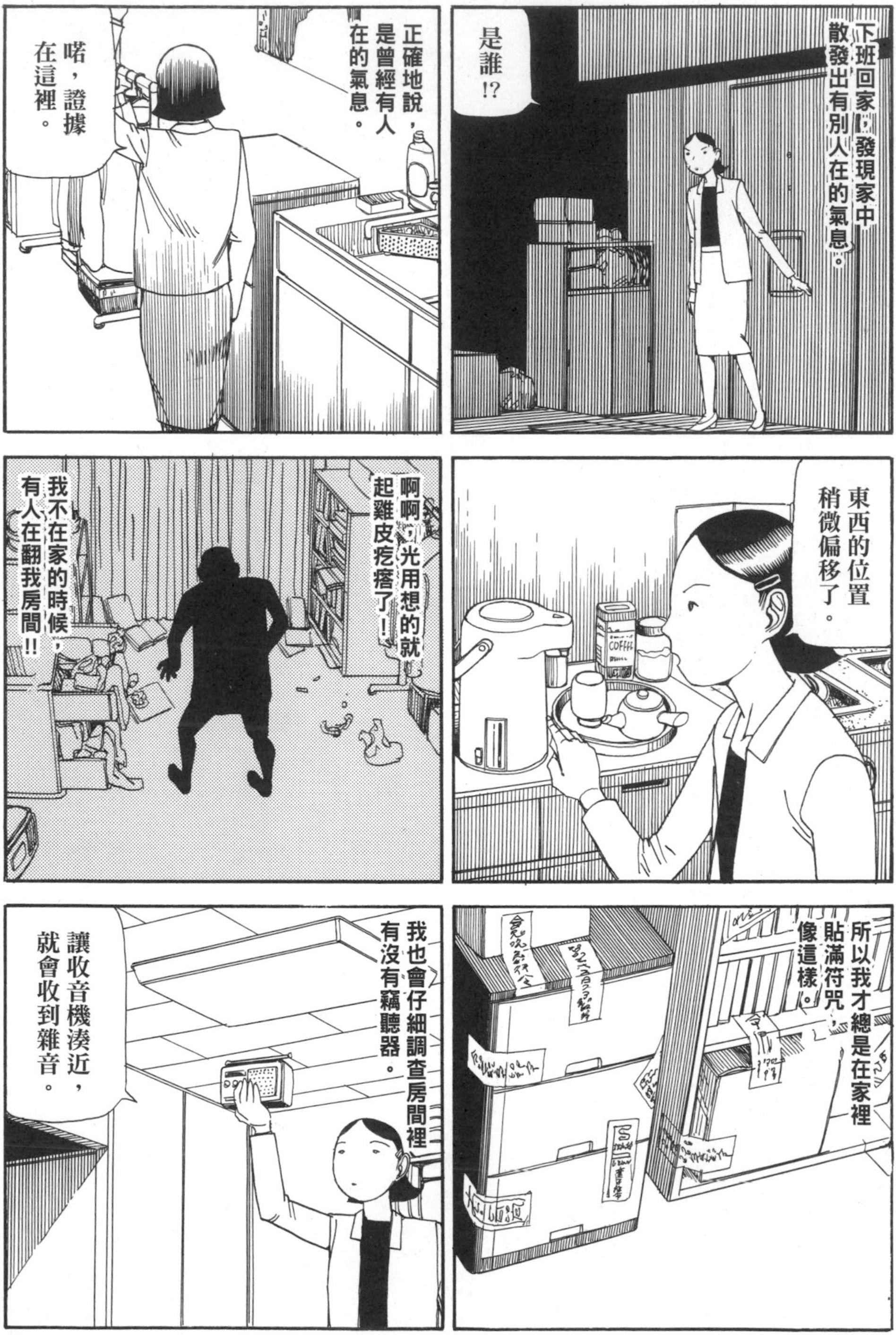
下班回家，發現家中散發出有別人在的氣息。
是誰!?
正確地說，是曾經有人在的氣息。
喏，證據在這裡。
東西的位置稍微偏移了。
我不在家的時候，有人在翻我房間!!
啊啊，光用想的就起雞皮疙瘩了！
所以我才總是在家裡貼滿符咒，像這樣。
我也會仔細調查房間裡有沒有竊聽器。
讓收音機湊近，就會收到雜音。

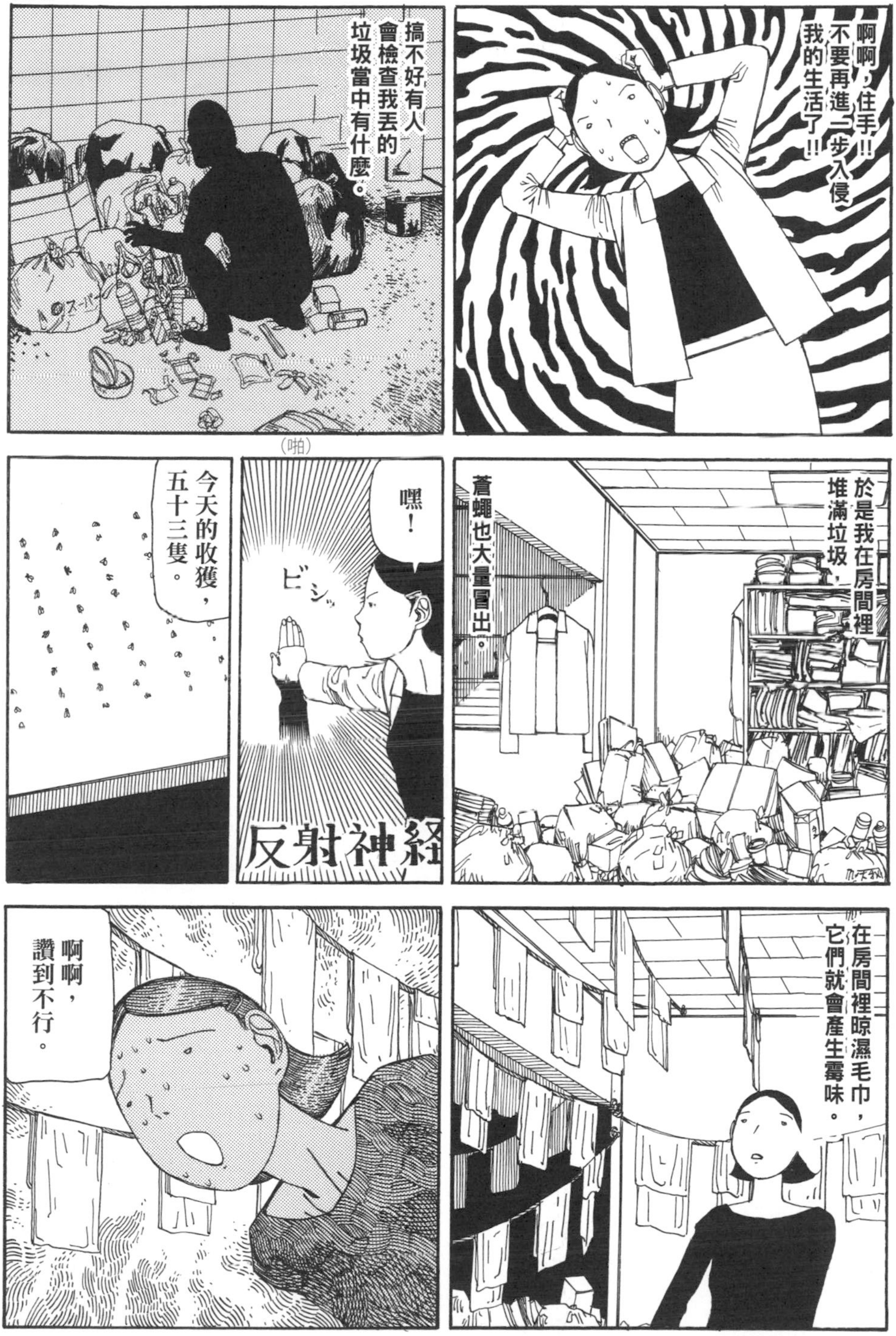

啊啊，住手!!不要再進一步入侵我的生活了!!
搞不好有人會檢查我丟的垃圾當中有什麼。
於是我在房間裡堆滿垃圾，
蒼蠅也大量冒出。
嘿！
ビシッ
（啪）
反射神経
今天的收獲，五十三隻。
在房間裡晾濕毛巾，它們就會產生霉味。
啊啊，讚到不行。

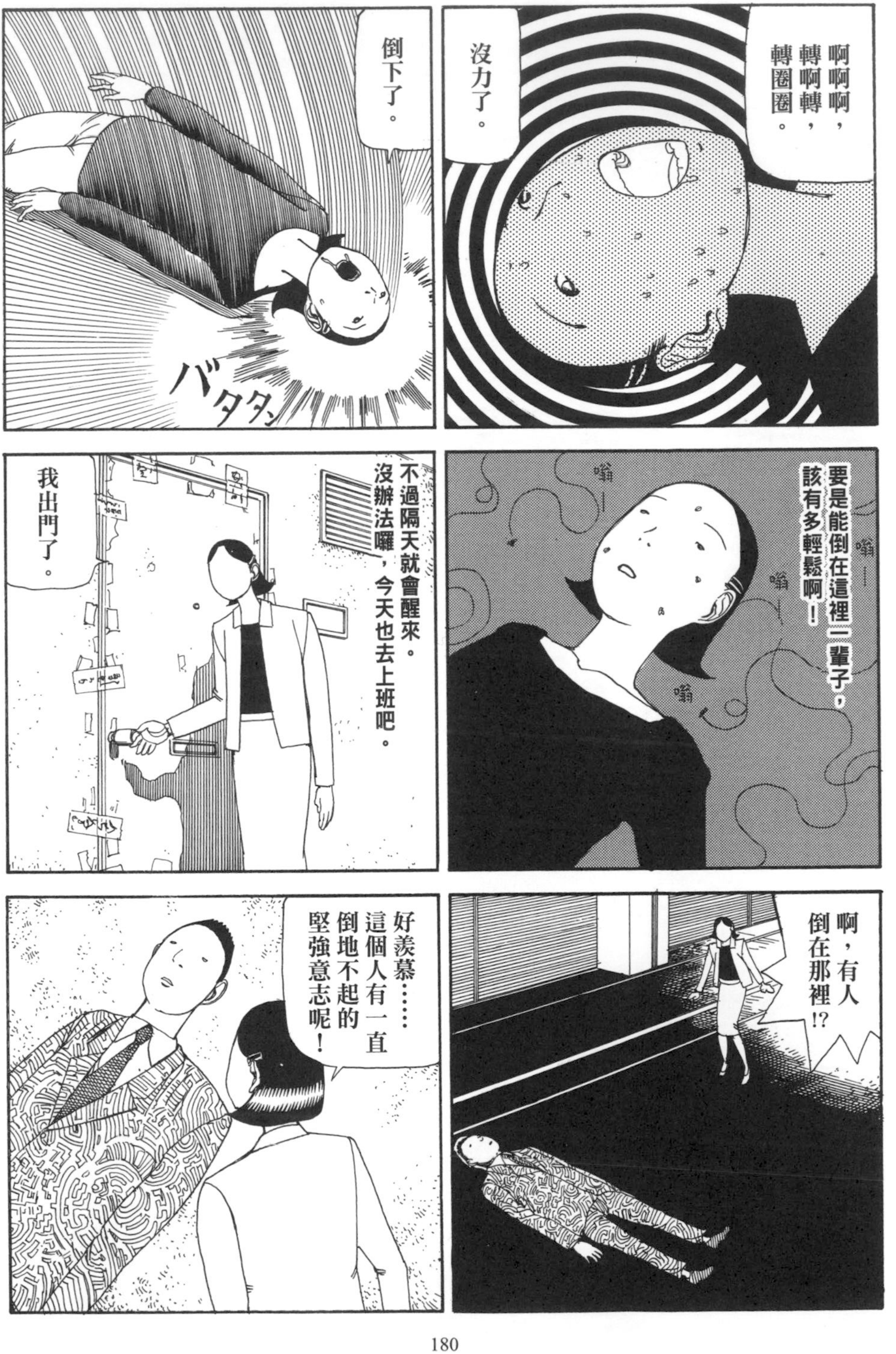

啊啊啊，轉啊轉，轉圈圈。
沒力了。
倒下了。
バタタン
（啪答）
要是能倒在這裡一輩子，該有多輕鬆啊！
嗡
嗡
嗡
嗡
不過隔天就會醒來。沒辦法囉，今天也去上班吧。
我出門了。
啊，有人倒在那裡!?
好羨慕……這個人有一直倒地不起的堅強意志呢！

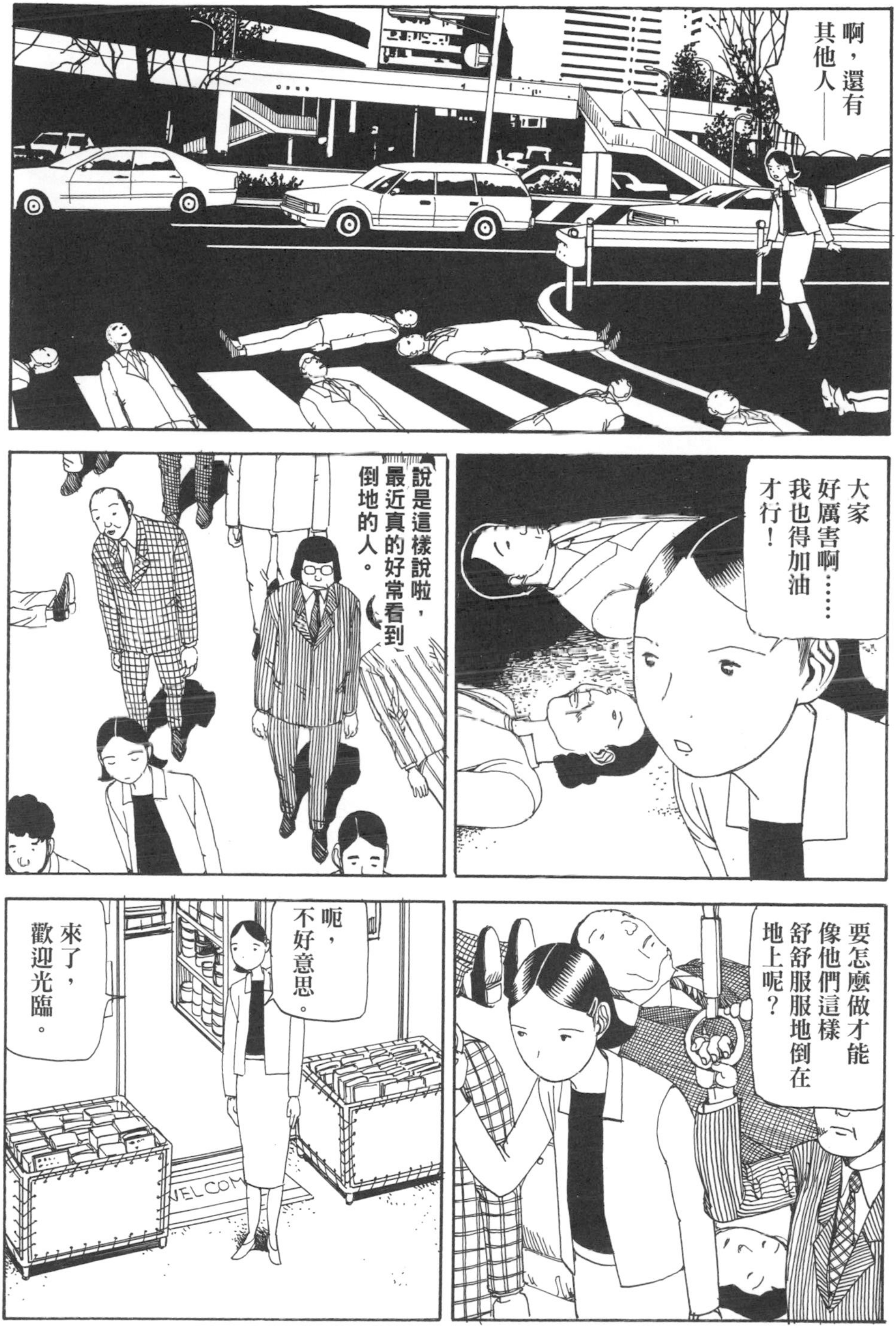
啊，還有其他人——
說是這樣說啦，最近真的好常看到倒地的人。
大家好厲害啊……我也得加油才行！
要怎麼做才能像他們這樣舒舒服服地倒在地上呢？
呃，不好意思。
來了，歡迎光臨。
WELCOM

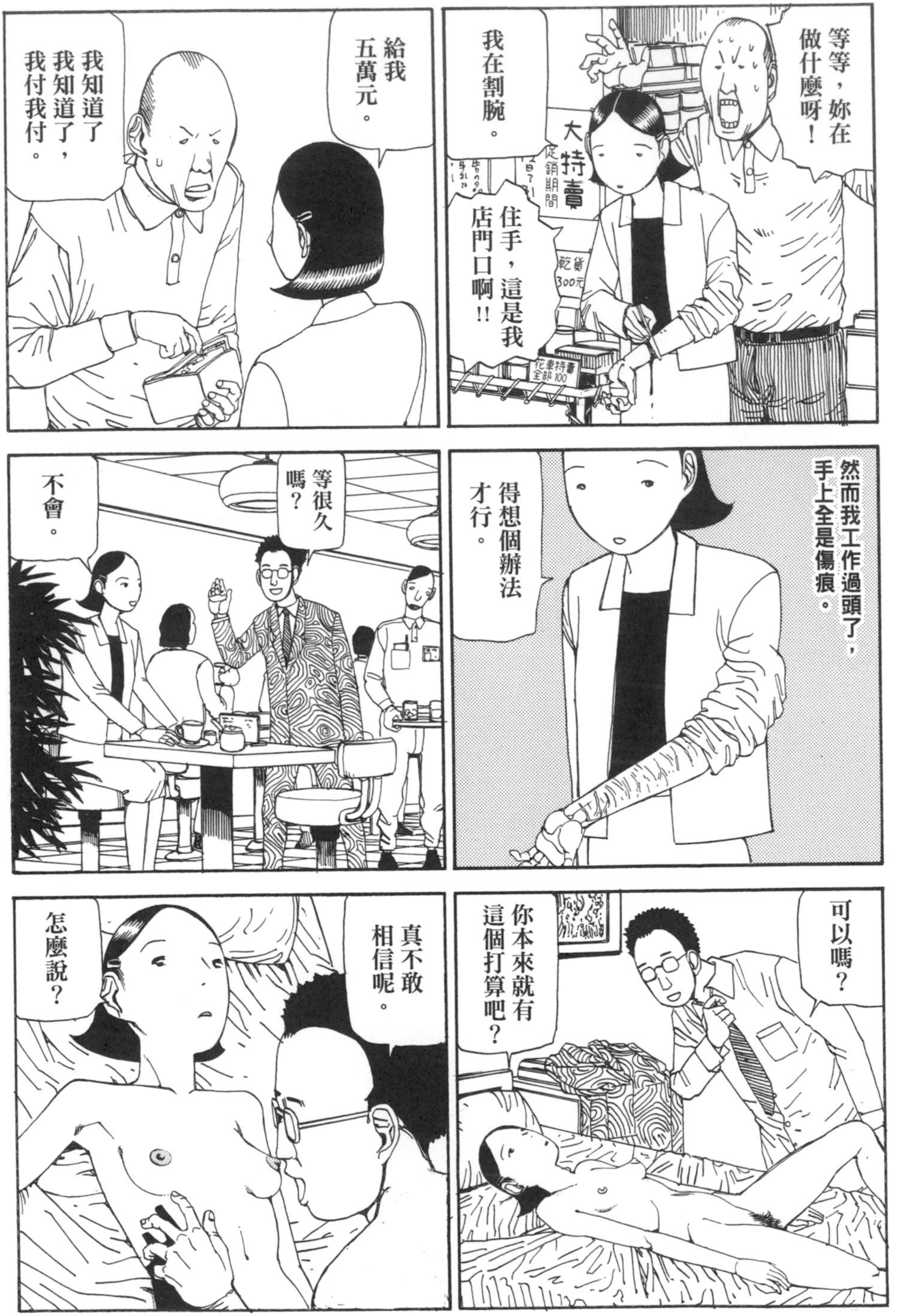
等等，妳在做什麼呀！
我在割腕。
大特賣
促銷期間
住手，這是我店門口啊!!
乾貨 300元
花車特賣 全部100
給我五萬元。
我知道了，我知道了，我付我付。
然而我工作過頭了，手上全是傷痕。
得想個辦法才行。
等很久嗎？
不會。
可以嗎？
你本來就有這個打算吧？
真不敢相信呢。
怎麼說？

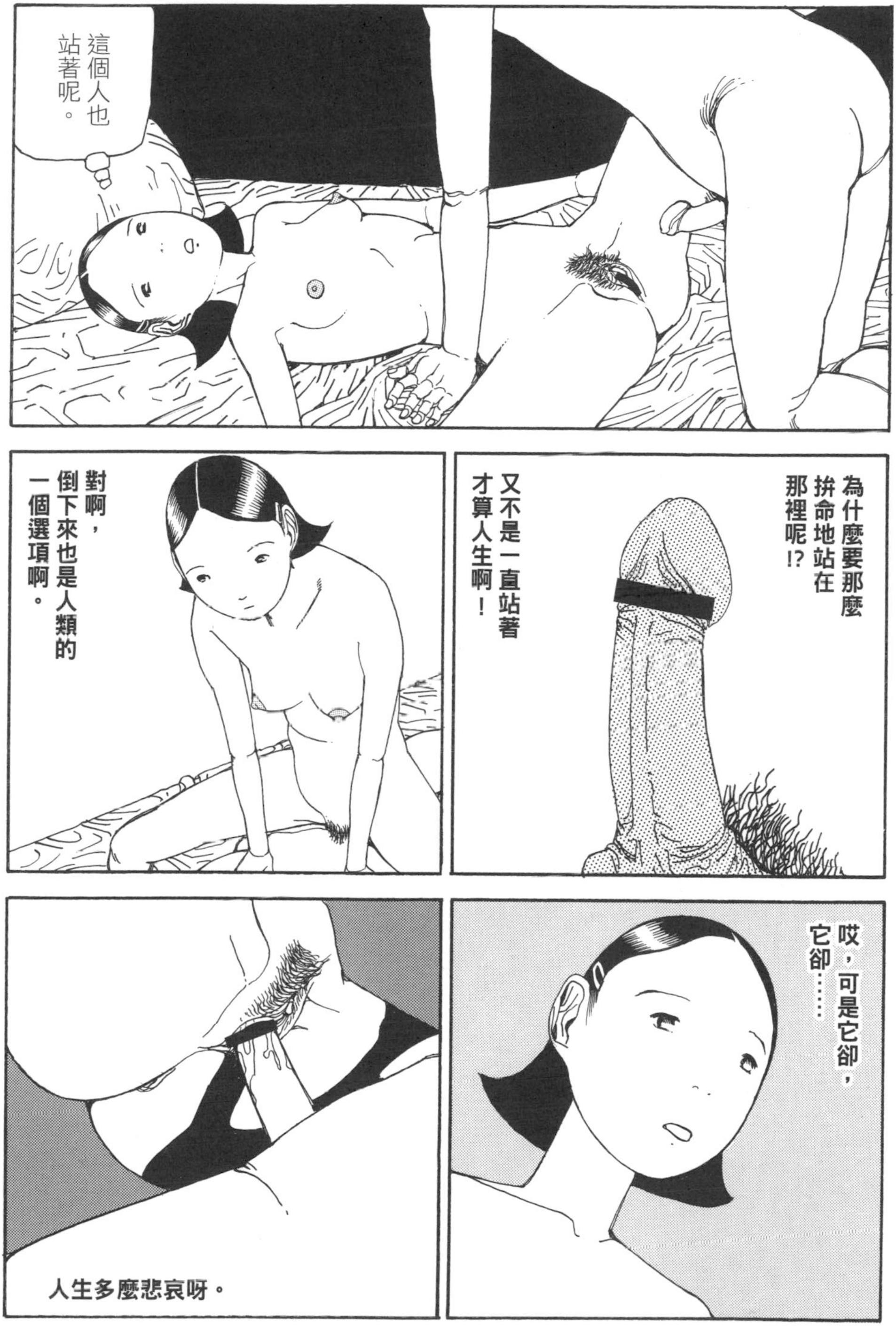
這個人也站著呢。
為什麼要那麼拚命地站在那裡呢!?
又不是一直站著才算人生啊！
對啊，倒下來也是人類的一個選項啊。
哎，可是它卻，它卻……
人生多麼悲哀呀。

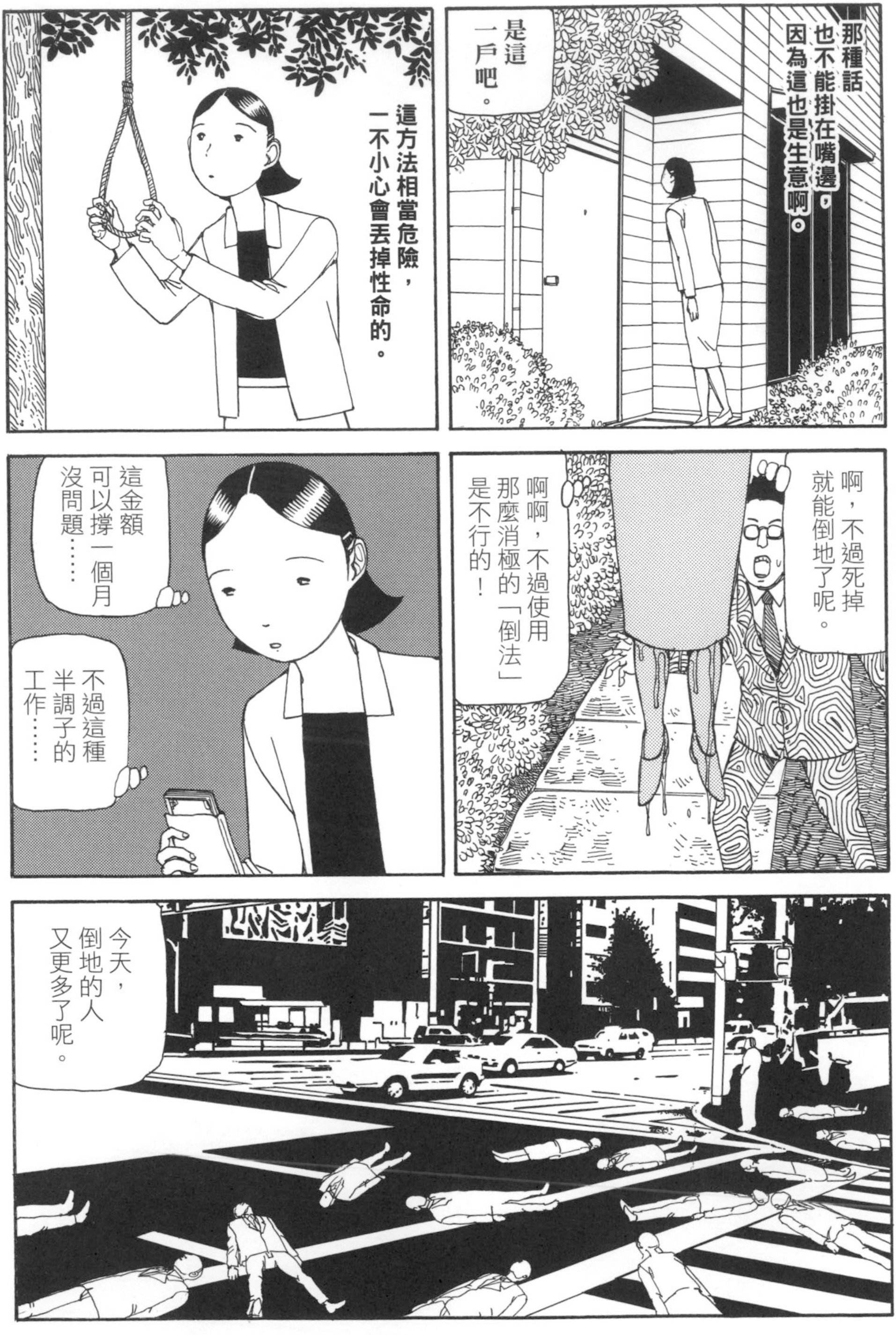

那種話也不能掛在嘴邊，因為這也是生意啊。
是這一戶吧。
這方法相當危險，一不小心會丟掉性命的。
啊，不過死掉就能倒地了呢。
啊啊，不過使用那麼消極的「倒法」是不行的！
這金額可以撐一個月沒問題……
不過這種半調子的工作……
今天，倒地的人又更多了呢。

不只是人，
最近連東西都
倒了。
對！這樣就行了啊，
大家很懂嘛！
符咒的位置
偏了！
啊，
不要再
入侵到我
裡頭了!!

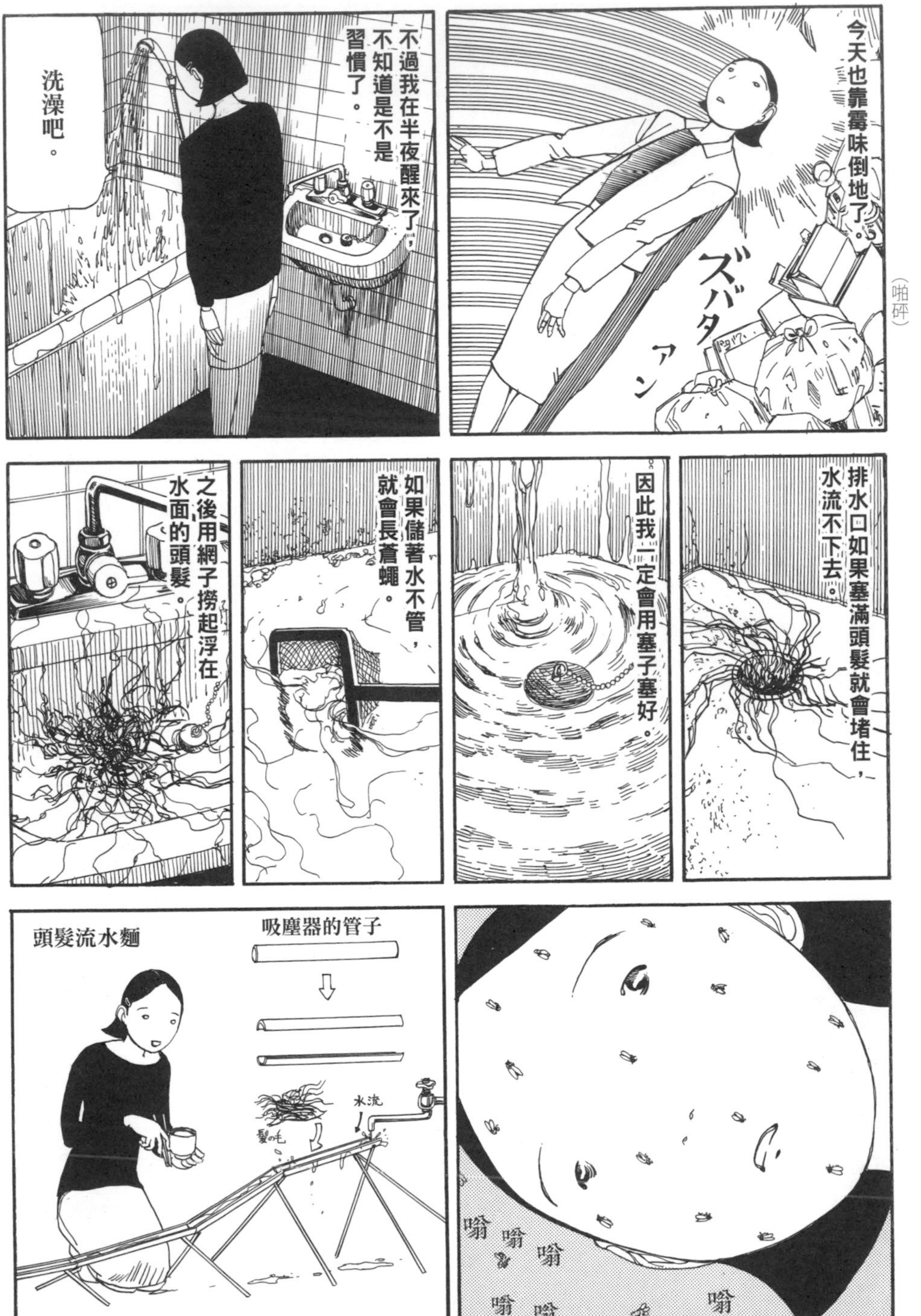
今天也靠霉味倒地了。
ズバタアン
（啪砰）
不過我在半夜醒來了，不知道是不是習慣了。
洗澡吧。
排水口如果塞滿頭髮就會堵住，水流不下去。
因此我一定會用塞子塞好。
如果儲著水不管，就會長蒼蠅。
之後用網子撈起浮在水面的頭髮。
嗡 嗡 嗡 嗡 嗡 嗡
頭髮流水麵
吸塵器的管子
水流
髪の毛

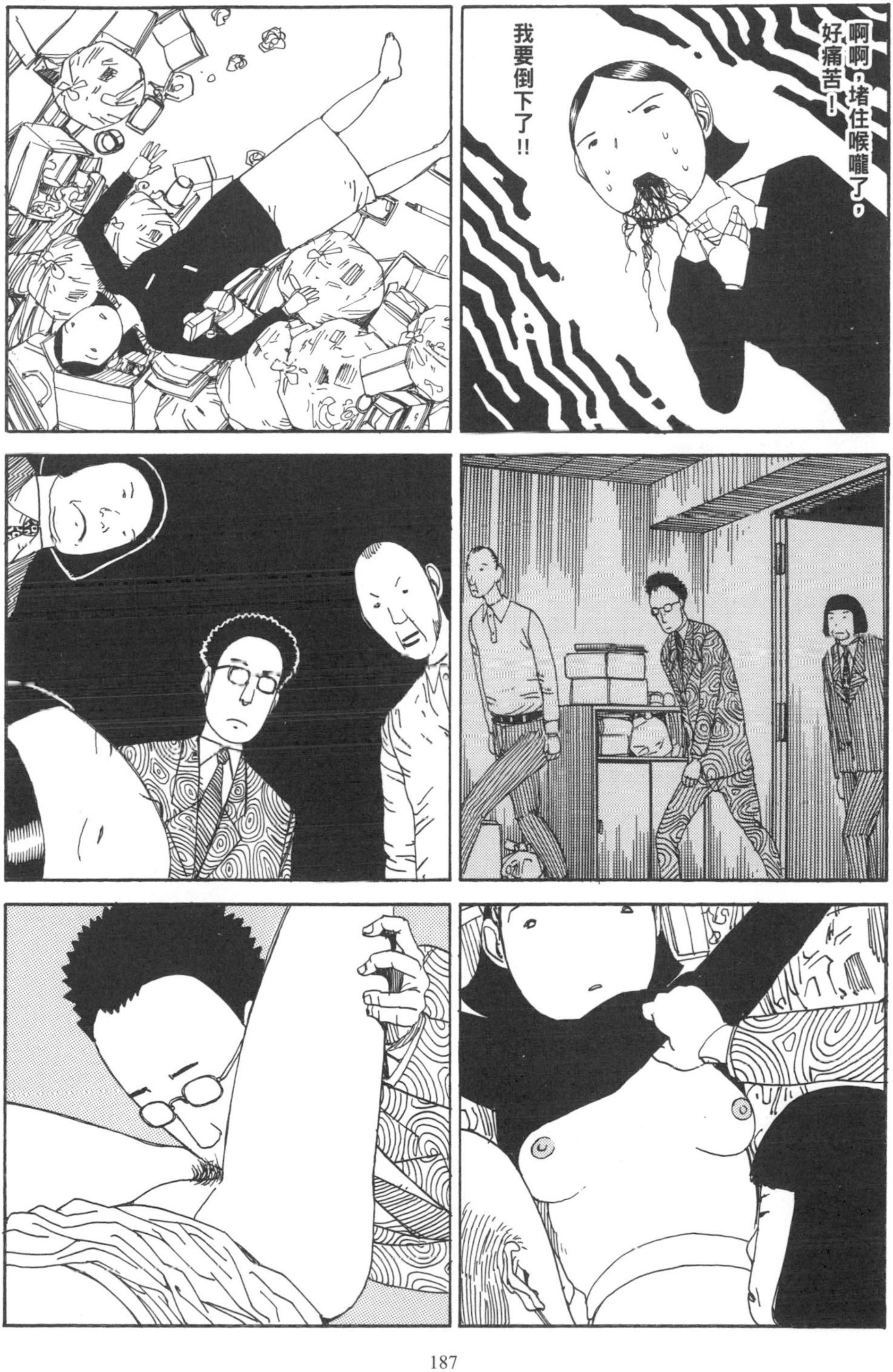
啊啊，堵住喉嚨了，
好痛苦！
我要倒下了!!

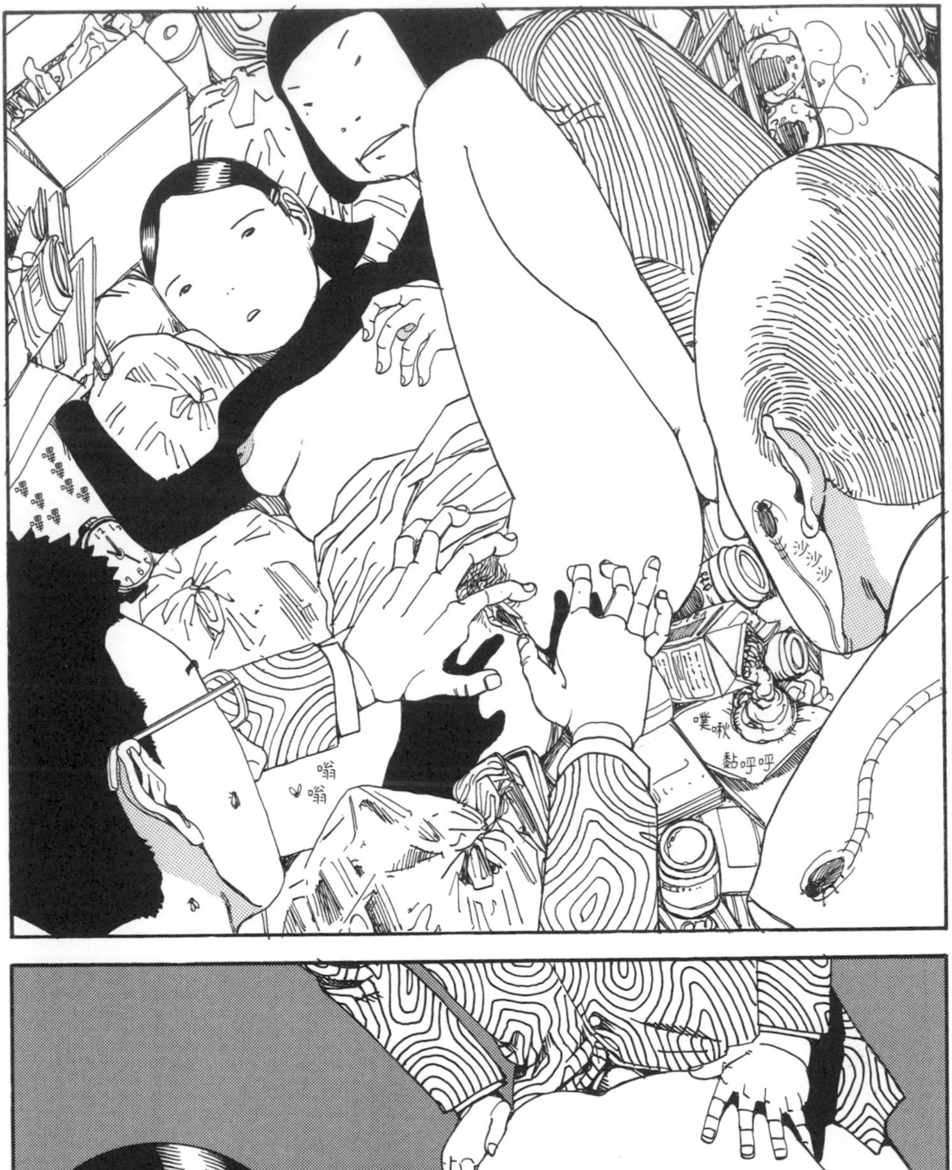
嗶嗶嗶嗶
嗶嗶嗶嗶
沙沙沙
噗啾
黏呼呼
嗡嗡

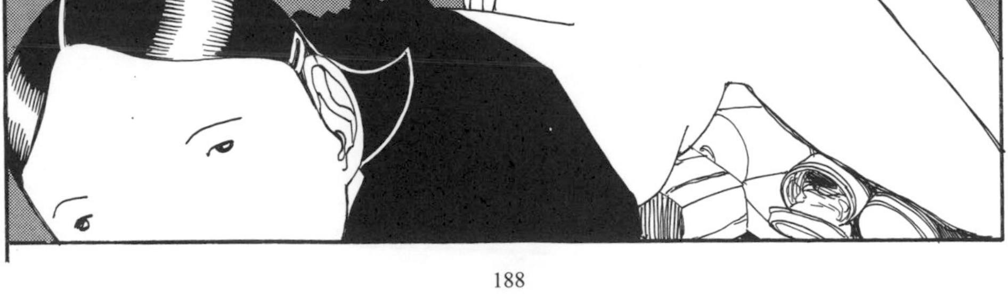

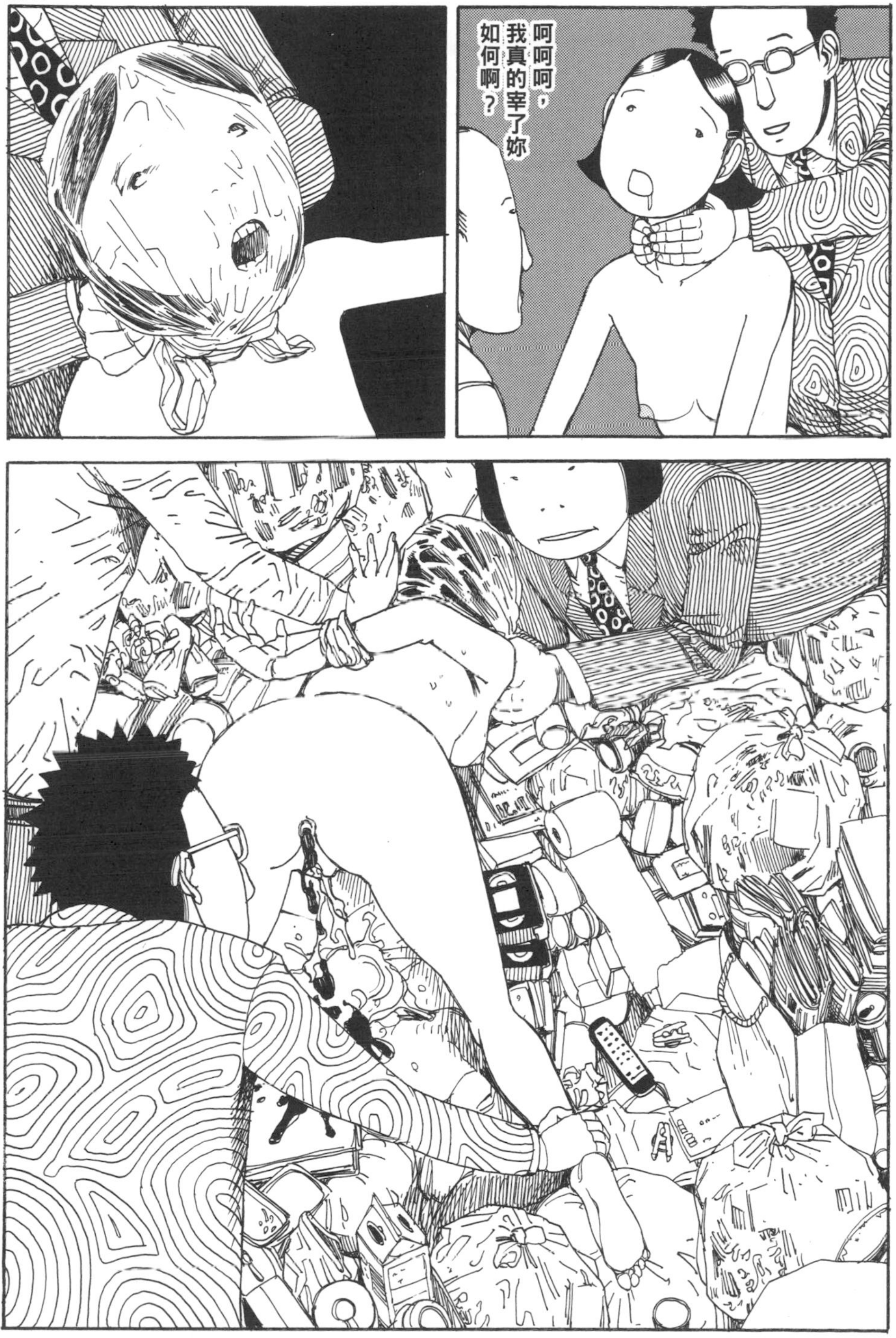
呵呵呵，我真的宰了妳如何啊？

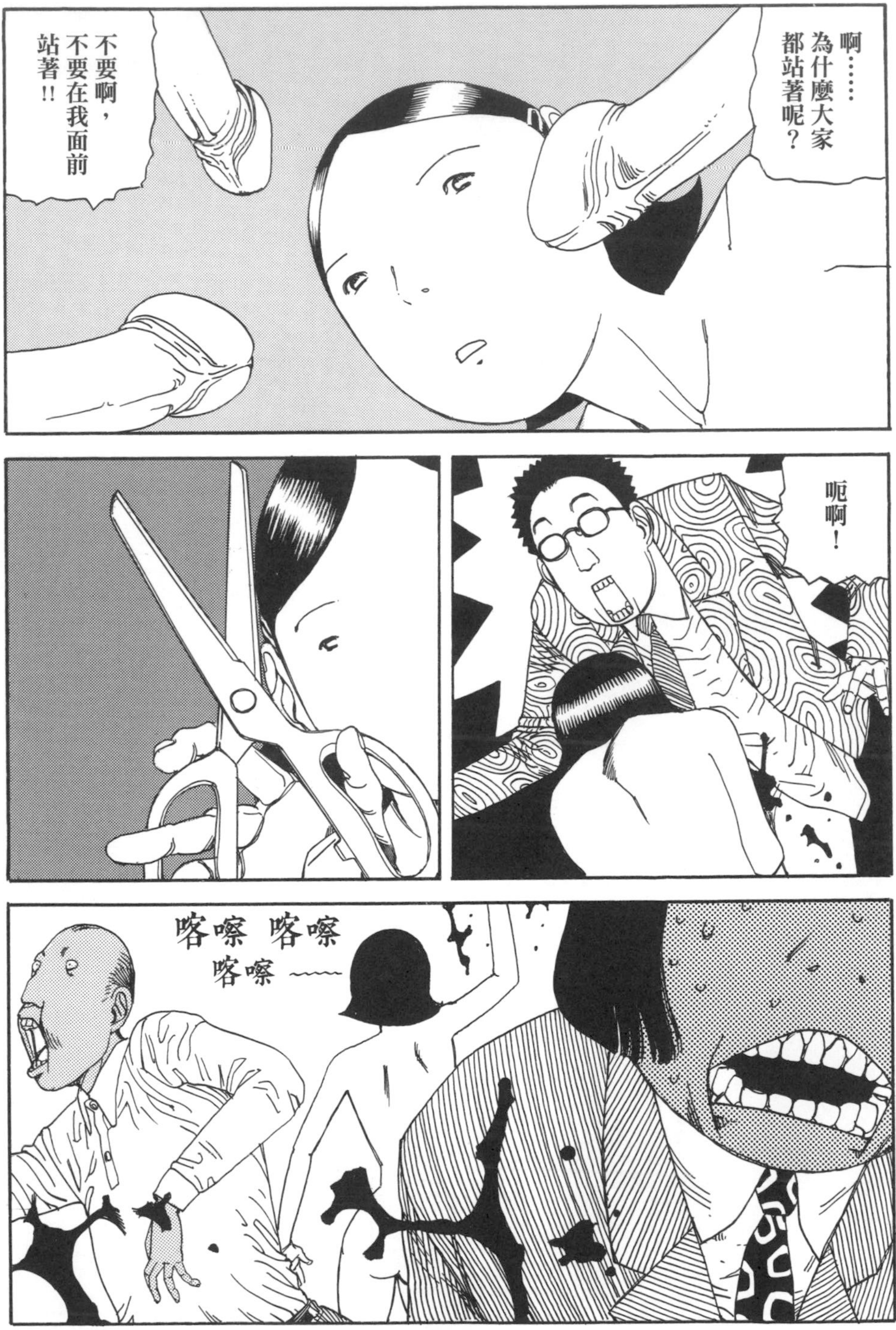
啊……為什麼大家都站著呢？
不要啊，不要在我面前站著!!
呃啊！
喀嚓 喀嚓
喀嚓～～～

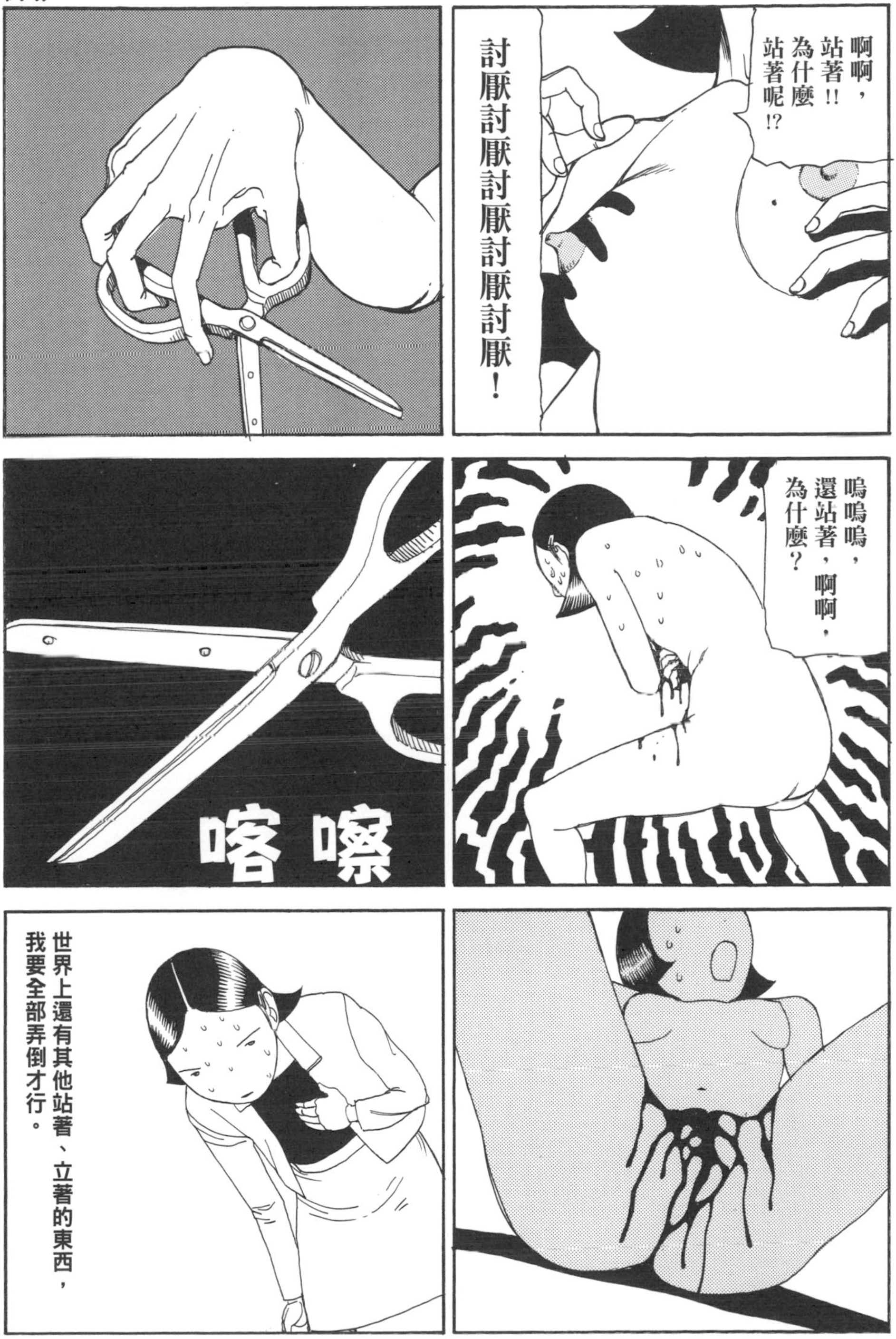
啊啊，站著!!為什麼站著呢!?
討厭討厭討厭討厭討厭討厭!
嗚嗚嗚，還站著，啊啊，為什麼?
喀嚓
世界上還有其他站著、立著的東西，我要全部弄倒才行。

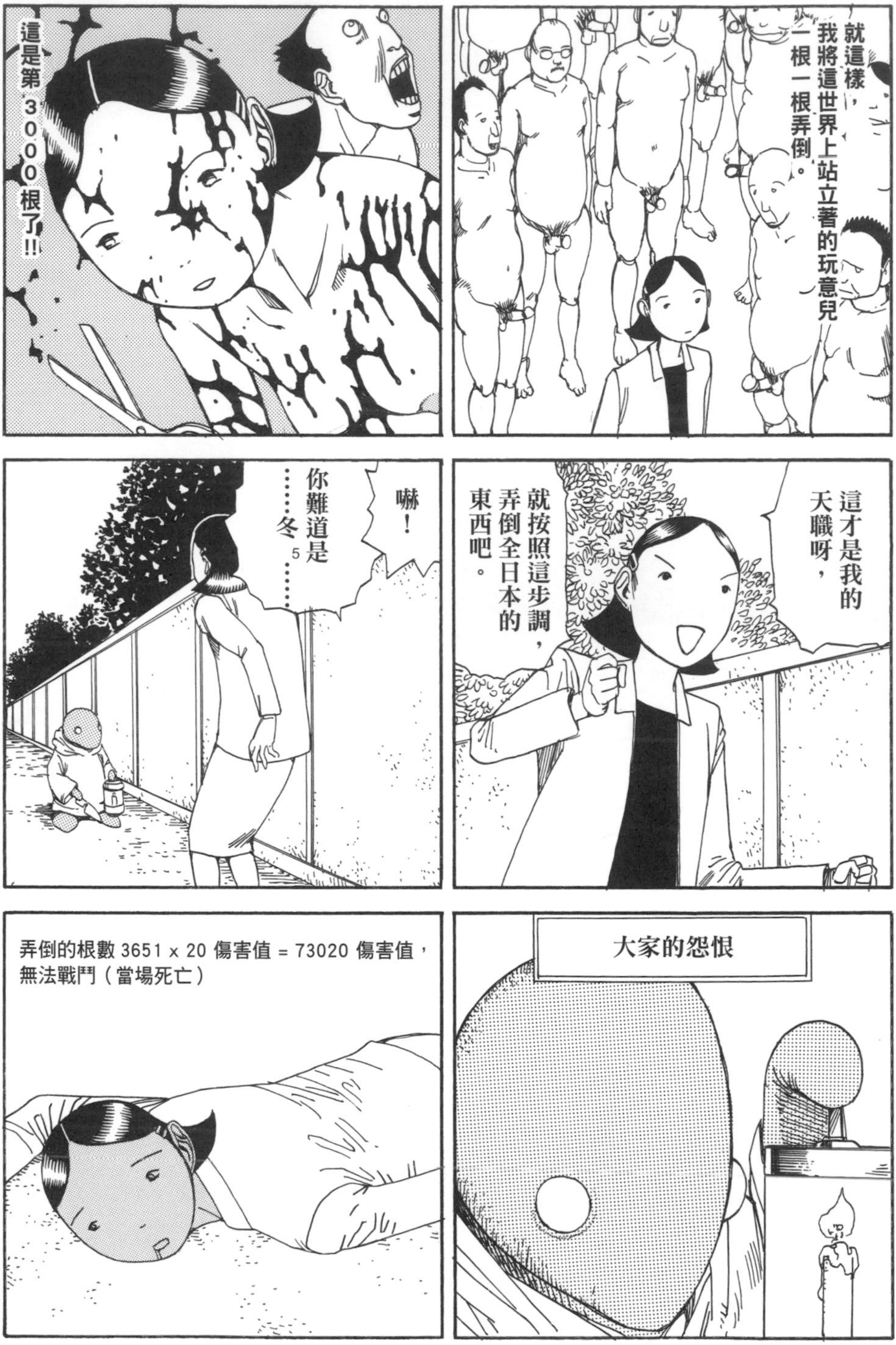
就這樣，我將這世界上站立著的玩意兒一根一根弄倒。
這是第3000根了!!
這才是我的天職呀，
就按照這步調，弄倒全日本的東西吧。
嚇！
你難道是……冬5……
大家的怨恨
弄倒的根數 3651 x 20 傷害值 = 73020 傷害值，無法戰鬥（當場死亡）

5 暗指《最終幻想》系列中的角色冬貝利。

隔靴搔癢

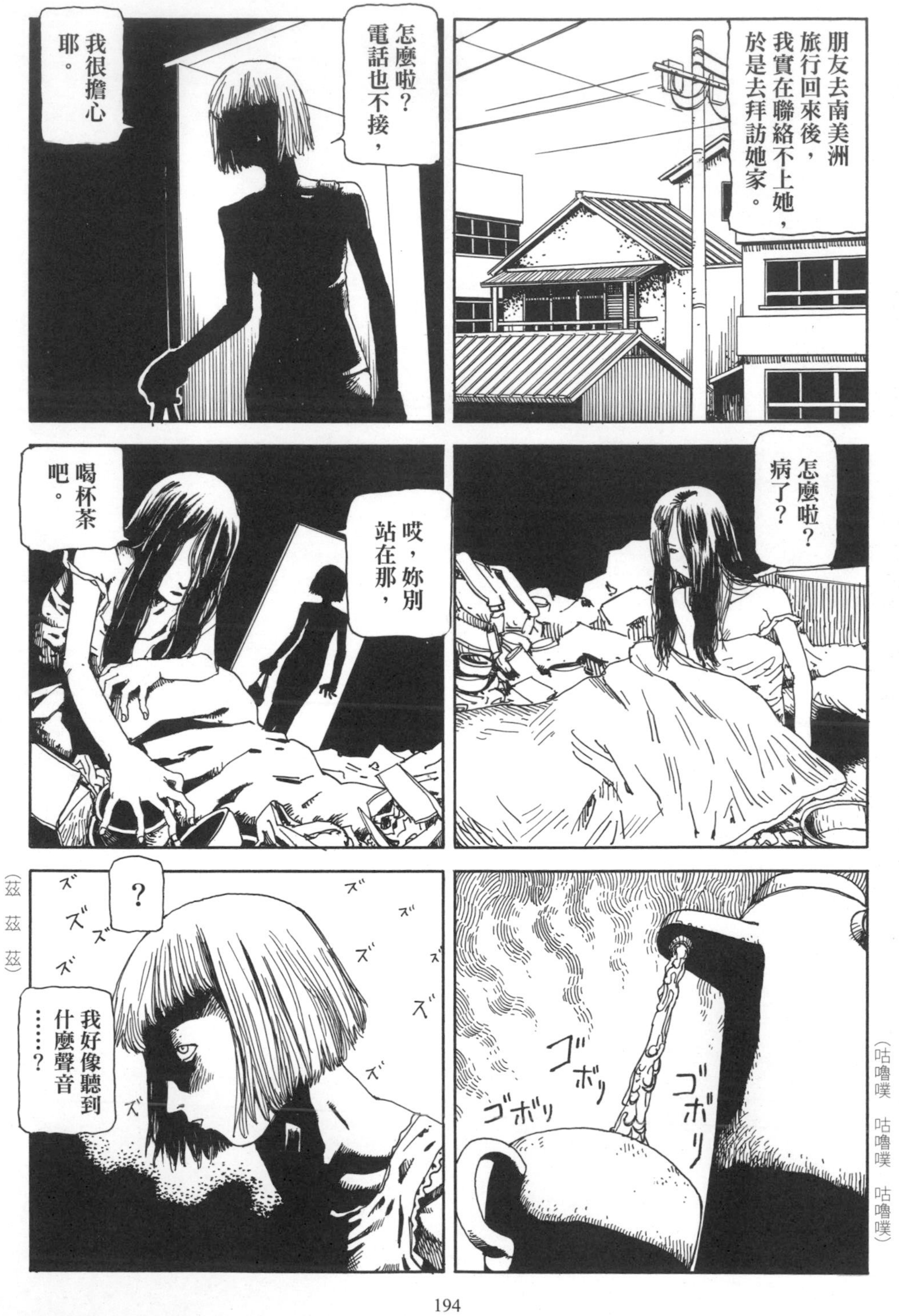
朋友去南美洲旅行回來後，我實在聯絡不上她，於是去拜訪她家。
怎麼啦？電話也不接，
我很擔心耶。
怎麼啦？病了？
哎，妳別站在那，
喝杯茶吧。
ゴボリ ゴボリ ゴボリ
(咕嚕噗 咕嚕噗 咕嚕噗)
ズズズ
(茲茲茲)
?
我好像聽到什麼聲音……？

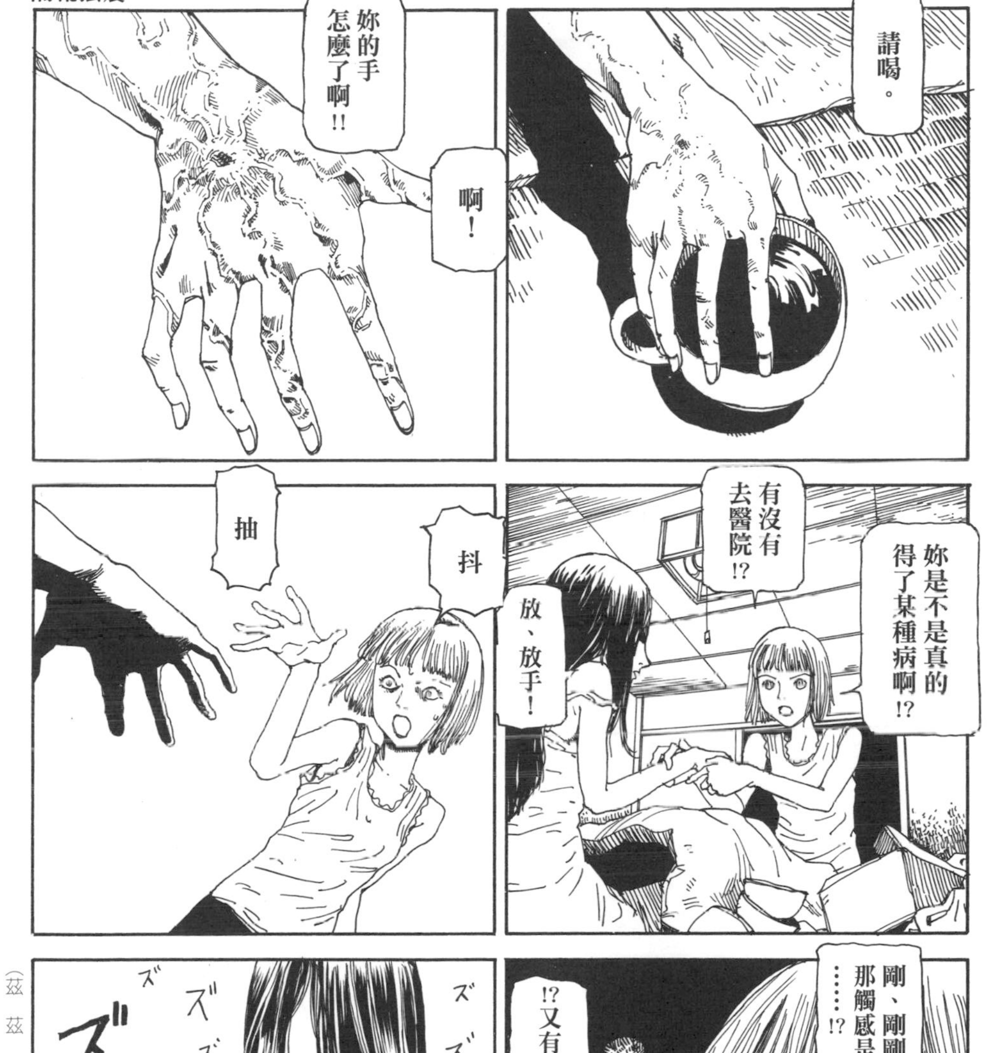
請喝。
啊！
妳的手怎麼了啊!!
妳是不是真的得了某種病啊!?
有沒有去醫院!?
放、放手！
抖
抽
剛、剛剛那觸感是……!?
!?又有聲音了。
ズズズズズズズズズ
(茲茲茲)
ズズズズズズズズズ
(茲茲茲)

ズズ
ズズ
ズズズ
ズズ
(茲茲茲)
妳果然很怪啊，不對勁呀，去醫院吧！
放手！
不用了，不用啦！
因為我不難受。
咿！
ズズズズ
(茲茲茲)
ズズ
ズズ
ズズ
ズズ
(茲茲茲)

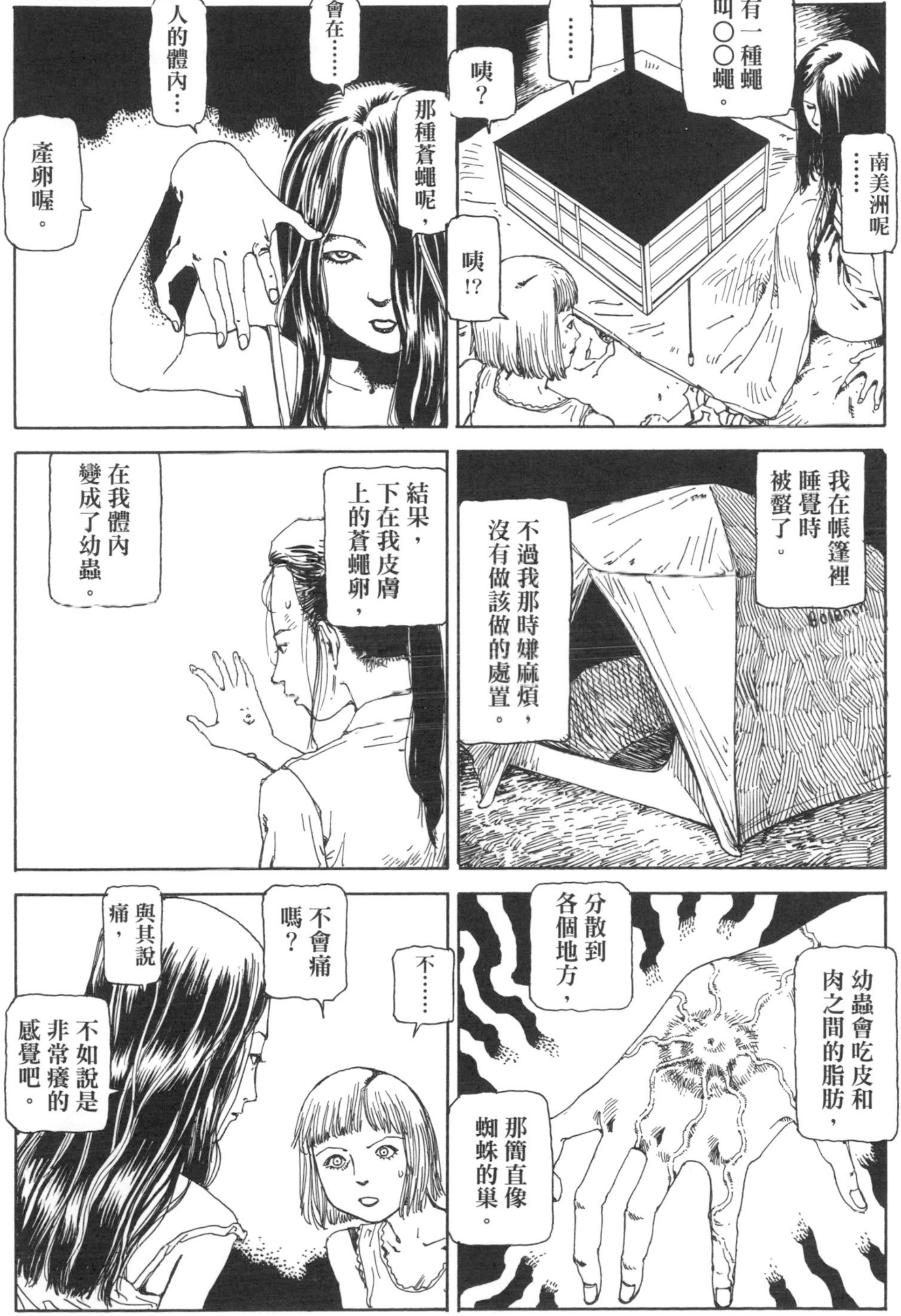

南美洲呢……
有一種蠅叫〇〇蠅。
……
咦？
咦!?
那種蒼蠅呢，
會在……
人的體內…
產卵喔。
我在帳篷裡睡覺時被螫了。
不過我那時嫌麻煩，沒有做該做的處置。
結果，下在我皮膚上的蒼蠅卵，
在我體內變成了幼蟲。
幼蟲會吃皮和肉之間的脂肪，
分散到各個地方，
那簡直像蜘蛛的巢。
不……
不會痛嗎？
與其說痛，
不如說是非常癢的感覺吧。

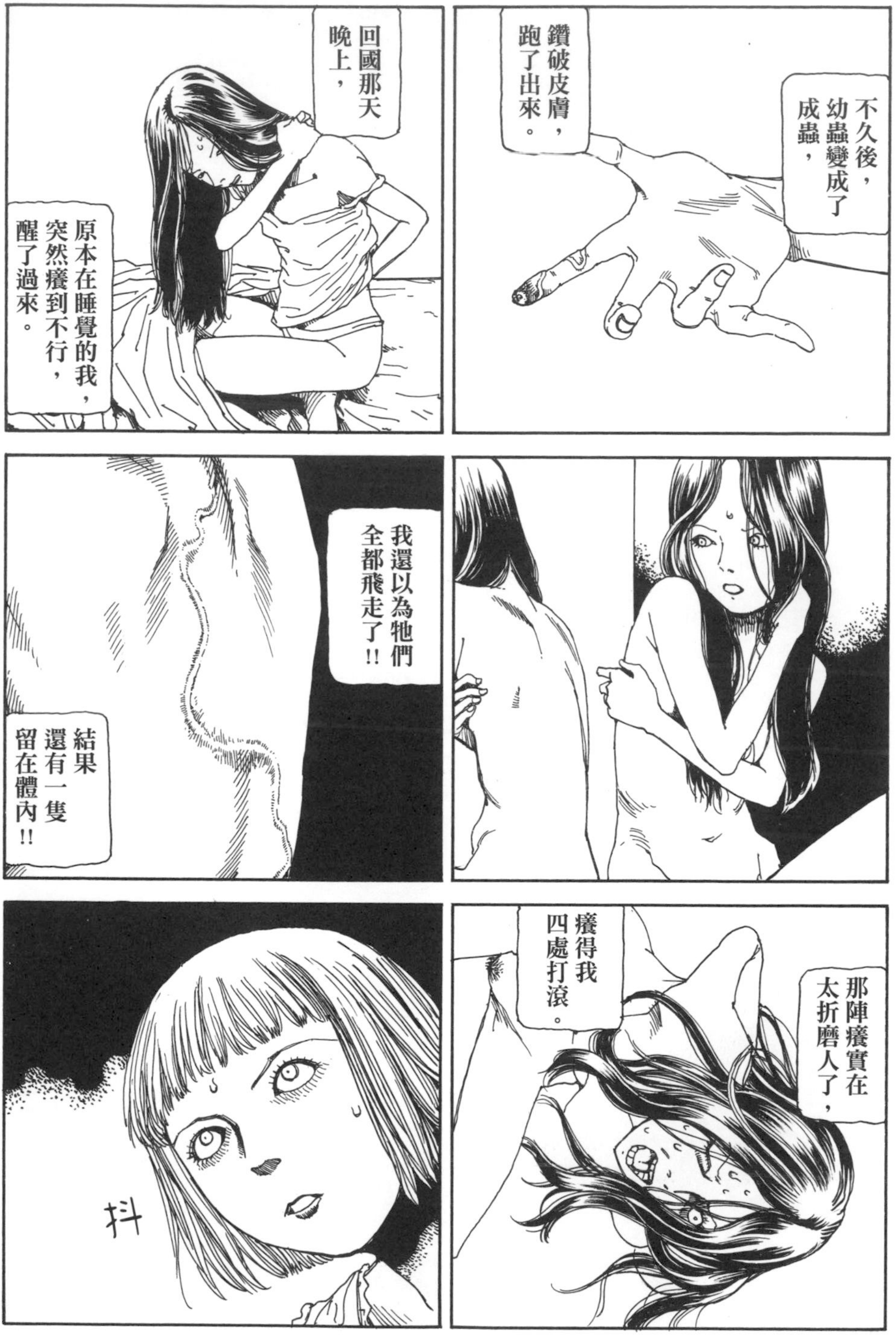
不久後，幼蟲變成了成蟲，
鑽破皮膚，跑了出來。
回國那天晚上，
原本在睡覺的我，突然癢到不行，醒了過來。
我還以為牠們全都飛走了!!
結果還有一隻留在體內!!
那陣癢實在太折磨人了，
癢得我四處打滾。
抖

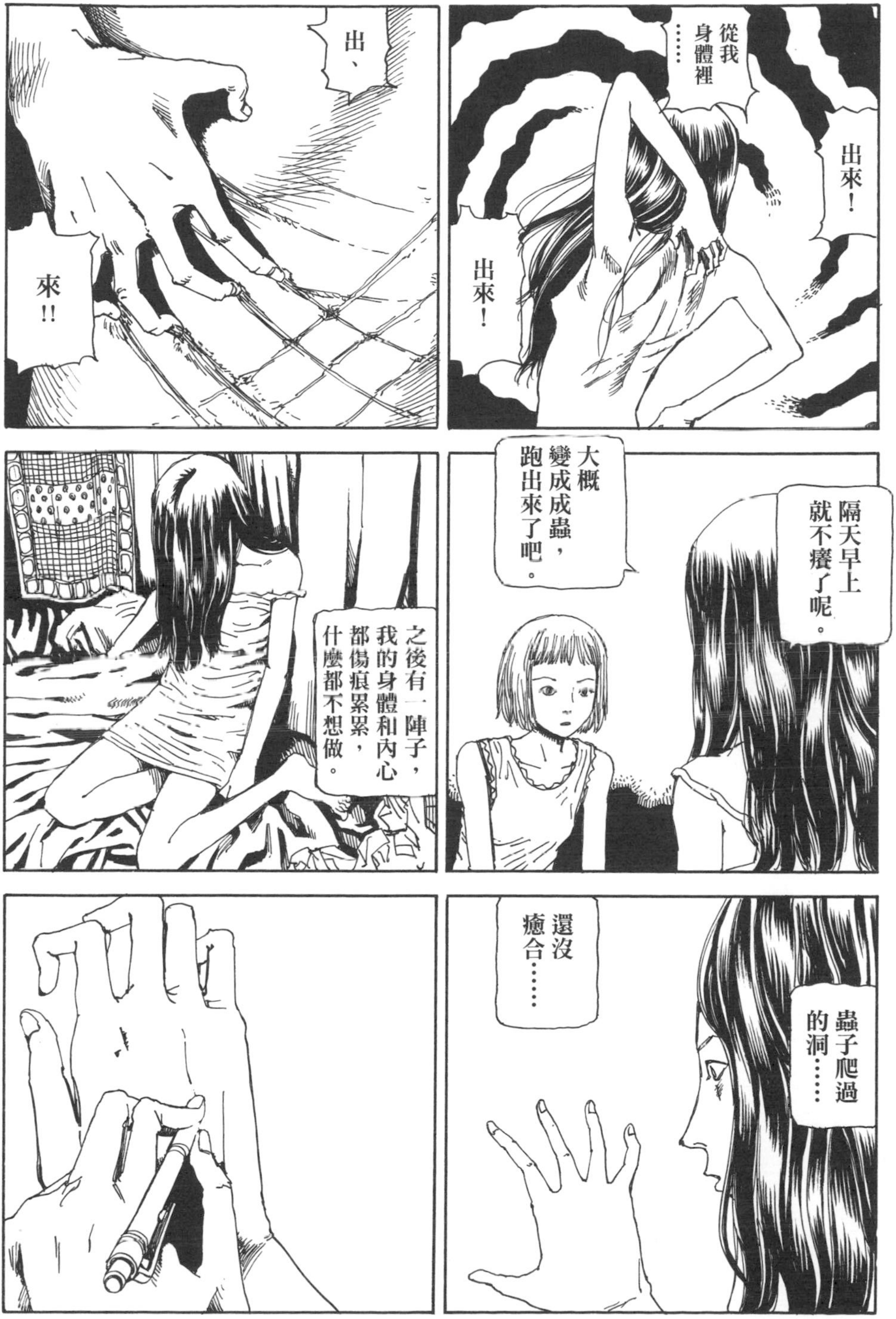
從我身體裡……
出來！
出來！
出、
來!!
隔天早上就不癢了呢。
大概變成成蟲，跑出來了吧。
之後有一陣子，我的身體和內心都傷痕累累，什麼都不想做。
蟲子爬過的洞……
還沒癒合……

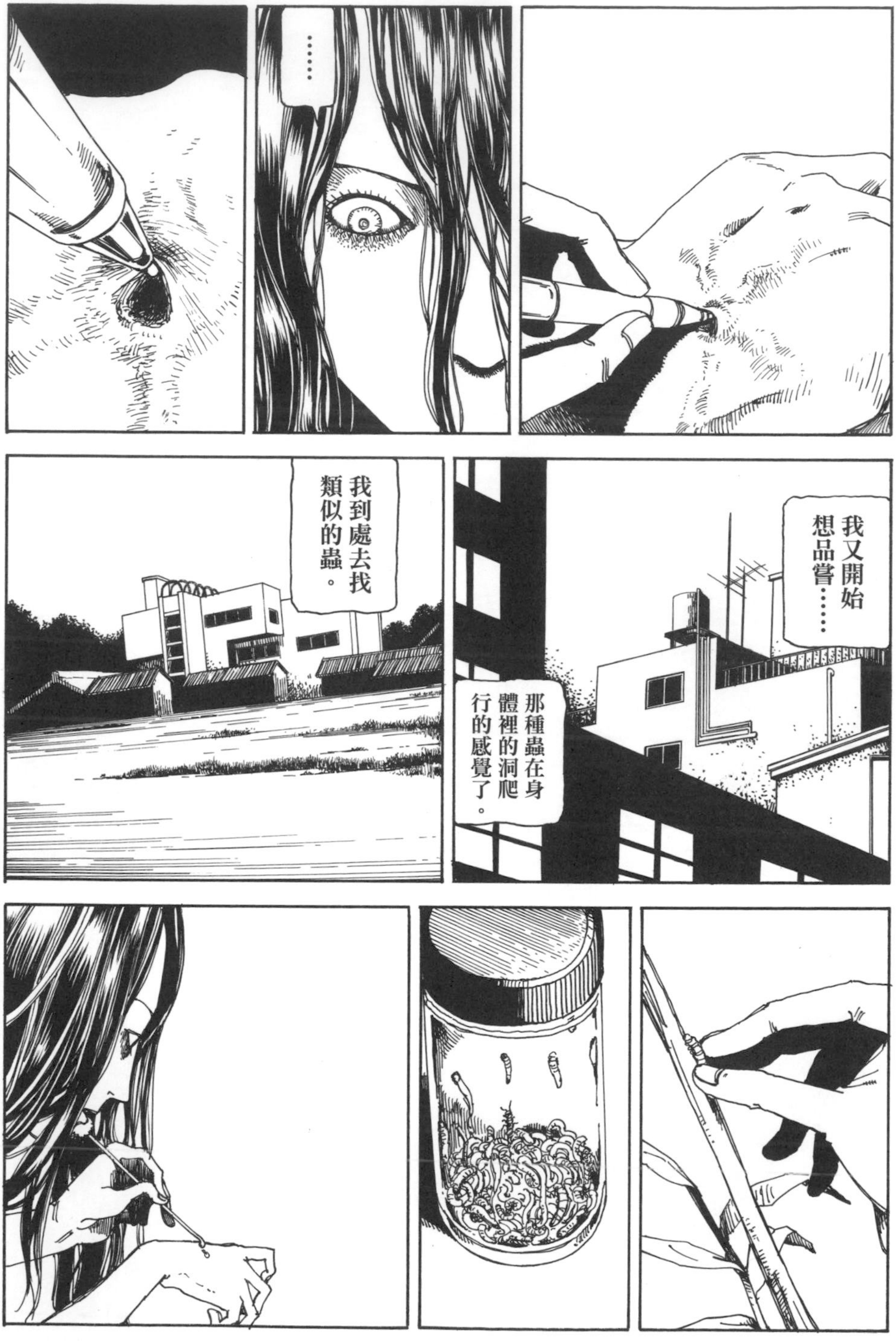
……
我到處去找類似的蟲。
我又開始想品嘗……
那種蟲在身體裡的洞爬行的感覺了。

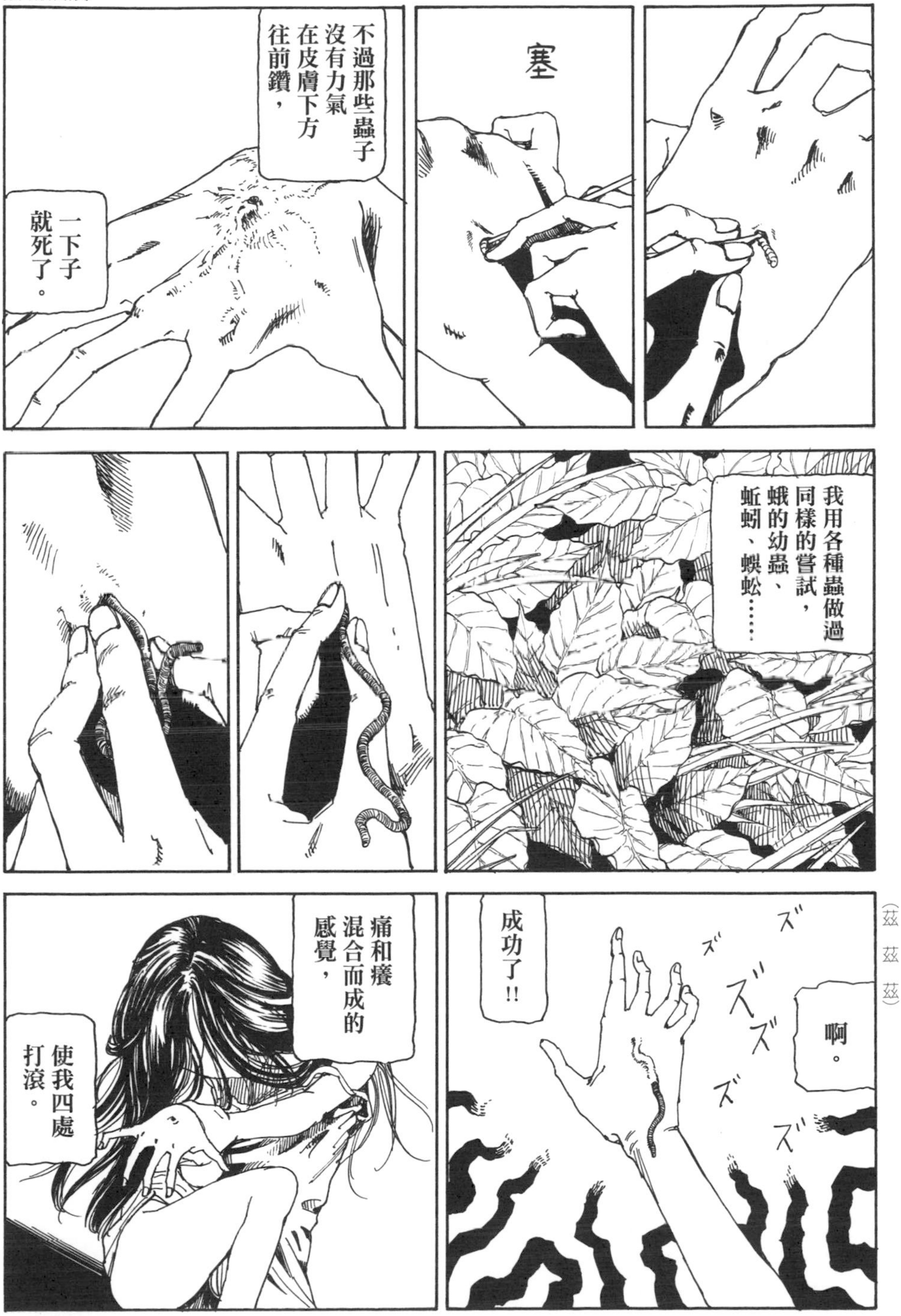
塞
不過那些蟲子沒有力氣在皮膚下方往前鑽，
一下子就死了。
我用各種蟲做過同樣的嘗試，蛾的幼蟲、蚯蚓、蜈蚣……
ズズズズズズ
(茲茲茲)
成功了!!
啊。
痛和癢混合而成的感覺，
使我四處打滾。

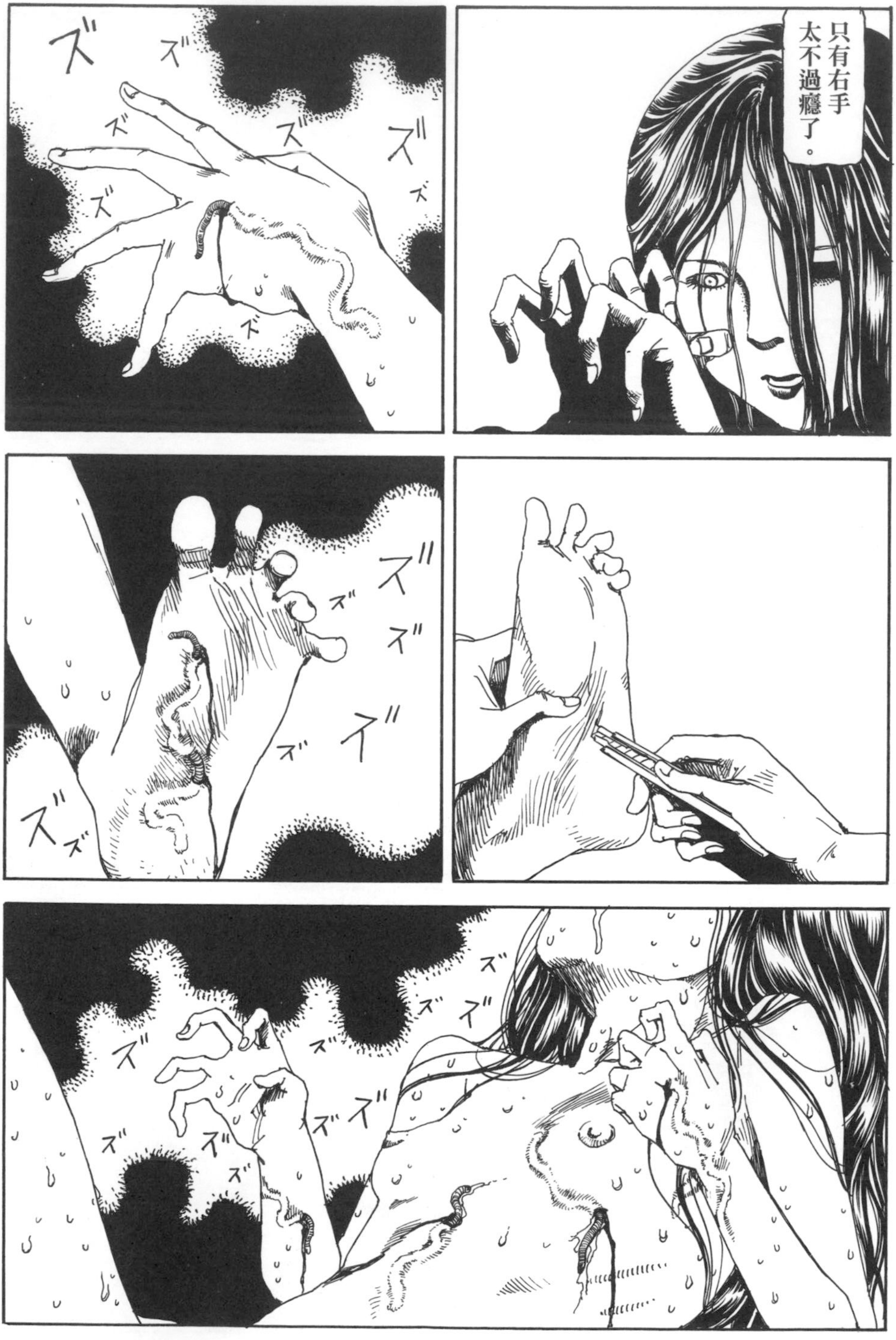
只有右手
太不過癮了。
ズズズズズズズズド
(茲茲茲)
ズズズズイズズ
(茲茲茲)
ズズズズズズズズズ
(茲茲茲)

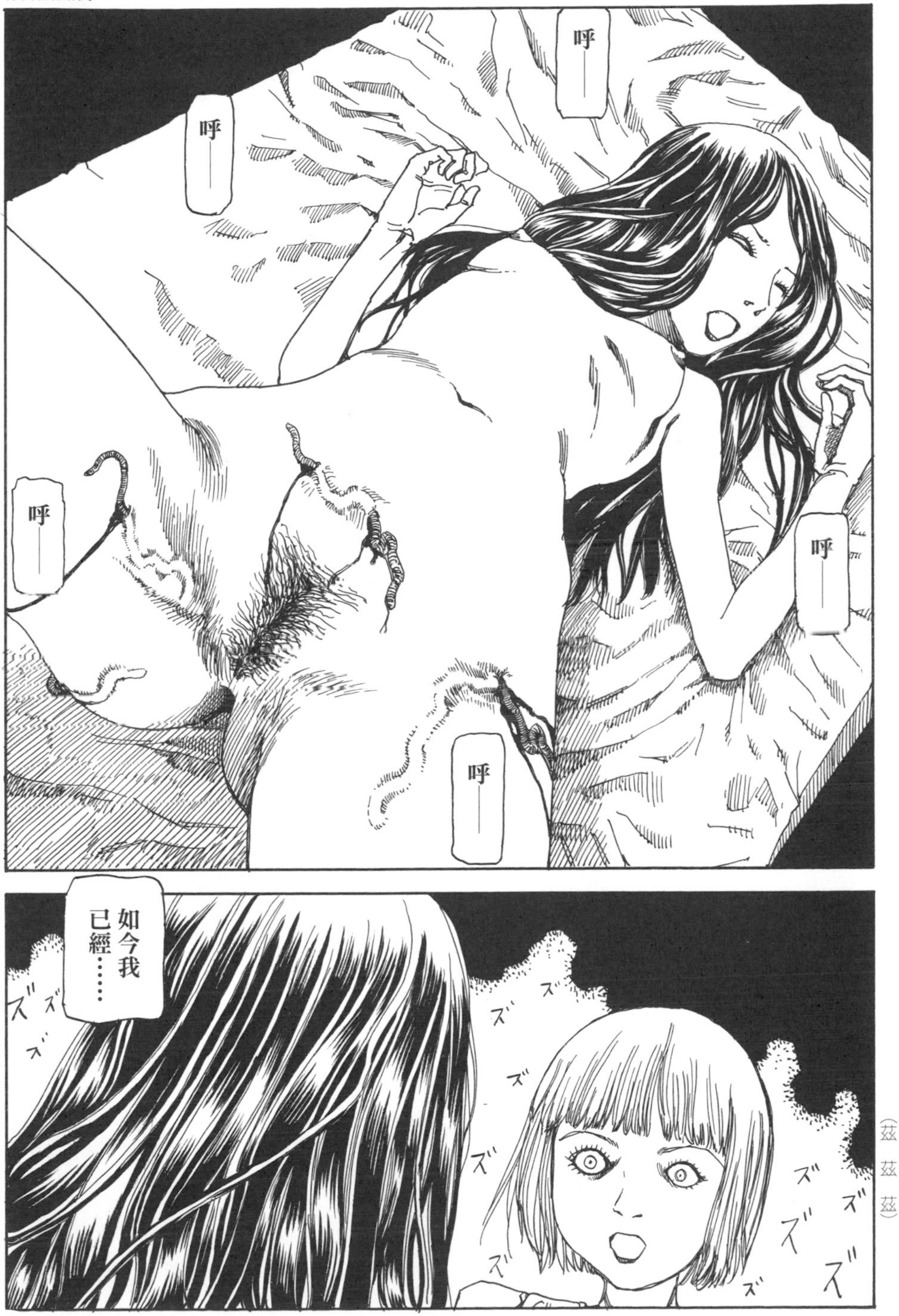
呼——
呼——
呼——
呼——
呼——
(茲茲茲)
如今我已經……
(茲茲…)

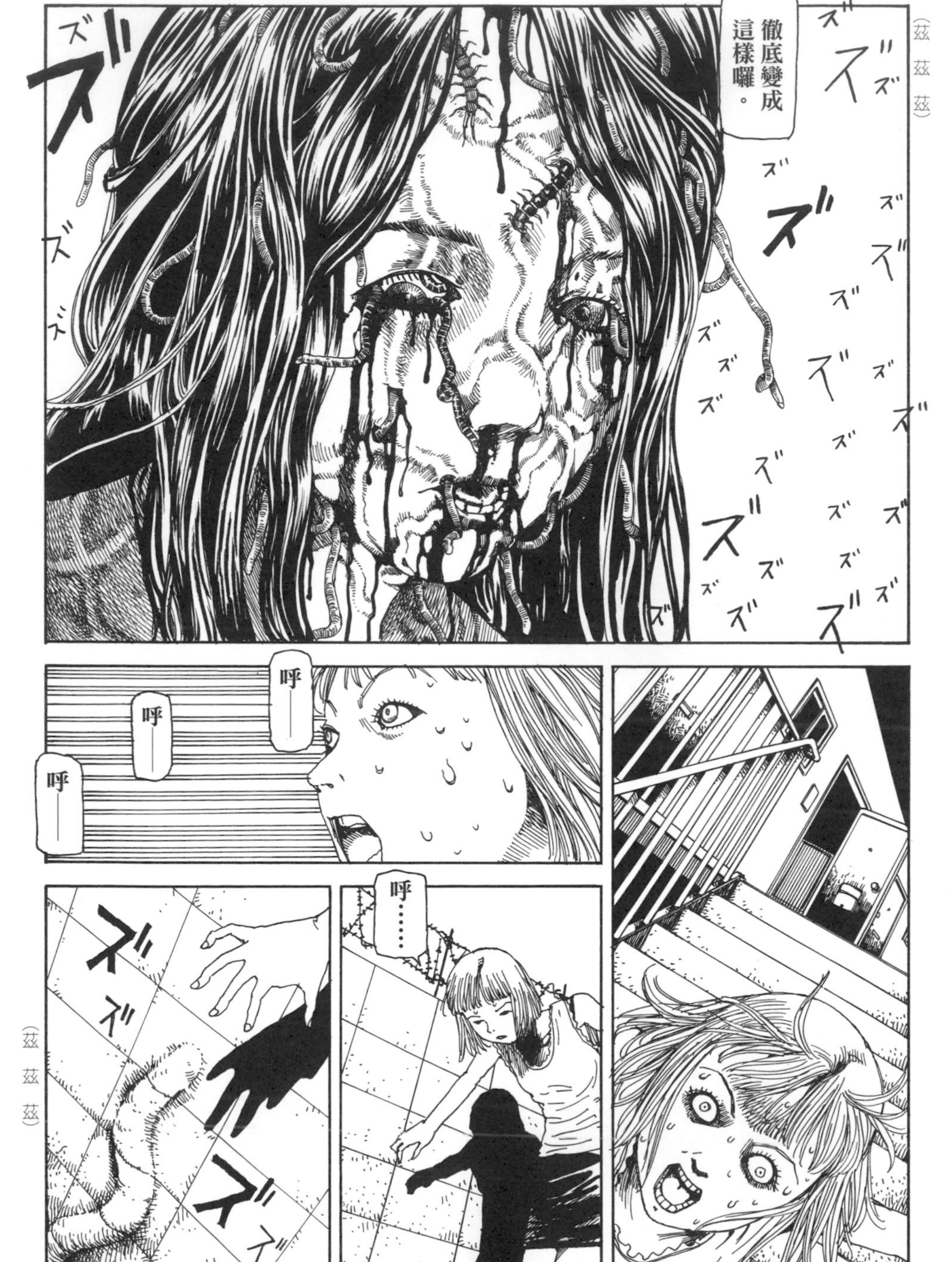

(茲茲茲)
徹底變成這樣囉。
ズズ
ズズ
呼——
呼——
呼——
呼……
ズズ
(茲茲茲)

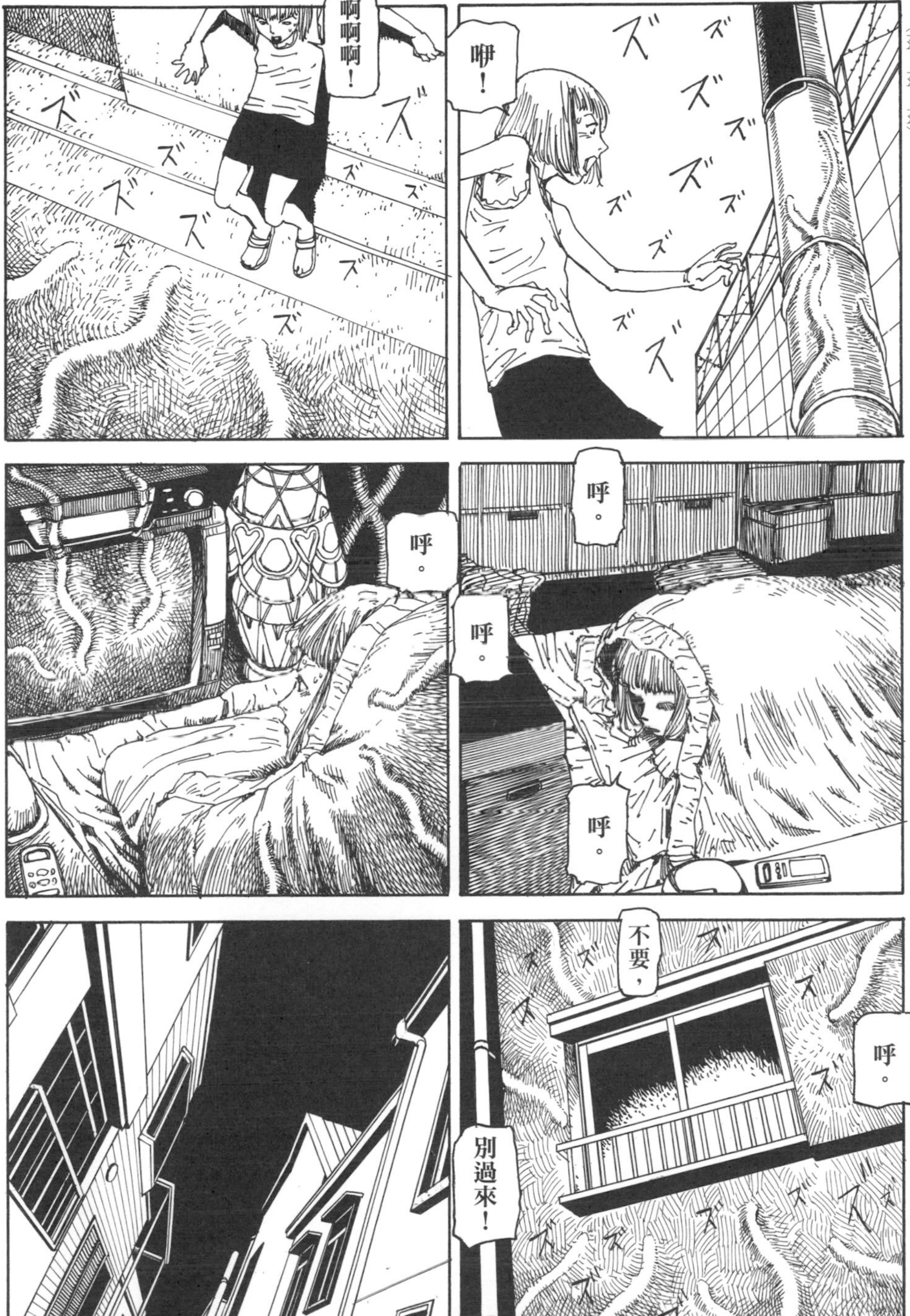
咿！
(茲茲茲)
啊啊啊！
(茲茲茲)
呼。
呼。
呼。
呼。
不要，
呼。
別過來！
(茲茲茲)

一個月後，我又再次去她家看看。
弘子……
還好嗎？
呼——
弘……
呼——
呼——
呼——呼啊！
弘、弘子!!
啊啊！
（茲 茲）
（啪啦）
（啪啦啦）

呀!!
(茲茲茲)
啊!
啊啊!!
嚇!
這……
這是……
(茲茲茲)
還有一隻留在體內……
變成成蟲,飛了出來……
不……
不會吧!

啊啊啊啊！
幸惠，
幸惠，振作一點啊!!
她似乎受到幻覺折磨，以為身體裡有蟲子在爬。
幸惠……
她在旅行時被蟲子叮，似乎聽人說體內會被下蛋，妄想症才發作。
對、對不起，我只是想開個玩笑……
KAKKA
我們基本上還是做了檢查，並沒有發現蟲卵。
我想她是一時錯亂。
幸惠，振作啊。
啊，蟲……
蟲!!
ズズズズズ
(茲茲茲)

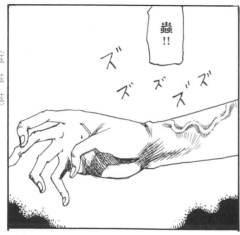

首度發表雜誌

Fraction 分身事件：無。於單行本發表之新作
歸來的男人：《Flamingo》三和出版 1998 年 8 月號
隔靴搔癢：《Manga Erotics》太田出版 2003 年號
震動：《Cotton Comic》東京三世社（〈站前震動〉改題）
倒塌：《Cotton Comic》東京三世社（〈站前倒塌〉改題）

Fraction 分身事件

フラクション

PaperFilm FC2075
一版一刷　2022年8月

原著作者　駕籠真太郎
譯　　者　黃鴻硯
責任編輯　陳雨柔
封面設計　馮議徹
內頁排版　傅婉琪
行銷企畫　陳彩玉、陳紫晴

發 行 人　凃玉雲
總 經 理　陳逸瑛
編輯總監　劉麗真
出　　版　臉譜出版
城邦文化事業股份有限公司
台北市民生東路二段141號5樓
電話：886-2-25007696　傳真：886-2-25001 952

發　　行　英屬蓋曼群島商家庭傳媒股份有限公司城邦分公司
台北市中山區民生東路二段141號11樓
客服專線：02-25007718；25007719
24小時傳真專線：02-25001990；25001991
服務時間：週一至週五上午09:30-12:00；下午13:30-17:00
劃撥帳號：19863813 戶名：書虫股份有限公司
讀者服務信箱：service@readingclub.com.tw
城邦網址：http://www.cite.com.tw

香港發行所　城邦（香港）出版集團有限公司
香港灣仔駱克道193號東超商業中心1樓
電話：852-25086231　傳真：852-25789337

新馬發行所　城邦（新、馬）出版集團
Cite (M) Sdn. Bhd. (458372U)
41-3, Jalan Radin Anum, Bandar Baru Sri Petaling,
57000 Kuala Lumpur, Malaysia.
電話：603-90563833　傳真：603-90576622
電子信箱：services@cite.my

ISBN　978-626-315-176-5

售價　320元
本書如有缺頁、破損、倒裝，請寄回更換